U0037505

大旗出版
BANNER PUBLISHING

大旗出版
BANNER PUBLISHING

大旗出版
BANNER PUBLISHING

那些人在西域的那些事

目錄

第四章：行者……239

序：一群越走越遠的人

征服者

春秋戰國時期，北方遊牧民族中的匈奴在陰山河套地區發展壯大，不斷地南下滋事，中原邊塞地區遭到了他們嚴重的劫掠和摧毀。趙武靈王率兵對匈奴發起進攻，一場仗打下來，雙方勝負難分，但卻促使趙武靈王對中國軍隊做出了一個意義深遠的改革——改戰袍為胡褲，改戰車為騎兵。我們今天穿的褲子就是從一場戰爭沿襲而來的。趙武靈王作為一個征服者，「引用」和「吸收」的作用顯然要大於戰爭勝負的意義。

在當時，匈奴似乎顯得很張揚。喜歡張揚的人註定要遭到別人的打擊，因為你的張揚給別人帶來了不快，讓別人無法忍受你。對於北方遊牧民族來說，張揚似乎是一種習慣，他們不忘時時把習性和意志張揚出去，似乎像烈酒一樣，可以使他們變得興奮，並由此獲得驚人的力量。從本質上而言，他們一直生存在「天似穹廬，隆蓋四野；天蒼蒼、野茫茫，風吹草低現牛羊」的西域草原上，地域環境對人的情趣的影響是十分明顯的，他們天天面對遼闊的草原和湛藍的天空，養成了浪漫和無拘無束的習性，在風和日麗的日子，可以縱馬盡情奔馳，在馬背上共飲一壺酒，將一個酒壺傳來傳去，頗具浪漫情調。因為喜歡浪漫的原因，便註定了他們的行為更直接和果斷，他們向別的部落或王國發起戰爭時，也像遊牧時設計出圍獵的計謀一樣，運用古老傳統的方式進攻。出於簡單或習慣性行為，他們想南下劫掠中原的想法並非深思熟慮，只是圖一時的痛快而已。

在秦國實現了大一統政權時，匈奴已成為中原的心腹大患。秦始皇一直不忘活躍於北方的這一群少數民族，他們的存在給他心頭造成了很大的壓力。因此，蒙恬成為秦始皇派出的第一個對匈奴實施軍事討伐的征服者，他率三十萬大軍北上打擊匈奴。蒙恬善戰，加上又有多於匈奴幾十倍的軍隊，所以，他一路取勝，在河南地（今蒙古河套一帶）擊敗匈奴。匈奴後退七百餘里，北方暫時平靜了下來。

從此，中原與匈奴的對立形勢日趨嚴重，雙方互窺對方的氣氛也越來越緊張，這種緊張氣氛直接導致的結果是，雙方都向對方發起了規模較大的戰爭。由於中原勢力強大，所以他們對匈奴的攻擊是致命的，一個又一個被委于重任的征服者帶領大隊人馬向西域攻進，在沙漠和草原上和匈奴拼殺。對於這些征服者來說，他們在西域的行軍和生活都是十分艱難的，飽受異域地理環境和氣候的折磨，但他們別無選擇，只能像一把鐵鉗一樣緊緊夾住匈奴，不讓他們有喘息和反擊的機會，否則，他們就會在地情和戰術都不如匈奴的情況下被消滅。

地域對於這群征服者而言，最終都起到了對他們的精神、意志和心靈的提升；他們體驗了常人不能體驗的生命經歷，幾乎每個人的行為都提升到了國家或民族的高度，成為他們所

處時代的焦點。所以，他們顯得苦難和沉重的經歷便又是對他們人生價值的肯定。最後，這些征服者回到家中，與親人團聚，並升官加爵，得到了他們本該得到的東西。在歷史的冊頁中，他們的名字都是沉甸甸的，讓後人讀到有關他們的文字時，深為他們的經歷所震撼。他們的經歷大多被寫進了今天的歷史課本中，學生們瞭解他們在西域的特殊經歷時，幼小的心靈被他們身上折射出的光芒所感動。

一批又一批征服者在西域巡視著遊牧民族的動靜，細細數來，他們並沒有打多少仗，但他們的存在是一種威懾，對西域形成穩定和統一的秩序產生了很大的作用。

使者

被中原軍隊抓獲的一名匈奴士兵受到了優待，不久，便向漢朝廷講述了西域的一些情況，讓中原人對遊牧民族的習俗、宗教、部落、生產、軍事、人口，等等，都有了較為細緻的認識，知道了他們每天是怎樣生活的，在人與人之間，戶與戶之間是如何產生百戶長或千戶長的。這些消息無疑是重要的，它讓中原人第一次覺得那個在西域一直弄出聲響的對手由原來的模糊變得清晰了起來，他們甚至可以感覺到他有多高，從他身體裡散發出來的力量有多大。人認識一個事物的同時，本身就會對其做出一個衡量，漢朝執政者通過獲知西域的消息，也隱隱約約產生了經營西域，打擊遊牧民族的一些想法。

而那名士兵講述的一個細節讓當時執政的漢武帝感到眼前突然一亮。那個士兵說，匈奴自冒頓任單于（首領，意為像天子一樣寬廣。）以後，在西域的地位已如日中天，連月氏王都被匈奴所殺，月氏王的頭顱被匈奴士兵製成酒具喝酒，大部分月氏人被冒頓趕往伊黎河流域，過著饑寒交迫的日子，儘管如此，匈奴還經常掠奪他們，對他們倍加淩辱，月氏人對匈奴痛恨萬分，一心想找機會報仇雪恨。漢武帝馬上覺得應該把月氏人團結過來，敵人的敵人，便是我們的朋友。他決定派人去西域完成這一任務。

使者由此產生。願望在最初往往都是比較美好的，漢武帝派張騫出使西域聯合月氏人的任務應該說並不難，同仇敵愾，兩股繩很容易擰在一起，而擰在一起的力量便會比原來單個行動要大得多。從此，中原與西域構成了一種的特殊關係，在一兩千年的時間裡，一個又一個使者從中原出發，他們身上背負著政治使命，為自己設想了許多在西域要實現的抱負，但真正進入西域後才發現，地域對人的限制是不可改變的，他們因此常常碰壁，被弄得頭破血流，無法再向前行進。但他們沒有退路，在這塊蠻荒地域中，大多地方像塔克拉瑪干的含意「走進去出不來」一樣，讓人心生恐懼，但使者們卻必須往前走，不論怎樣都不能回頭。進入西域後，肉體的磨難是他們所必須經歷的第一道難關，「出不來」具體到他們身上，便體現成了肉體的多重磨難和掙扎。好在他們都堅持走下去了，當他們走遠之後，人們在他們的背影中看到了苦難和掙扎的交織，也看到了堅韌和頑強對他們的提升。

前面走過的使者的足跡尚未被風沙淹沒，後面的使者又緊接著上路了。作為使者，他們最大的使命不是完成朝廷交給他們的任務，而是讓自己到達必須要到達的地方。使者們在西

域身單力薄，加之地理條件對人的生存起到了致命的限制，所以他們的命運發生了很大的變化，肉體和精神受到了極大的摧殘。他們留給人們的印象往往是，去的時候鑼鼓歡送，意氣風發，回來的時候悄無聲息，黯然銷魂。

有時候，朝廷誤解了他們之中的一些人，讓他們的家人落得很悲慘的下場，但他們仍堅持著最初的信念——無論如何都要堅持到能夠回去的一天，即使世事全部顛倒，他們也要自己證明自己。剛開始進入西域時，他們與匈奴抗爭，後來，便又與大自然抗爭，到了最後，他們便又與自己抗爭。站在今人的角度看，他們到了這般地步，既使不為朝廷著想，也要為自己著想，只有自己活著回去，才能為家人嗚嗚不平。所以，堅持在當時便顯得很有實際意義。但好多人都沒有等到回去的一天，要做到這一點太不容易了，就像讓公羊生下小羊一樣難。

和親

細君、解憂、王昭君、文成公主，這是一些與西域遊牧民族的首領和親的公主，她們的名字在歷史中被一再提及，為世人所熟知。她們出生于中原王朝貴族家庭（有的只是因為外交需要，臨時冊封而為），但她們卻在西域度過了自己的一生，大多數人到死都沒有踏上返回故鄉的路途。

促使和親這一特殊政治方式的出現，與匈奴對中原的干擾有很大關係。劉邦即位後，因為忍受不了匈奴的張狂和兇殘，決定向他們發起進攻。於是，他調動三十二萬大軍直抵西域，向匈奴發起了攻擊，但在雁門關平城一帶被匈奴大軍一併擊潰，劉邦本人也被困於城中，全軍一時陷入了斷糧少炊的危急情況中。劉邦手下有一個叫陳平的謀士給他出了一個「薄陋拙劣」的方法，給單于冒頓的閼氏送了一尊金頭像，並對閼氏說，你應該勸冒頓放我主，不然我只有送他漢族美女以換匈奴撤兵，到時冒頓沉溺于美女，你恐怕就沒有地位了，閼氏對他的話信以為真，果然勸冒頓放了劉邦。劉邦死後，冒頓致書調戲不可一世的「女皇」呂雉，戲辱她是寡婦，並說他自己則正「獨居」，「兩主不樂，無以自娛樂，願以所有，易其所無」。冒頓單于這樣意淫的話語對陰險毒辣的呂后打擊很大，但她卻忍氣吞聲，並不敢對匈奴發作。後來呂后從單于的淫信中得到啟發，將一位宗族的女兒冒充公主嫁給單于，以「和親」的方法暫時緩解了邊境局勢。

但和親這一特殊的政治策略卻從此一直向下延伸開來，光漢朝前前後後就有近十位公主或皇室宗族的女兒嫁給了匈奴單于或其他民族首領。有時候，漢朝臨時冊封宮女嫁給匈奴單于，但對外聲稱嫁過去的都是公主，以示對他們的重視。和親這一方式持續了很長時間，甚至到了唐代，文成公主仍在履行和親的使命，她一路越向西心情越沉重，最後忍不住摔碎了可以看見長安生活的鏡子。她的這一舉動體現出了和親公主的內心悽楚和無奈的抗爭。

和親是一條不歸路，公主們一去不復返，幾乎都命歿於西域蠻荒之地。她們不習慣少數民族的飲食，丈夫死了又得嫁給他弟弟或前妻生的兒子，她們之中有大部分無法在西域生

活，丈夫死了後便向朝廷發出乞求回中原的疏書，但卻遭到了朝廷冷冷的一句「從胡俗」，從此便再無指望踏上故鄉半步。

在西域，她們再也見不到遠在中原的親人，而且沒有傾訴苦衷的對象，所以，她們不光要與地域抗衡，甚至還要與時間抗衡，默默挨著孤獨和寂寞，祈求上蒼能開恩讓自己踏上返鄉的路途，但上蒼似乎並不憐憫她們，反而讓她們越走越遠。西域赤野千里，千里皆無坦途，她們腳下的路像所有進入西域的人一樣，同為「走進去出不來」。命運不停地發生著變化，她們既無法從西域脫離出去，又無時不與其扭結在一起。這些背離故土的女人，其人生遭遇像被大風吹刮的沙子一樣，從來都不知道自己會被刮向哪裡，會在哪裡停住，在風風雨雨中，她們的肉體承受了極為殘酷的折磨。

但從另一個角度看，正是由於她們發揮了女性特有的作用，維持了中原和西域的關係，讓匈奴單于或其他民族首領有了一種安撫感，積極地與中原保持了友好的關係。她們所起到的作用，使她們成為一群特殊的和平使者。

商人

中原通西域的一條道路慢慢變得繁華起來，成為商品貿易、文化傳播、鞏固政治，乃至發揮軍事威力的重要通道。當時，人們稱這條路為「玉石之路」、「佛教之路」等，後來，人們將它稱為「絲綢之路」，這種叫法一直沿襲至今。

商人們在這條道路上發揮了巨大的作用，他們把中原地區的商品運到絲綢之路沿途的城市出售，深受當地各少數民族的青睞。當時的條件是極其艱苦的，不光道路崎嶇難行，而且沿途戰爭不斷，人身安全時時會受到影響。但商人們卻發揮了吃苦耐勞的精神，積極尋求能夠結合當地實際情況的運行方法，源源不斷地把中原的商品運到了西域。那些產自于中原的商品讓西域的百姓愛不釋手，他們把些東西用到了生活中，大大提高了生活品質。

這條路在後來因絲綢而出名，達到了其生命的頂峰。產自中原地區的絲綢質地柔軟，色彩鮮豔，極具華貴和富麗的感覺，作成的衣服只要一穿上身，立刻使人容光煥發，渾身散發出富貴的氣息。西域的人很喜歡絲綢，所以來自中原地區的絲綢很快就在西域成了搶手貨。有意思的是，當商人們把絲綢販賣到地中海，有的國家採用絲綢做了軍旗，打仗時，別的國家的軍隊看見風中柔軟飄動的軍旗，以為出現了傳說中的軍隊。

商人們把中原的東西輸入西域的同時，也把西域的不少東西帶回了中原，比如香料、瓷器、寶石、黃金、玻璃，以及西域的宗教、音樂、舞蹈、美術等方面的東西，也源源不斷地在中原地區紮下了根。從西域傳播過去的黃瓜，胡椒等，經過適應中原地區的氣候和環境後，在後來成為人們飲食中不可或缺的蔬菜。

當然，商人們從始至終都積極維護了自己所肩負的使命和個人尊嚴，不論吃多大的苦受多大的罪，甚至生命都受到了危害，但從來都不改變自己的使命。所以，他們作為「小我」

的生命個體被大漠中的浩渺煙塵幾近於淹沒，但為使命和個人尊嚴凸現出的「大我」則越來越清晰，呈現出了農耕文化撼人的堅韌氣質，留下了中原人進入西域的許多感人故事。在他們所處的時代，他們成為勇於開拓的先鋒例證，他們用苦難換取了榮譽，或者說，他們通過精神和心靈在特殊地域中的突圍，證實了自己思想的價值，並將這種思想價值轉化為信仰的力量，一直在西域走了下去。

商人們在絲綢之路的興旺發達方面作出的貢獻功不可沒，但他們遠離政治，似乎只想專心做好生意，所以他們中間並未湧現出聲名顯赫的人物。他們默默地往返於兩地之間，獲取了他們應得的利潤，從來都不多說一句話，他們在歷史中有十分重要的地位，但他們的面孔卻是模糊的。我們現在提及在絲綢之路上留下故事的人時，總是忘不了張騫、班超、蘇武這樣的人物，但在人數並不少的商人群中卻很難挑出一人與他們相提並論，在這一點上，商人們給歷史留下了的空白。

但我們不應該忘記那些沒有留下姓名的商人們，他們和千古往事一起留存在時間中，而時間的長河有時會為那些被忘記了的人泛起漣漪，待走近，那漣漪便不停地擴散開，又聚攏來。這時，是傾聽歷史的最佳時刻。

行者

一路向西，沿途經過戈壁、沙漠、雪山、風沙、雪暴、洪水、無人區，等等，殘酷的地理環境嚴格地制約了道路的通行，使那幾條古老的、為數不多的小路像羊腸子一般彎彎曲曲地延伸著，頗有一種「走進去出不來」的恐懼。在各個歷史時期，從中原走向西域的路線基本上沒有改變，不論是人們熟知的絲綢之路，還是遊牧民族或沿途的土著開闢出的隱秘小道，都若隱若現的潛行於荒漠腹部，讓進入者的步履變得無比艱難，不光生命承受了磨難和摧殘，甚至連命運也被改變，變成了孤苦的突圍者。

行者是當時所有向西而行的人中間最不願意被人關注的一類人，他們崇尚自由，注重精神上的東西，在內心虛構了一個理想中的西域，並用自己喜愛的方式義無反顧地去付諸於實施。因為行者這一身份就要求他們行走得隱秘和自由，所以，他們喜歡單獨行動，對自己的要求大多都囿於一個獨立的個體世界。

由於中原和西域在歷史上的大多時期都關係緊張，所以，行者們的行動常常被限制，朝廷甚至把他們列為叛國者，一旦抓住便判以死罪，一些時期，他們甚至被列為國家防範的頭等目標。所以，他們只能偷偷地走，在家人和朋友面前像空氣一樣無聲的蒸發，然後選擇一條不為人知的道路向西而去。他們並非不合時宜，站在今天的角度看，他們實際上都是超越時代的人，而且他們敢於為理想付出，敢於讓單薄的個體生命去承受複雜的世界；他們是孤獨的，但也是堅絕的。

他們這一群人大致可分為探險者、考古者、旅行家、傳教士、藝術家、流放者、逃犯、

尋親者，等等。他們各自的想法不同，但所要進入的地域，所要承受的磨難卻是相同的，他們都必須走入西域，經受風沙雪雨的吹打；地理條件產生的苦難對他們的折磨並不因他們各自懷抱的理想不同而有細緻區分，他們幾乎遭受到了一致的折磨，苦難把他們還原成了單純的個體，讓他們把內心的希望和理想都深埋起來，在艱難的環境中努力向前運行。

經受了肉體的折磨後，精神的磨難是他們所必須經歷的第二道難關。這時候，他們的生命散發出了光芒，因為他們注重責任、道義、人格和尊嚴，所以，他們變成了超然和冷漠的人。但這群人的作為在大多時候只是一種個人的意志堅持，很少有人悉知他們在西域的遭遇，地域在這時候對他們構成了一種巨大的遮掩，讓他們都處在封閉的世界，他們就那樣孤單地行走著，越艱難，越剛烈；越封閉，越自厲。

當然，因為他們樹立了常人難以樹立的理想，所以，他們在精神上的力量對他們在蠻荒之地中的行走起到了很大的幫助作用，他們常常從精神上突圍，有力地維護了信念和個人尊嚴。正因為他們始終堅持了精神上的突圍，所以，他們最後變成了一群精神化的行者，個人價值從行為中凸現出來，讓理想和肉體都得到了一種肯定。而如果從現實角度看，他們最終都通過身體力行的方式實現了自己的理想，從而使自己的名字在歷史中永久地被人傳頌。

邊塞詩人

西域在吸引著詩人們，大漠雪山、長河落日，都能夠激發詩人無盡的想像，而地域特有的氣息和多元文化組合出的文明，更是讓人感到西域有巨大的內涵和強烈的衝擊力。詩人們寫下了大量有關邊塞的詩歌，「邊塞詩」，這一有著特殊背景的詩歌形式由此產生。

這些寫下邊塞詩的詩人大多都是身負使命到西域的，他們中的很多人參予到了軍事和政治工作中，足跡踏遍了邊關要隘，但他們天生屬於感情豐富的一類人，所以他們常常會在軍營中向外眺望，這一「走神」時刻對他們之中大部分是軍人身份的人並無大礙，反之，卻成就了一個又一個詩人。我們在今天可以做個比較，如果他們不寫詩，只是作為一個單純的軍人守關征戰，那麼他們一定是名不見經傳的，因為他們都不具備軍事才幹。而從他們內心冒出的詩意的感覺和後來用文字表達出的抒情，卻讓他們的名字大放光彩，體現出了另外一種價值。這種藝術的價值是任何東西都無法換取的。

他們因此變成了一群傳播邊塞文化的使者，人們從他們的詩中認識了邊塞，並被從裡面傳遞出的關於地域、文化、民族等方面的東西所陶醉，加深了對邊疆的印象，增加了對邊疆的感情。在肯定他們藝術成就的同時，我們也不應該忽略邊塞詩在當時對西域起到的推介作用。

岑參、王維、王之渙等人都寫下了大量邊塞詩，如：

勸君更進一杯酒
西出陽關無故人

（王維）

袖裡珍奇光五色，

他年要補天西北。

（岑參）

山回路轉不見君，

雪上空留馬行處。

（岑參）

與王維和王之渙不同的是，同是送人，岑參卻送得不動聲色，只在友人走遠了之後，才吟出一首詩。天山恍如一幅沉寂的圖畫，岑參凝視良久，還是感覺到人生中唯有堅韌和執著是最重要的。友人此去，不知會如何，但岑參卻沒有告訴我們，只有雪地上留下的馬蹄印，與沉寂的大漠和肆虐的天山雪渾然成為一體，堅強的友人已走出很遠，一切似乎都已了然。

岑參曾在西域留下一件讓人們經常提及的事情，他行至古車師國時，曾借了交河官衙幾斗馬料，留下一張欠條。詩人一去或許因條件所限再未返回車師，因此那張欠條便成了永久的債務。

第一章：征服者的背影

張騫：生命大隱伏

一

想像中的張騫有一雙深邃的目光。在平時，這雙眼睛大概顯得很平靜，不輕易顯示出慌亂或激動的神情，它會因為主人鎮定的內心而變得沉迷和冷峻。張騫是一隻要去西域飛翔的鷹，所以必須要有這樣一雙眼睛，正如西域的遊牧民族諺語所說：「鷹若想飛遠，一定要有好眼力。」正是這樣一雙有好眼力的眼睛，讓張騫冷靜地審視著周圍的一切，在內心掂出了輕重，洞悉了情理，品嘗了酸甜，於不動聲色之間將一切在內心做了了斷。從此，這雙眼睛一次次被主人在孤苦絕境中的命運啟動，它依照主人內心的信念，為主人尋求著精神突圍的道路。

張騫實際上是一個冒險者，從他肩負的政治使命和個人命運而言，都凸現出了冒險因素，加之他的政治使命結束得太快，而特殊環境對他的限制又太過於強烈，所以，他在精神方面便一直在苦苦掙扎著突圍，他總覺得自己一定能走出蠻荒的地域，實現自己最初的理想，並得以證明自己的價值。因此，他的行為便摻雜了許多困惑和偏執的因素，讓他變成了一個在原地打轉，始終不能冷靜客觀把握自己的人。

事實上，張騫走過的是一條極具精神突圍的道路——它窄小、坎坷、孤獨，一個人要將

這樣一條路堅持下去，則需要用意志和心靈不停地去拓展。這是何等的艱難啊！它需要一個人視信念和個人尊嚴為至高的目標，從始至終堅持內心的精神價值取向。從肉體而言，這是一種疲憊的苦旅；從精神而言，這是一種超現實的高空飛翔。

敢走荒漠的駱駝必將留名。「西域之通，始于張騫。」歷史上將張騫稱為「西域三拓」中的第一拓（另二拓為班超和鄭吉），並把他的西行之舉稱為「鑿空」，意思是「原來不通，鑿之，現在通也」。正因為他是第一個，所以在他迷人的英雄形象背面，又隱藏著多少艱難和痛苦呢？他在人面前是英雄，在人背後會不會有傷心的眼淚忍受不住要衝湧而出？可以肯定，當這種淚水隱藏到最後，終於像洪水一樣從平日裡小心翼翼維護的堤壩沖湧而出的時候，那便是英雄淚了。但英雄淚是怎樣的一種淚水，也許只有英雄自己知道。到了這時候，一個人才會從被讚譽和敬仰一度抬高的高空回到地面，並從而也回歸自己。

但常見的歷史把張騫的行為記錄得過於完美，缺少現實生活的深刻性和多面性。一個人的一生實際上是處於變化之中的；變化，使一個人在很多時候都顯得很真實，其心靈反應和精神掙扎由此便彰顯而出。所以，歷史中的人物不應該是高大完美形象的統一。而是能知道他們生命中的磨難，以及在他磨難中的複雜反應，一個能夠留名于史的人，他的經歷必然是坎坷的，他的意志也正因為如此才會變得格外感人。

歷史是多麼好的一種東西啊！昨天的事情對於今天而言，就已經是歷史。所謂歷史，其實就是某些事件在特定時間裡的結束，因為那件事件結束得深刻、完美、幾近於天絕，所以，它們便被留在了時間中。歷史從形式上而言儘管是已經結束了的事件，但那些事件在時間的意義裡似乎仍然存活著，隱隱約約像一個美麗的幽靈，一直在影響著人的思維和行為。有時候，留名于史的人在時間的意義裡，似乎用另一種方式仍在存活著，等待著與後人相遇，甚至還會抓住機會重演。

張騫是兩千多年前的人，應該說是一個很久遠的歷史人物了，然而在史書中一點一點走近他時，覺得兩千多年的時間並不久遠，似乎真的像史書的冊頁一樣，輕輕一翻便穿越時空而過，站在了張騫的面前。而張騫也似乎抖落盡了滿身的塵灰，變得越來越清晰，等待著與後人對話。

歷史想利用時間復仇，並在這種復仇的心理中復活。

二

張騫到了中年時仍一事無成，為此，他不可能不著急，但著急解決不了任何問題，所以，在大多數時候，他可能是一個憂鬱和沉默的人。他每天都要像那些走仕途的人一樣勤懇工作，但一看同行們都已經有了明確的職務、權力和地位，而自己仍是一個基層小郎官，他終日神情黯淡，經常想著如何獲得提升職務的機會，但他命中註定屬於大器晚成一類的人，所以，在經過了一段痛苦煎熬後，他的命運才突然變得好了起來。改變張騫命運的原因來自

于漢武帝對西域的凝視，當時，匈奴在西域大地上已成為主要角色，控制了大部分王國和民族，第一次從馬背上躍入中國歷史舞臺。西域從此越來越強大，以至它的存在對漢朝構成了很大的威脅。漢武帝是一位敢於進取的皇上，面對日漸強大的匈奴，他表面上仍保持著平靜，但在內心卻觀察著他們，時時不忘尋找打擊他們的機會。

機遇很快就來了，而且是一個相當不錯的機遇。一天，一名匈奴士兵被捉，審問過程中，漢武帝得知匈奴自冒頓任單于（首領）以後，在西域的地位已如日中天，連月氏王都被匈奴殺了，月氏王的頭顱被匈奴士兵用去製成酒具喝酒，大部分月氏人被冒頓趕往伊黎河流域，過著饑寒交迫的日子。儘管如此，匈奴還經常掠奪他們，對他們加倍淩辱，月氏人對匈奴痛恨萬分，一心想找機會報仇雪恨。這個消息讓漢武帝吃驚不小，月氏曾經在西域是強者，如鶴立雞群，但為什麼在冒頓跟前則不堪一擊，一敗塗地了呢？但這僅僅只是一個消息，在這個消息背後卻有更可怕的事實——昔日的一頭羊如今已變成了一隻狼，漢武帝不可能不為此感到頭疼吧？從春秋到漢高祖劉邦，匈奴一直是中原朝廷心中的痛，歷經數次衝突後，「中原從此有了邊界意識」（司湯達語），長城應運而生，但匈奴難以忍耐劫掠「村莊」的狼性折磨，一次次冒險南下。以前，月氏和烏孫等是大個子，在西域起著頂天立地的作用，使還沒有長大的匈奴無法恣肆撒野，現在匈奴長大了，而且個頭已高出月氏和烏孫很多，他們要在西域大地上開始耍威風了。他在那邊耍威風，你在這邊就不得不防他，而且為了防他有朝一日把威風耍到你的家門口來，你還得想辦法制止他，但怎樣制止他呢？漢武帝細細考慮了一番，終於想出了一個辦法，決定派一個使團前往月氏人居住的地方，動員他們與漢朝聯合起來，一起消滅匈奴。漢武帝之所以要這樣做，還有一個重要原因，就是當時匈奴的西方是大漠荒野，是一條死路；而如果把月氏人聯合起來，從北邊攻打匈奴，就可以斷了他們退往河西及漠北高原一帶的後路。這樣，匈奴在西為死路，北有漢朝大軍重壓的情況下，就會陷入絕境。

這是一個了不得的戰略計畫。一旦出擊，節節連環，匈奴必然無力挽回局面，但漢武帝又深知，去完成這個任務的人選相當重要，西行的道路沙海無垠，險關重重，而比道路更難征服的是匈奴，他們兇惡狡猾，要和他們打交道，沒有超群的膽略和過人的智慧是不行的。為找到最佳人選，漢武帝下詔公開「懸賞」徵募使者。

此時的張騫，正在小小郎官的位置上憋足了勁尋求發展的機會。仕途是一條充滿了堅忍與等待的漫漫長途，誰要是想在這條道上謀個一官半職，沒有過人的忍耐則是行不通的，在關鍵時候沒有奉獻自己或犧牲自己的勇氣也是行不通的，只要你一腳踏上這條路，哪怕只當了一個小小芝麻官，永無提升之望，你都不可不把它當回事，否則，最後它便把你也不當回事，讓你永無提升的希望。張騫聽到皇帝徵募使者的消息，當即決定捨棄小小烏紗帽，去西域建功立業。張騫如此果決，從表面上看似乎是熱血男兒的壯舉，不畏西域蠻荒赤野，不畏此去難料的生死命運，著實讓人佩服。但如果冷靜地一想，就不難發現，有一頂看不見摸不著的帽子還是吸引了他，他不可能不想，在長安像自己這樣的小芝麻官，何時才能有被提升

的機會，朝廷人才濟濟，自己縱然使出九牛二虎之力，恐怕也很難爭得機會。我們可以把張騫後來在孤苦境地中的行為看做是純粹的精神突圍，但他應漢武帝徵募，就不可能沒有個人的想法在裡面。張騫身在官場，不為自己著想是不可能的。他也許做了這樣一些比較，此去西域，皇帝老兒親自過問，眾人矚目，要是幹出一番成績，不愁得不到好處？！去，一定得去，機會難得，不可錯失。他下了一個狠心。

還好，算是天遂人願，張騫從幾百個應徵者中脫穎而出，以他過人的才華和非凡的智慧被漢武帝選中。漢武帝很快下令：張騫為漢朝出使西域的大使者，組成使團前去月氏。駿馬不跑四蹄寂寞，雄鷹不飛雙翼受折磨。張騫是有志之人，既使已人到中年，也要去遠方實現個人理想。也可以說，從出任使者開始，張騫踏上了另一條人生之路，他的生命價值也將由此改變。此時的張騫已經在代表著一個國家，即使他的職務不明確，但他的身份卻已經非同一般。當官就是這樣，雖然沒有實權，但若身居重要位置，官當得便也像那麼回事。

就這樣，張騫成為漢朝出使西域的第一位使者，西域從張騫使團的腳步踏入開始，一點一點向世人展現出了神秘的面容。

三

向西，荒漠和匈奴都給張騫造成很大的壓力，張騫為了避開匈奴，一路走得十分隱秘小心。從這一點上說，張騫帶領的使團實際上是一群冒險者，他們要去完成的是一項秘密的任務，不能讓西域的遊牧民族，尤其是匈奴知道，但他們似乎命運不佳，剛出隴西不久便被匈奴發現並抓回了單于大帳。張騫作為一位使者，其政治使命實際上到這裡已經結束了，至於後來被囚禁於匈奴，在失去個人自由的時候苦苦等待著逃出的機會等經歷，其實都是他個人對命運的抗爭，大漢王朝賦予他的使命已變得像一個隱隱約約的願想，他在心理要求自己必須去實現朝廷賦予自己的使命，但現實中的他如同被一層迷幻的大霧圍遮著一般，每向前邁出一步，都不能踏到實處，致使他變成了一個虛幻和迷茫的張騫。由此我們就可以知道，像張騫這樣被派出當使者的官員，是不能與朝中百官相比的；那些在朝廷中任職的官員，不論職務高低，位置如何，但他們是國家這台大機器上的螺絲，在使那台大機器運轉的過程中發揮著他們必不可少的作用。而張騫則被派往了一個完全陌生的領域中，他要去打交道的西域遊牧民族對他來說是陌生的，他所要完成的工作沒有任何可供參考和借鑒的東西，一切都得靠他自己去摸索，加之又離朝廷太遠，所以，一步走不好就陷入了迷幻的大霧中不明方向，不知該往哪裡走。在他被匈奴抓起來後，他的使命由此便變得更為隱秘了，他必須把自己的工作由地上轉入地下，由一個使團轉入到他一個人身上來，然後悄悄進行。這時候的張騫一定是孤獨和失落的，他的仕途生涯在從幾百個應徵者中脫穎而出開始，應該是一個很不錯的開始，但就像一首激情澎湃的歌僅僅只唱出了第一句便戛然而止一樣，他很快便又跌入了人生的谷底。

或許，此時的張騫就像一匹被囚禁起來的馬，束縛了四蹄，在原地著急地打轉，但卻不

能掙脫。那怎麼辦？在當時的這種情況下，他只能忍耐和等待了。匈奴的單于軍臣得知張騫一行要經他的地域去大月氏，便勃然大怒道：「月氏在吾北，漢何以得往使？吾欲使越，漢肯聽我乎？」司馬遷在《史記》中將軍臣的這番話做了真實的記錄，不知意欲何為？軍臣的這番話中有幾份憤怒，也有幾分苦衷，不知漢朝百官聽了後有何感想？

當時，張騫面對軍臣的質問，或許只能是默不對答。他只能保持沉默，到了這種地步，任你罵，任你打，就是殺頭，也是沒有辦法的事情。但張騫心裡有想法，這一切我都能忍，都能咽回肚子裡去。即使雲霧遮住了太陽，雄鷹也不會迷失方向；張騫的內心依然充滿了希望和期待。他之所以保持沉默，是在做先緩和局勢的打算，以贏得日後再做別的辦法逃出的機會。在那樣一種情況下，不能與匈奴硬碰硬，這倒是一個不錯的辦法。

軍臣幾番質問後，見張騫不說什麼，便下令將張騫軟禁。真正生命大隱伏的張騫從這裡開始邁出了第一步。從這時開始，張騫原有的理想已變得模糊起來，他不知道這種軟禁的歲月在自己的生命中將持續多長時間。而我們卻可以想像得出，張騫的心情是迫切的，匈奴沒有殺他，這讓他多多少少感到有些欣喜，所以，他幾乎每天都在盼望逃出的機會能夠到來。因此，這一階段的張騫並不是很痛苦，因為他心裡還有企盼。張騫從這時開始了內心的等待，他堅韌和冷峻的精神也開始顯現出來。這正應了人們常說的那句話，命運和環境是改變人的最有力的東西，如果張騫此行一路暢通，最終聯合起月氏人在西域殺得天昏地暗，那麼，今天留在我們印象中的張騫，也就只能是一個征戰者的形象。而且從張騫自身條件而言，他並不具備軍事才能，所以照以上假設發展下去的話，他很有可能從此變得悄無聲息，再沒有機會走到歷史的前臺。但這一切都沒有發生，命運只讓他站在最為艱難困苦的關口，把一切苦難都壓在他身上，讓他作為一個獨立的個體從命運中凸現了出來。

實際上，張騫在此時並不能正視自己的命運，他因為在心裡抱著過於堅執的願望，所以不能冷靜地對待現實，從被軟禁開始，逃出的機會到底有沒有，他並不清楚，而且他還忽略了匈奴，不知道他們對自己的囚禁會發展到什麼地步。所以，此時的張騫雖然內心堅執，但命運的變化卻是他自己把握不了的，甚至可以說，他並沒有意識到如何把握自己的命運。他的精神和命運，前者堅執，後者悲慘，並已經形成了一種糾結，照此發展下去，二者將糾結得越來越緊，而處在現實中的他將遭受更大的折磨和痛苦。

精神與命運，一種絕境中的對峙。

四

從形式上而言，一個人被軟禁，別人並不打算讓他死，但卻要限制他生活上的自由，所以他沒有辦法，只能屈服。一年又一年，張騫得不到絲毫的自由，好在他在內心一直堅持著最初的願望，所以，他並沒有多麼痛苦。人都是這樣，如果他面對的不是一個開闊自由的世界，他極有可能就會長期順從內心的願望，變得孤獨而又堅忍。張騫被軟禁後，他的世界變小了，他的視野也受到了環境的限制，所以，他便過多地依賴於他內心的想法，在他個人的

精神空間裡徘徊。不過這不能怪他，在西域那樣一個杳無人煙的地方，他的身體自由受到限制，沒有與別人交流的機會，所以他只能在精神上進行突圍了。

張騫讓人有一點固執和偏激的感覺，走到這種地步了，他的表現並非是人們常說的那種堅執和剛毅，他之所以能夠吃這麼多的苦，受這麼大的罪，但內心的信念一直不曾改變，實際上仍與他對自己抱的希望有很大關係。此時此地，他雖然已淪為匈奴的囚徒，但在內心仍把自己視為一個朝廷命官，他的心靈在掙扎，企望能實現朝廷賦予自己的使命，證明自己的價值，期望日後回到朝廷中時升職。作為常人，有這樣的想法實屬正常，因為這是人之常情的表現。我們甚至可以看出，這也是張騫在特殊的環境和命運中維護的個人尊嚴。張騫有了這樣固執的想法，也好也不好。其好的一面在於他由內心信念滋生出了力量，讓他變得堅強和充實，內心始終充滿希望；其不好的一面在於會讓他的路越走越窄，而且不能靈活調整自己，在困惑中遭受更大更多的痛苦的折磨。由此可見，張騫是一個能吃苦的人，他也許在心裡也對自己這樣堅持下去的結果做過比較，最後得出的結論是，環境和命運已經不容許自己再做別的打算，所以只能堅持內心的信念，在匈奴軍營中挨時間，等待逃出的機會。

張騫就這樣開始了他漫長而又艱難的西域生活。匈奴由於對漢朝持敵視的態度，所以經常淩辱張騫，而此時的張騫，仍在內心深處抱著報效國家的熱情，所以，他仍然可以忍受一切痛苦。軍臣單于為了進一步軟化張騫，後來又要將一個匈奴女子嫁給他。張騫在長安有一個夫人，他出使時，她流著淚把他送出很遠；她千叮嚀萬囑咐，一定要回來，她等著他。現在，軍臣突然給他出了這個難題，還真把他給難住了。軍臣之所以給張騫出這個難題，就是想用「老婆」這一特殊方式進一步軟禁他，讓他在匈奴中有了家室，以後有了孩子，真心投降匈奴，如果張騫真的投降，那麼就應該將漢朝的一切都拋棄，如果不想投降，一試之下，便可見端倪。張騫的頭腦是清醒的，他怎麼能不知道坐在那把狼皮椅子上，居高臨下地望著自己，眼睛裡充滿了狡詐陰險之光的軍臣的想法呢！張騫一定在內心盤算，如果不答應他這件事，那樣就會導致前功盡棄。於是，就咬咬牙答應了。這是一個艱難的選擇。有了這個選擇，張騫又維持住了內心的願望，他西域之行的坎坷命運又得以延伸，歷史上的「西域三拓」中的第一拓，才沒有匆匆走下歷史舞臺，但在這個選擇後面，隱藏著艱難的內心折磨和難於人言的心酸。

走向洞房的那一刻，想必張騫一定舉步維艱，內心感到十分沉重，長安的愛妻和漢武帝的重托像兩隻手把他往兩邊拉。這樣的時候，他不痛苦，不猶豫是不可能的。但到底往哪一邊走呢？張騫為了國家，既使心酸至極，忍不住想哭，但他還是分得清輕重的，在輕與重之間，他必須舉起刀子把自己的心刺一下，使心徹底麻木，才好繼續在這條傷心的路上走下去。後來的事實證明，張騫猶豫了一會兒，真的像是把自己的心刺了一刀子似的，讓自己把一切美好的東西都忘記，然後肩負起了漢武帝凝視的目光和自己的命運。想通了，也就沒啥猶豫的了，大丈夫男子漢理當頂天立地，理當拿得起放得下。張騫大步向洞房走去。不難想像，張騫的臉上在那一刻雖然沒有流淚，但他的心一定在哭泣。張騫走向那個匈奴女子時，

一定已經把自己的心用一把無形的刀子刺碎了。他的心在流血；而那些血卻不往外流，從此，只是在他心裡積蓄著，時時攪動出一股股酸楚和疼痛。

但所有的這些都沒有動搖張騫的信念，他一直等待著機會，以致司馬遷在《史記》中盛讚張騫「持漢節不失」。在今天看來，張騫所經歷的這些痛苦都是把《史記》這本書中的故事推向高潮的好素材。事物往往就是這樣，它必須要把一些對立的矛盾在無形中組合到一起，才能使人從中凸顯出精神。張騫最終從痛苦中聳立起了他不屈的人格，但幫助他人格的，卻是幾乎洞穿了他全身心的痛苦。

時光任苒，張騫被匈奴軟禁了十年，他同那個匈奴女子已經有了孩子，匈奴對他也已經失去了戒心，放鬆了對他的看管。張騫和堂邑父經常秘密碰頭，商議如何逃出匈奴。一天，機會終於來了，兩個匈奴前來張騫的住處辦事，把兩匹馬拴在門外的柳樹上，張騫看到那兩匹馬，立刻給堂邑父一個眼色，堂邑父是快人快箭，毫不費力氣就把那兩個匈奴射死了。張騫和堂邑父騎上馬，一溜煙就逃出了匈奴的營盤。是長久的忍耐和不屈終於使他們成功了！他們等待了整整十年，十年磨一劍啊，這把劍卻是無形的，它一次次砥礪著他們的意志，愈是艱難，愈能夠把他們的靈魂鍍亮。張騫的這種作為，因了獨特的環境，就變得更加堅決。大漠戈壁在無形之中是一種壓力，同時也是一種啟迪，讓他們明白，必須等待和忍耐，大漠中的沙礫被風暴吹來吹去，風暴過後，它們變得更為粗獷和沉寂，但它們正是在這樣的磨難中守住了自己，也守住了大漠這個家。

一個人的意志凸現之前，一定是他的理想追求已經變得很孤苦，他就是在這種孤苦中再次把握自己的命運的。

五

張騫脫險之後，並沒有如釋重負地逃回長安，他認為自己經受了十年的忍辱負重，就是為了前往大月氏。於是，他悄悄抹去淚水，和堂邑父背對南歸的路途，繼續向西而行。

張騫好不容易逃出，卻又義無反顧地踏上歧途，從表面上看，似乎仍是漢朝農耕文化觀念在左右著他，他仍想實現大丈夫最初的意願，這符合古往今來許多人的行為規律。但他為什麼會哭呢？在那一刻，他是不是有一種特別微妙的心理反應呢？十年苦囚，終得逃離，但回到長安又有什麼在等待著自己呢？沒有完成任務，被匈奴軟禁十年，這些無不都是恥辱啊！所以在那一刻他還是咬緊牙關，要去完成自己十年前的任務，此時儘管張騫已逃出囚禁，但實際上仍無路可走，不這樣，又作何選擇呢？好在張騫在西域十年，那顆心早已被大漠的風吹打得堅韌無比，所以作出選擇的那一刻，想必他沒有絲毫的猶豫。

一路上，張騫和堂邑父翻山越水，行走得十分艱難。幸虧堂邑父有很好的體力，能背很多食品和飲用水，才避免了他們在沙漠中沒有被餓死和渴死。有時候，一連數天在沙漠中碰不上居民，堂邑父只好去射獵一些獸禽作暫時的充饑。

張騫和堂邑父到達大宛後，看到大宛農業發達，盛產稻、麥和葡萄酒，人們都過著富餘的日子，光能保存幾十年不壞的藏酒就有萬餘石。大宛的馬也非常好，有一種馬在跑熱了時渾身流血，張騫見此情景，失口叫道：「汗血馬」，汗血馬由此得名。以後漢武帝所乘的汗血馬也是從這兒弄過去的。大宛王早就聽說漢朝國力強盛，土地富饒，很想與漢朝交往，只是「欲通不得」而無奈何，但他還是非常熱情地款待了張騫。這時候，張騫才知道自己被匈奴軟禁的這十年裡，大月氏人已經南遷了，他們之所以遷移是受烏孫所迫。月氏在其強盛時曾打敗烏孫並殺了烏孫王難兜靡，佔據了烏孫人的地盤，當月氏人被匈奴逼遷到伊黎河流域後，難兜靡之子獵驕靡在匈奴人的支持下揮師西進，向月氏人發動進攻，要報殺父之仇。月氏人無力抗拒，只好向南遷至中亞大夏人活動的地區，在阿姆河一帶生存。看看，時間是個可怕的東西吧，它足以將一切改變，把那些長時間抱著一個理想，不適時改變自己的人遠遠地拋在身後，讓你有朝一日醒悟時，已為時已晚。

但張騫不灰心，決定前往阿姆河。他和堂邑父向大宛王告別，再次把孤獨的身影融入了茫茫荒野。經過艱難的跋涉，兩個人終於到達阿姆河，然而，當他們找到大月氏人時，事實已與他們十年的心血和艱辛期盼相去甚遠。此時的大月氏人已臣屬大夏人，又因該地區土地肥沃，水草豐盛，每戶人家都過著殷實的日子，已不願再去打仗，也不想再與匈奴人結仇怨，更無意與漢朝交往。張騫幾番勸說，直至痛哭流涕地訴說自己為了月氏人，用十年的心血忍辱負重，吃盡了苦頭，現在只希望月氏人能與大漢合作，打擊匈奴報仇，但月氏人仍不願離開阿姆河，張騫只好和堂邑父悶悶不樂地踏上回歸的路途。阿姆河在他們身後喧響著，似乎在為他們的苦難遭遇而哭泣，而此時的張騫和堂邑父，早已沒有了淚水，有的只是對人生的深重感慨和對命運的默默承受。十年了，好多事情都發生了變化，但張騫卻一無所知，卻依然在內心堅持著最初的夢想，這種變與不變造成了一種痛苦，最後，便只能由張騫一個人來承擔這種痛苦。

通讀《史記》，發現有好幾個人像張騫一樣，在時間的巨大落差中堅持和追求了個人的願望，像蘇武、玄奘等，都是這支大漠苦旅隊伍中極其相似的戰友。一方面，他們的這種鍥而不捨的追求折射出了精神的光芒；另一方面，卻因為地域環境所限，使他們的生命遭遇陷入悲苦之中。就像遊牧文化與農耕文化必然要出現碰撞一樣，這幾個人的生命反應，也有更深層的民族與民族，文化與文化的碰撞。時間是一個巨大的堡壘，這幾個人默默地在它周圍徘徊，攻之不破，就用精神穿越，體會一種人格力量的愉悅。如此這般，苦便變成大苦，悲便變成大悲，落花幾許，春去秋來，人的面容在黃沙中已悄悄黯淡，只有那顆深藏著夢想的心靈仍然保留著激情。

回去吧，別再費勁了。用今天的話說，這裡沒有市場，你的東西再好，但人家不喜歡，所以也就不值錢，你還有什麼辦法呢，難道你還會跪下求人不成？！張騫當然不會這樣做，但他內心的那股酸楚想必是無法抑制的，轉過身還沒走幾步，說不定眼淚就下來了。唉，張騫啊！你本來是一塊堅不可摧的鋼，只因命運把你放在西域太久了，時間在變，世事在變，

你這口好鋼也就沒有多大的用處了。回歸途中，張騫和堂邑父再次被匈奴所俘。看著匈奴人向自己和堂邑父包抄過來，那一刻，張騫可能像第一次被俘一樣，渾身有一種被掏空的感覺，他再也沒有力氣掙扎了。他們倆被匈奴押回營盤關押了起來，多少個淒冷的夜晚，兩個人相對無語，只是麻木地挨著時間。……一年多後，匈奴單于卒亡，匈奴內部發生動亂，乘著匈奴們在互相廝殺，張騫和堂邑父把牢房的牆挖開一個洞逃了出來。這次，他不忍心再拋下匈奴妻子和兒子，便冒著危險跑回家帶他們上路了。一年後，張騫終於回到了闊別十三年之久的長安城，漢朝文武百官皆為張騫的經歷欷歔不已，非常佩服他優秀的素質和政治才能。

漢武帝不但沒有因為張騫未完成任務而處罰他，反而看重他對國家的忠誠，為他榮膺爵位，升作太中大夫，其隨從堂邑父也獲奉使君的封位。這樣是不是就功德圓滿了，十三年難於人言的坎坷經歷，終於換得高升，張騫是不是該滿足了？然而到了此時，張騫在歷史舞臺上的表演結束了。這齣戲，結尾可以算作是一個大團圓，符合一般事物發展的規律。至於張騫，他由此隱入了人生的另一角落，他是否滿足，別人就不得而知了。

六

七年後，漢武帝再次命令張騫出使西域，這次出使西域與第一次截然不同，漢武帝要張騫攜帶的大量金銀絲綢和一萬多頭牛羊在沿途分發給西域各國，以一種友好的態度團結他們。這次，張騫躍馬揚鞭，暢通無阻。到達烏孫時，張騫仍想圓第一次出使西域未圓的夢，把大宛、大月氏、康居等國說服，讓他們與漢朝結盟，把匈奴孤立起來。受困匈奴十三年，吃了那麼多的苦，受了那麼大的罪，都沒有達成初衷，現在的這個機會可以讓他實現一生中最大的願望。一下子突然在心裡冒出這個想法，張騫可能很激動，他已經老了，再沒有時間了，所以這便是他此生中最後的一個機會，做好了，對他的一生也是一個總結。但在激動之餘，他還是按捺住內心，冷靜地分析了一下當時的局勢，他馬上發現自己不能這麼幹。其原因有二，一，烏孫國正在內亂，恐難以說服；二，漢武帝讓自己此次出來的重要囑託就是聯繫西域各國結成友盟，別無他意。這樣一比較，他就趕緊收住了心思。在官場上混了一生的張騫，在這時候顯得多麼成熟啊！一切都以大局為重，個人的委屈只能悄悄地咽到肚子裡去，哪怕你難受得忍不住想哭，也只能在心裡哭泣，眼睛裡是不能滴下半顆淚珠的。

返回時，張騫可能神情黯淡，默默無語。兩次出使西域，走了那麼遠的路，歷經了那麼多常人難以想像的痛苦，卻終未實現心中願望，張騫不可能不傷心。但有什麼辦法呢？在國家這個大棋盤上，每個人都是過河卒，只可按照朝廷的意志向前，不可後退。還有一點，個人的理想有時候必須得讓位，哪怕你曾經吃了多大的苦，受了多大的罪，都只能一心一意地把皇帝吩咐的活兒幹好。不過從另一個角度看，張騫命中註定不會有多大作為，他這兩趟下來罪沒少受，苦沒少吃，光第一次入西域被困的那十三年，就讓人覺得他勞神傷懷，苦不堪言，但他對特殊地域的抗爭並不能轉變成國家的利益（儘管他個人的精神和生命意義已得以

徹底地展現），另外，也許就連張騫自己也沒有搞明白，漢武帝在當時的條件下想收復西域，只能說是一個設想，有諸多不現實的地方，因為西域對當時的朝廷來說只是一個模糊的概念，要不是張騫帶回關於西域的一些「消息」，誰也不知西域到底是一個什麼樣子。因此，歷史上將張騫列為西域「三拓」之首，也就是對他個人價值的最大肯定。

好在張騫是一個有志氣的人，這兩趟下來苦是苦點，累是累點，但他卻能夠堅持自我，有一種把苦吃盡、吃透、就是死也要等到苦盡甘來的精神，所以，在他轉身返回的那一刻，雖然現實的張騫變成了一個永遠悲愴的句號，但精神的張騫依然光芒未滅，折射著人生理想的終極意義。

四年後，張騫東歸長安，漢武帝封他為大行，位列九爵，以作為對他一生功勞的肯定。從當郎官開始，風風雨雨一生，現在官終於當大了，位置高了，不知張騫為此是否心滿意足。不幸的是，他只在短暫的時間裡享受了一下官爵帶來的幸福，不久，便在長安溘然長逝，生命的光芒四散而去，結束了他充滿傳奇色彩的一生。張騫臨死前，仍為自己兩次出使西域均未達成初衷而遺憾不已。十三年歷經非常歲月，他把自己的一份心思留在了西域，現在他已經走到了人生的最後一步，仍難了那份心思。但他不知道，正是他用雙腳踏出的一條西域之行的道路，「無心插柳柳成蔭」般地成了日後中原到西域、乃至中亞的一條通途。

它就是絲綢之路。

蘇武：十九年的眺望

一

史書記載蘇武的歷史很單一，從頭至尾僅有放逐於貝加爾湖十三年這麼一件事，所以，歷史中的蘇武是一個很清晰的人，有關他的史料也整齊劃一，沒有什麼出入之處。其實，除了記錄蘇武生平的那些正史外，有幾首詩卻不錯，如《蘇武牧羊詞》、《別李陵歌》等。據說，《別李陵歌》是蘇武親自寫的，而《蘇武牧羊詞》則是一位當代的老師寫的，距今不過一百年。這位元老師的漢語言功力不錯，短短一首《蘇武牧羊詞》，讀來讓人覺得衣衫破爛，愁眉苦臉的蘇武似乎就站在我們面前：

蘇武牧羊北海邊，雪地又冰天。
羈留十九年，
渴飲血，饑吞氈，
野幕夜孤眠。
心存漢社稷，夢想舊家山，
歷盡難中難，節落盡未還。
兀坐絕寒，時聽胡茄耳聲痛酸。

群雁卻南飛，家書欲寄誰。
白髮娘，倚柴扉，
紅妝守空幃，
三更徒入夢，未卜安與危，
心酸百念灰，大節仍不少虧。
羝羊未乳，不道終得生隨漢使歸。

有一幅《蘇武牧羊》圖，畫中的蘇武站在貝加爾湖邊向南而望，一場大雪下得正緊，肆虐的北風把雪花吹打在他身上，但他的手裡仍握著那根使節杖，似乎沒有什麼能夠改變他站立的姿勢。許多畫面上的蘇武都是這樣一個姿勢，這是蘇武留在歷史中的一個固定形象，堪稱歲月，已深入人心。再細看，他卻滿臉憂鬱和愁苦，面孔清癯、黧黑，下巴上的鬍鬚已有些發白，一陣風吹過，長鬚、亂髮、節杖之帶，以及他單薄的青衫一起飄動，他那雙憂悒的眸子已經被升騰的雪霧淹沒。

二

史書上說，蘇武是以幹部子弟的優越身份進入朝廷的，他父親在當時位居要職，所以他和哥哥、弟弟三人都走上了當官這條路。可能漢朝當時有幹部子弟優先考慮的政策，所以，他們兄弟三個生在官宦之家，便可以趕上好機遇。這樣看來，蘇武的出身不錯，自小應該受到了很好的教育，加之受父親的影響，所以對走仕途這一人生路對他來說再合適不過了。我們還可以設想一下，蘇家這三兄弟進入朝廷任職後，父親對他們言傳身教，早早地培養他們，使他們具備了走當官這條道路所必需的素質。如此一來，對他們三人的性格，人生觀，世界觀的形成都產生了很大的作用。相對于蘇武日後在西域的表現，這一階段的他所接受的理念灌輸，實際上是不容忽視的。任何人的行為反應，或者說任何一件事的發生，其實都與他內心的根源有很大的關係——在早先的時候，一個根源就在他內心生長著，影響著他的心靈，直到有一天這個根源長大，從他的身心中衝湧而出，左右他做出一些連他自己也不曾設想的事情。蘇武也許是屬於較早成熟，而且進入情況較早的那一類年輕幹部，很快便熟悉了崗位職責和職能權力，一步一步往前走著。

不知道蘇武從進入朝廷到出使西域這期間，共做了多少年。但有一點可以肯定，對於血氣方剛，而且胸懷遠大理想的蘇武來說，在出使西域之前，他大概從來都沒有想到自己在日後會變成一個牧羊人。當時，年輕的蘇武已經是宮廷裡的移中廄監，用今天的話說，他當時是中央政府機關的人。與所有出使西域的人在朝廷時所任的職務相比，蘇武的職務是最高的，屬於年輕有望的後備幹部。我想蘇武是很珍惜自己的這個位置的，他雖然不會使自己高高在上，或者去皇帝跟前獻殷勤，但做事卻一向認認真真，把移中廄的馬、鷹、犬和射具管理得井然有序。大家都知道，漢武帝是一個很有眼光的皇帝，蘇武這樣做下去，仕途一定會不錯的。

當我們瞭解了蘇武全部的命運後，會特別看重蘇武這時候的表現。通常認為一個在氣節上特別忠貞和剛正不阿的人，他在性格中一定會顯現出某些個性化的東西。蘇武是一個行動敏捷，不愛說話，但做事特別果斷的人。每天一大早，他都要到移中廄去轉轉，如果士兵們忙不過來，他就和他們一起做，他從不斥責體罰下屬，下屬們都因為遇上了這樣一個長官而高興。但在皇帝面前，蘇武一定是十分謹慎的，平時的嚴謹，也就是為了在皇帝有用時不要出什麼差錯，按要求保障好，讓皇帝玩得高興。但時間長了，我想正如那句話所說：「伴君如伴虎」，蘇武可能也遇到過一些不愉快的事情，但他把一切酸苦都隱藏在那幅嚴峻的面孔後面，從來不外露。而他的希望大概也隱藏在嚴峻之中，他不多說話，給人留下了很沉穩的印象，在那樣一個環境中生存，他雖然在心中充滿希望，但他明白必須嚴峻和沉穩，才可能會使心中的希望實現。蘇武的這種性格足以幫他成大事，一個人，如果能夠養成處事冷靜的個性，他就會慢慢變得深沉，辦起事來也會顯得從容。

要是在今天，蘇武可以被評為優秀公務員。

三

一個人要刻意把握自己的命運時，命運卻往往又會刻意改變他。天漢元年，蘇武的命運發生了意想不到的變化，漢武帝派他出使西域。蘇武出發的時候，沒有意識到自己的命運會發生突變，因為這時候剛剛即位的匈奴單于害怕漢朝打擊他，就說：「漢天子是我的長輩。」把扣解在匈奴中的一些漢朝使者送了回來。誰都覺得，這時候是匈奴主動要和漢朝搞好關係，所以，蘇武持使節杖護送扣留在漢朝的匈奴使者回去，是沒有什麼危險的。但此次出使西域，對意義中的蘇武來說是一次新生，他在西域的命運突變使他成為《漢書》中最具有個性，最有意志的人物，他因而也從政治舞臺的角落裡走出，細心整整衣衫，走到了前臺。

群羊之中最顯眼的一定是高個頭的羊，馬群中脫穎而出的一定是善於奔跑的那匹。蘇武能夠得到這樣一個機會，有一點不容忽視，那就是他能夠被選為使者，說明皇上發現了他身上的優點，這一趟去西域，是對他的一個檢驗，他只要順利完成任務，等著他的就是升職和獎賞，他在前面打下的所有基礎，在這時為他起作用了。接過那根使者節杖在手，蘇武等於握住了新的希望，照此發展下去，他在仕途上應該有一個不錯的未來。

蘇武走在路上時，心情也許慢慢變得不平靜了。從長安向西，一路可見秦、趙、燕等國留下的長城，昔日的殺伐聲隱約可聞，每往前行進一步，如同也要進入一場戰鬥之中。蘇武不可能不知道，腳下的這條路上曾走過張儀、蘇秦、馮諼等那些先秦的著名策士和謀臣，他們的車轍留下的痕跡仍然清晰可辨。那些轍印是沉重的，它代表著那些謀臣來來回回時的沉重與失落，有的人在這條路上有些許收穫，有的人卻一事無成，白吃了那麼多的苦，受了那麼多的罪。當然，此時的蘇武仍是一個超然和安靜的人，他始終看重責任、道義、人格和尊嚴。換句話說，命運中的不幸還沒有降臨到他身上，他依然心高氣盛，相信沒什麼能把自己

難住。因此，我相信蘇武在生活中是一個沒有太多欲望的人，長期在政治舞臺上的經歷已使他學會了隱忍，而且能夠冷靜地把握自己，懂得把全部精力投入到所要幹的事業中去。在朝廷中，他已經養成了嚴肅認真的態度，所以這次出來，他並沒有多少顧慮，他相信自己的能力；同時，由於心性太高，他並沒有把惡劣的環境當回事，他可能在心裡想，只要給匈奴交了人，就可以回長安交差了。

這是不是有點太順利了？鷹一心要在天空中飛翔，但往往要在天空中消失；馬喜歡在草原上奔馳，但一不小心還是會在草原上倒下。蘇武完成任務準備返回時，一位下屬捲入了匈奴的宮廷爭鬥，單于且鞮侯一下子不高興了，將蘇武一行扣留起來，準備審訊。蘇武覺得很丟人，發生這樣的事情，自己回去如何交代？那一刻，蘇武剛強的心如同猛遭撞擊，倏然間裂碎。他對下屬說：「使節辱命，雖生，何面目以歸漢！」他抽出劍自刎，一抹血自脖子上湧出，劍掉在了地上。大家不願意讓他死去，趕緊在地上挖了一個坑，燃起�火，把蘇武面朝下放置在熅火上面，排出他體內的淤血，將他救活了。

史書上對蘇武的內心活動未作描述，但我們有理由相信，以蘇武多年為官的經歷，他絕對不能容許下屬參與到別人的紛爭中去，但這樣的事情已經發生了，他感到不光丟了自己的臉面，而且丟了整個朝廷的面子，那一刻的羞恥感使他心冷如灰，他覺得自己沒有完成好任務，就拔劍讓自己死。蘇武的這一舉動，與受長期受朝廷氣氛渲染有關係，事情發生後，他有些把事態看得過大，把一件事放在了整個朝廷的利益上考慮，甚至不惜以喪失生命，也不願讓朝廷受辱，從這一點就可以看出，蘇武雖然平時表情冷峻，不愛說話，但他卻是一個外冷內熱，有著強烈內心精神的人……他醒過來的一刻，內心會有些什麼反應呢？自己想用死來了卻這件事，但都了卻不成，真是沒有辦法了。他也許在那一刻變得無可奈何了，既使酸澀的淚水沒有從雙眸中流出，但卻在心裡流淌。

且鞮侯很為蘇武的這種氣節所感動，但他卻並不因這種感動而對蘇武產生敬仰之情，反而激起了邪惡心理，他突然改變了想把蘇武殺了的打算，決定征服這個漢人。一隻狼的狼性被激發了出來，它要按照自己的意願吃人。匈奴雖然天生好鬥，但到了狡猾的且鞮侯這裡卻已經有了很大的變化，要不，他怎麼一上臺就稱勢力強大的漢朝是自己的長輩呢？現在，他覺得用武力從肉體上征服蘇武已經沒有什麼意義，也無法真正征服他，所以，他要從精神、意志和信念上戰勝蘇武，從感覺上而言，他覺得把蘇武折磨一下，就等於和漢朝在鬥。

我們不難明白，這實際上是匈奴與漢朝的又一次對峙，只是這種對峙卻要通過蘇武的痛苦承受而進行。且鞮侯先是派從漢朝投降過來的衛律去勸說蘇武，蘇武對衛律破口大罵，致使衛律羞愧難當，抱頭而去。蘇武罵衛律，多多少少使自己發洩了一些內心的鬱悶，同時，也使他更加堅信，身為大漢朝使者，一定要守節，不然，終有一天會落得被別人辱罵，活著如同豬狗，死後也不得安寧。蘇武也許做了這樣一個比較，有什麼了不得的，又有什麼可怕的，老子想死還死不成呢，我倒要看看你匈奴能把我怎麼樣。衛律回去向且鞮侯告了蘇武一狀，且鞮侯大怒，立刻決定把蘇武放逐到貝加爾湖去放牧，並陰毒地言稱：你什麼時候能讓

公羊生下小羊，我就放你回去。天底下哪有這樣事情？「魚兒在水中生存，老鼠在地底修造宮廷；世上的一切生物呀，都在適合生存的地方謀生（哈薩克民歌）。」你說，你單于讓蘇武去養公羊下小羊，就如同讓你這個大老爺們生個孩子，你能做到嗎？這不明擺著是一齣整人的戲嗎？

蘇武什麼也沒說，轉身走了。此時的蘇武已深深地明白，自己雖然已與階下囚沒什麼兩樣，但自己身上仍背負著一個使命，那就是作為漢使的尊嚴不能丟，不能屈從匈奴，否則，整個漢朝的氣節將在匈奴面前一敗塗地。任何事情都不能只看積極的一面，蘇武先是選擇自殺，現在又與匈奴這樣對抗，是不是與他身後的朝廷有關係呢？他這一趟出來，出了這麼大的事，難道回去別人就不問他的罪嗎？所以說，蘇武在這時候實際上已沒有退路可走，在想死又死不成的情況下，只有和匈奴這樣對抗下去——我就是不向你們低頭，有本事你把我殺了，不殺我，我就這個樣子。匈奴對他失去耐心，於是就給他一個難題，要把他放逐到最苦的地方去，他抱起那根節杖，毫無懼色地走了。

一場大雪很快淹沒了他的身影。

四

蘇武到了貝加爾湖，才真正進入了命運的煉獄。也就是從這裡開始，他變成了人所共知的一個堅持節氣，與命運長期作鬥爭的蘇武。時間是可怕的，儘管蘇武到了貝加爾湖以後雖然沒有受到匈奴的傷害，但他度過的每一天中，艱難困苦，饑餓寒冷，孤獨寂寞，屈辱悲憤無不交織在一起，對他的體能和意志進行著最為殘酷的折磨，此時的蘇武與原來相比已判若兩人，他無法再超然和冷漠，他知道在這種情況下，自己在代表著漢朝的氣節和尊嚴，而為了保持這一點，他必須一再承受寒風冷雪和孤苦悽楚，一再保持沉默。

我們可以想像得到，貝加爾湖的冬天是極其寒冷和孤寂的，一個人被囚禁在那裡，沒有人和他說話，他自己也無事可做，那種度日如年的滋味一直不好受。而設身處地想，蘇武背負自己沉重的命運，在這裡度過十九年的歲月，那又是怎樣的一種情景？羊群慢慢壯大，大羊下小羊，小羊長大再下小羊，這樣的繁衍始終不能讓蘇武高興起來。其實，歷史上只要一提起蘇武，總要說他牧羊的這一段歷史，但蘇武哪裡是一個牧者啊，牧羊，只是匈奴為折磨他而找的一個藉口，公羊在什麼時候都不可能生不小羊，蘇武當然也不會在這方面抱什麼奢望，他只是要堅持，只要自己有一口氣，就要堅守忠節，不向匈奴低頭。

至此，蘇武的所作所為，只能是個人的一種意志堅持，朝廷中無一人關注他，無一人悉知他在西域的遭遇。地域在這時候對蘇武構成了一個巨大的遮掩，讓他一個人成了一個世界，這個世界的封閉性和獨立性都是蘇武不能突破的。不管他怎樣反抗，都不可能抽身而去，所以他只能就那樣與匈奴對峙，越艱難，越剛烈；越封閉，越能自厲。我們甚至不難看出，蘇武之所以這樣做，之所以遭受這樣的困苦，是因為他從骨子裡本能地要堅持氣節，在行為中要抵制苦難，這一抵制，就是十九年，昔日的熱血青年已進入中年，一根節杖與他的

面容一樣已變憔悴，隱隱已有幾許風霜雪影。

在這十多年裡，先後有兩個人來過貝加爾湖看過蘇武，一個是且鞮侯的弟弟于軒王，另一個是已經投降匈奴的舊友李陵。于軒王是因射獵而來貝加爾湖的，他賞識蘇武編結漁網，紡織繳絲和校正弓弩的技能，所以，就賞了蘇武食品和帳篷。于軒王是一個有著大義謀略的人，他與兄長不同，並不打算去征服蘇武，只想和蘇武交朋友，和蘇武成為一種使兩個民族大團結的朋友。由此可見于軒王是一個非常懂政治，懂感情的人，只可惜他只與蘇武相處了三年，因得重病無法醫治，在荒蕪的大澤中不幸逝去。他是蘇武在貝加爾湖後結識的唯一朋友，他去世了，蘇武又變成了孤獨無助的牧羊人。

李陵來的時候，蘇武沒有像罵衛律那樣對待他。李陵是李廣的孫子，領兵出戰，敗於西域，起初假降匈奴，以圖東山再起，但朝廷卻殺了他的家人，想起李家世代遭受朝廷不公正對待，便索性真投降了匈奴，做了一個坦坦蕩蕩的叛徒。李陵和蘇武以前在朝中是好朋友，蘇武能夠理解李陵的那種隱痛與無奈。兩個人可能對坐無語，神情都頗為黯淡，此時出現在李陵面前的蘇武也許已形成野人，但他仍懷抱使節杖，繫在節杖上的毛已全部脫落。李陵想起蘇武以前因沒有食物曾嚼雪、吃氈毛、挖野鼠儲藏的青果，不由得傷心而泣，蘇武勸李陵止住了淚水，倆人默默地喝酒，誰也不說一句話。後來，李陵還是忍不住對蘇武說了他出使西域後家中所發生的事：你哥哥扶武帝下殿階時，碰到了柱子上，被定為「大不敬」之罪處死；你弟弟受命去追捕一名宦官，沒抓到，因害怕定罪而服毒自殺；你年近半百的母親在悲傷中鬱鬱而死；你年輕的妻子改嫁他人，家中只有兩個妹妹，兩個女兒和一個兒子，如今下落不明……李陵說得聲淚俱下，他勸蘇武，我今天來本無勸你投降之意，但面對這樣的事實，你又何必如此折磨自己呢？你對武帝抱著幻想，可如今他年老昏惑，法令無常，你還是要為自己著想啊！

蘇武聽到這些消息後該如何呢？他沒有想到自己走了之後，在身後發生的是這樣的一場場災難啊！蘇家在這一場場災難中如一枚落葉，被刮入了命運的深淵之中。再剛烈的漢子，到了這時難道還不會傷心，不會為家人遭受的不公而憤怒？至少，蘇武面對這無奈的事實時應該低下頭，好好想一想自己的人生為何會這樣，假如他真這樣想了，在少頃之後，兩行淚水也許從滄桑的臉頰上就流了下來。

天下沒有不散的宴席，即使在貝加爾湖這樣的蠻荒之地，兩個老朋友相聚一場後也得分離。要走了，李陵淚下數行，與蘇武訣別。此時的蘇武是怎樣的一種心境呢？想必蘇武的心情一定是複雜的，如果說蘇武此時對漢武帝沒有怨憤之情，那絕對是不可能的，畢竟他忍辱負重，在所有的東西都已經改變了之後，他的忠貞是沒有動搖的，他不論吃飯、睡覺、還是放牧，那根節杖從不離手，但弄到現在卻家破人亡，就算自己有朝一日終於歸漢，又該怎樣面對一個殘破的家呢？

李陵走後，蘇武擦去淚水，仍蹣跚地行走在大澤邊，舉目向南凝望。有一首詩對當時的

情景描述得很細緻：

蘇武在匈奴。
十年持漢節。
白雁上林飛。
空傳一書箚。
牧羊邊地苦。
落日歸心絕。
渴飲月窟水。
肌餐天上雪。
東還沙塞遠。
北愴河梁別。
泣把李陵衣。
相看淚成血。

到了這種地步，蘇武不可能不傷心，如果他悲痛欲絕，說不定會把那根節杖摔在地上，一腳踩成兩截——自己這麼多年在這裡為朝廷堅持氣節，沒料到家裡人卻落得那樣的下場，這到底是為什麼？是我錯了嗎，是朝廷黑白顛倒了嗎？沒有人幫他找答案，也沒有人安慰他。其時其景，也許蘇武只有一個信念——我還是要回到漢朝去，即使世事全部顛倒，我也要自己證明自己。到了這時，蘇武只能這樣了，在前面已經付出了那麼多，如果現在動搖，那真是太不值得，先前他與匈奴抗爭，後來便又與大自然抗爭，到了現在便又與自己抗爭。到了如今這般地步，即使他不為朝廷著想，也要為自己著想，如果自己要改變主意，那就得向匈奴說話，求他們放了自己，只有自己回去才能為家人鳴不平，但要做到這一點太難了，比讓公羊下小羊還難。所以，繼續堅持在這時候顯得很有實際意義，有朝一日你們都看看，蘇武到了這種地步仍不改初衷，一如既往地為朝廷守節，難道天下還有比這更忠更孝的人嗎？事實上，蘇武的這些想法是對的，當他回到長安後，他兒子蘇元參與上安官的謀反被處死罪時，昭帝念蘇武在西域持漢節有功，並未追究他的連帶責任。

西元前八一年，漢與匈奴再度和好，蘇武還活著的消息被傳了出去。這時候，改變蘇武命運的一個重要人物出現了。他叫常惠，和蘇武曾一起出使西域，蘇武被軟禁到貝加爾湖後，他歷經艱難困苦返回了朝廷，在這十九年中他一直惦念著蘇武，到處打聽蘇武的消息。此次漢朝廷派他前往西域任使者，他聽說了蘇武在貝加爾湖的事後非常激動，立刻派人四處打聽蘇武的下落，終於得知蘇武在貝加爾湖邊。常惠決定拯救蘇武脫離苦海，他覺得在這十九年中朝廷已經發生了翻天覆地的變化，而蘇武卻仍然在孤苦境地中堅持著最初的意志，真是讓人欽佩。常惠用大雁傳帛書，向漢朝報上消息——蘇武還活著，被困在某大澤中。朝廷百官一時大嘩，武帝當即向匈奴傳令，馬上放蘇武。此時，且鞮侯已死，且鞮侯的兒子狐鹿姑任單于，匈奴和漢朝的關係已趨好轉，他怕因為蘇武這件事而破壞自己和漢朝的關係，便

謊稱蘇武已不知下落，想把這件難堪的事遮掩過去。常惠急了，眼見得朋友仍在受苦，卻不能救出，他無論如何都不甘休。他靜下心想了想，想出了請「神」相助的辦法，他對狐鹿姑說，我漢朝天子已接到神鳥送音，告知蘇武在貝加爾湖，你難道要違背神的旨意嗎？這是一個好辦法，信薩滿的匈奴敬神為萬物至尊，被常惠「神鳥送音」這一說法嚇壞了，馬上派人去貝加爾湖接蘇武回單于庭。蘇武這才被解救了出來。已經白髮蒼蒼的蘇武終於離開貝加爾湖，結束了十九年的流放生活。常惠這個人真是不錯，十九年心繫一人，可以看出他為人為事都有很誠懇的一面。他只是作為使者去西域的，但聽說了蘇武仍活著時馬上覺得營救蘇武才是最義不容辭的責任，他可以什麼都不要，但一定要救出蘇武。這樣，對於他的事業來說也無疑取得了引人注目的成績，他在這時候幫蘇武脫離苦海，為蘇武成為一個千古英雄起到了關鍵性的幫助作用。常惠把拯救蘇武當成了一件大事去做，是聰明之舉，是很值得的事情，他這一趟出使西域，憑這一件事就可以揚名於朝廷，不愁立不了功勞。雖然史書中很少提他，但僅此一事，就足以讓人對他另眼相看。

十九年了，世事已千變萬化，而一個人的心在這十九年中卻一直在停留，時間、苦難、生命，都被他視為不存在，存在的，只有他的精神意志。好在他堅持了下來，精神沒有崩潰，生命沒有結束，到了最後，勝利屬於他。

這種勝利，應該是生命和精神雙重的勝利。

李廣：大雪滿刀弓

一

我們憑弔一位古人，大多都會在他們的墓前撫古思今；古人的墓大多修得莊嚴肅穆，很適合今人懷古，能製造出一些特殊的氣氛。在墓前站一會兒，看一看墓碑和墳塚，便能在內心體味到特殊的滋味。墳墓，是一個人死了之後開始的另一種生命，它以紀念的形式存在，是一個人為這個世界留下的最後的東西。死者已去，只求安息。後人們憑弔古人時，態度往往是非常嚴謹的，是忠烈英雄者，頌其精神人格光芒，感慨偉大壯舉，學習精神品質；是敗類奸臣者，責其骯髒心思，斥不恥行為，唾小人志向；是哲人思想者，靜靜聆聽其心靈細語，體味人生之真諦，看世界佈局原理……最後，眼中的墳墓已是一個個人的化身，隱隱約約地，似乎已呈現出了他們的面容，似乎正在向我們訴說著什麼……靜靜地聆聽，與他們進行一次穿越時空的心靈體驗。

李廣終其一生，僅與匈奴就有七十餘戰，可謂是殺人無數，吃了「打仗」這碗飯一輩子。大凡英雄者，之所以能被後人記住，一般也就活在那麼一兩件事情中。當初，他們創造事件時，因為對自己要求完美，便使事件也變得完美，但他們卻不會白費力氣，最後，事件的完美反過來又使他們變得完美。有時候，人們甚至願意把人和事件一體化，這便是歷史的

力量所在。李廣軼事頗多，夜射虎，箭入石，單騎單槍挑匈奴，「飛將軍」之美稱，許多詩人對他的讚吟，等等，都把他勾勒成了一個明朗的人物，似乎可觸可摸。

想飛將軍一世，令人不由得感慨，英雄在創造輝煌成績的同時，為什麼總是避免不了悲劇的發生呢？或者說，他們在一步一步成為英雄時，悲劇也在一點一點發生著。最後，悲劇便變成一個不可戰勝的敵人，將英雄打敗。李廣輝煌一生，最後也身陷悲劇，結束了自己的生命。大英雄與大悲劇，為時代注上濃濃的一筆，留下了千古絕唱。也許，英雄與世界的關係原本常常如此。李廣遭遇坎坷，終其一生未得封侯，未得應有的功賞。唐初大詩人王勃在《滕王閣序》裡曾發出一句感歎：「李廣難封」。這個「難」字既是對李廣坎坷一生的總結，又是對他無奈的惋惜。王勃一出手，便是千古美文，但到了李廣這裡，卻止不住流露出這般的感慨，筆猛地一沉，落在了關鍵所在的這個「難」字上。

二

李廣將石頭誤為虎，一箭射出，箭竟然深深入石。在這個眾所周知的典故中，李廣顯示出了好力氣，好箭法，好氣魄，起落之間就是大將軍的風度。

李廣家族是一個標準的軍人家庭。他的先祖李信就是在荊軻刺秦王失敗後，奉秦王軍令率兵追擊燕太子丹直到遼東的那位秦國將軍。李廣的曾祖父李促翔戰死狄道，伯父李伯考率家人奔父喪後在隴西安家落戶，成了隴西人。想一想，李家這樣一個家庭，按說家景應該不錯，如果有人會經營的話，應該成為一個顯赫家族的。因為，李家在祖上與皇上有交情，有過硬的關係，有啥事求到皇帝老兒跟前去，他發一句話，還不夠李家飛黃騰達。但李家誰也沒有那麼去幹，只是專心地練武去了。好武者，原本就是直性子，不會去獻媚，也不屑於去幹那樣的事情。也許正是因為有了這麼一股子正氣，才出了李廣這樣的後代，才創造出了「中石沒鏃」這樣在歷史中引人注目的事情。但仔細一想，總覺得「中石沒鏃」這件事有點像神話傳說，一箭射出去，連箭鏃都進了石頭，李廣該是何等大的臂力，他的箭又該是何等銳利？

不知司馬遷當年寫那段文字時，是否對事情的真實程度做過調查。在今天看來，《史記》是中國的第一部紀實作品，我們寧願相信它所記所列均為事實，如果這裡面有虛構的成分，我們可以理解，一般情況下，人們對英雄的要求都是統一在一個美好的固定範圍內的，出於本能，人們往往按照自己的意願想像他們，使他們符合自己理想中的形象。這其實是一種積極的東西，它可以對人的精神起到引領作用，以英雄激勵自己，規範自己。李廣給人們留下的印象太過於明朗，幾乎沒有什麼讓人生疑的地方，所以，人們在內心會對他產生一種本能的保護意識，將他的事蹟想像或傳頌得更美一些，也便在情在理。但射石這件事情確實很有意思，在箭入石的反常落差中，在神奇出現的可能和不可能之間，使李廣的形象有了立體感。

李廣自幼得到李氏騎射真傳，精騎善射，加上他體格健壯，長臂似猿，具備了成為名將

的所有條件。我們通常把有才華的文人稱作天才，其實，許多武將，其過人的體魄和膽略也是天生的，也可視作天才。李廣想必是天生的武將好坯子，再加上自幼有習武的好環境，自然而然就迅速成長起來了。漢文帝十四年（前一一六年）匈奴大舉入侵，漢文帝調集全國軍隊進行反擊，就在這個戰雲密佈的年代，李廣和李蔡以世家子弟的優越身份從軍，前往西域反擊匈奴。自古英雄出少年，年輕的李廣摩拳擦掌，準備在戰場上一展身手。同樣，我們也可以把此時的李廣看做是少年得志，人生在這個階段邁出第一步時，就已經為他提供了一個很好的機會，不管他日後將遭受怎樣的命運，但相對于成為日後的「飛將軍」而言，邁出這一步是至關重要的。機會不是人人都能趕上，人才未必個個都派上用處；與周圍的人相比，李廣算是當時的一個幸運兒。

在西域，李廣因作戰勇敢，殺敵眾多，被提升為武騎馬常侍，回到朝廷後又護衛文帝左右，成了皇帝跟前的人。這一段時間，李廣或參加征戰，或參加圍獵，都表現出超人的膽略，深得漢文帝的賞識。漢文帝在晚年曾感慨萬分地對李廣說：「可惜啊！你生不逢時，如你是在高祖皇帝創業的時代，恐怕不能僅滿足於萬戶侯的爵位吧！」這個皇帝老兒，用了一輩子人家，到最後卻說出這麼一句不痛不癢的話，真是讓人費解。不過，從另一個角度而言，也說明李廣確實生不逢時，英雄一世，卻未能達到真正的輝煌。

漢景帝三年（前一五四年），吳楚等七國叛亂，李廣任驍騎都尉，隨太尉周亞夫參加平叛。這位周亞夫是一位跋扈將軍，因戰績輝煌而被升任丞相，後又因行事太過於直率，到了連皇帝都無法為他開脫的地步，他只好主動辭呈，回家賦閒。但他是人上人，國不可少他，所以一有戰事發生還得請他出山，李廣能被他看上，大概是應了那句老話，英雄惜英雄。李廣身上具不具備將才的因素，周亞夫一眼就可以看出來，既然看準了，便要用到該用的地方去，所以他便讓李廣每次都打前鋒，李廣沒讓他失望，每每衝鋒陷陣，並奪得叛軍旗幟，不久，他便以勇力名聞天下。之後，漢和匈奴的衝突愈演愈烈，邊郡戰爭不斷，李廣是能者多勞，哪兒吃緊到哪兒赴任，先後輾轉任職于上谷、上郡、隴西、北地、代郡、雁門、雲中、右北平八郡太守，連年苦鬥在漫長的西域邊境線上，每次均以力戰取勝。

史書上對李廣打仗的事未做過多的記敘，想必是因為太多的緣故。一個人，當他面對自己時，始終是平靜的，他不會與周圍的人過多地做比較，不管自己取得了多麼大的成績，他都仍然會與大家友好相處，不會高高在上。人生在世，就是與人相處的一世，如果沒有人與你交往了，你就會孤獨和痛苦。所以，一個人在取得成績的時候，只有外人才會感受到他的不同凡響，會拿他與別人做比較，會仰慕或讚頌他，在內心深處給他一個很高的地位。李廣面對自己的戰績，也習以為常。人就是這樣，不管多麼輝煌的事，太多了，便也就不新鮮了。但有一件戰事，司馬遷卻不惜筆墨做了詳盡的描述：李廣在任郡太守的一次戰鬥中，帶騎兵十多名和匈奴的數千名騎兵遭遇，李廣臨危不懼，就勢向前和匈奴大軍對陣，並命令士兵解鞍休息。匈奴始終不知李廣的虛實，誤以為是誘敵之兵，加之膽怯于李廣曾在被俘時奪馬搶弓馳回漢營的神威，不敢貿然進攻。雙方相持到天黑，匈奴撤走，李廣安然回營，表現

出了其非凡的膽略。李廣的這一招玩得漂亮。他只有十多名士兵，突然與數千名匈奴遭遇，要換了別人，恐怕一下子就被嚇傻了，因為情況已經嚴峻到了幾十個人打一個人的地步，你說你還怎麼跟別人打？但李廣有過人的膽量，他不慌不忙，先給匈奴來一個虛招，讓他們弄不明白自己到底有多少人。這是最關鍵的一點，事情的全盤皆繫於此，把匈奴唬住了，你才好和他們再較量，否則，他們像馬蜂一樣紛湧過來，你這十多人便是石中之卵，頃刻間便會化為烏有。他之所以這樣做，其實利用了匈奴對自己的恐懼心理，在匈奴中，李廣的名氣很大，匈奴們把他傳說得近乎於神，現在見了真人，自然要小心謹慎才是。李廣是何等精明的人，他也許馬上從匈奴謹慎的樣子上捕捉到了資訊——既然你在心裡怕我，那好，就打一場心理戰，他立即讓士兵們把馬鞍子卸下，坐在草地上悠哉悠哉，好像一點都不把匈奴放在眼裡，這樣一直到了天黑，匈奴在心裡有點頂不住了，趕緊退兵而去。

像李廣這樣的將才，就是為戰爭而生的。戰爭實際上是一場大遊戲，你必須在這個遊戲場上游刃有餘，才能不被排擠出局。而一旦被排擠出局，就會有生命危險了。李廣在這個遊戲場上顯然是玩得很瀟灑的，他過人的謀略，超凡的武功，都絕非常人所能比。

三

但是在官場上，李廣卻顯得力不從心，很難像在戰場上那樣生龍活虎，處處顯示出超人的智慧和膽略。他不會和人打交道，見了不公正的事情，不管是誰一概斥之，他因此得罪了很多人；他還拙於辭令，不善言談，很少與眾百官交流和來往。司馬遷說「李將軍悛悛如鄙人，口不能道辭」，「不能以和柔自媚於上」。如此這般，李廣的官就當得有些吃力了，身處宦海，須時時圓滑處理複雜的人事關係，不能來半點舞刀弄劍式的魯莽。李廣很難把握這些，所以，在關鍵時候就沒有人站出來給他說話。有人可憐李廣，寫下兩句詩：「衛青不敗由天幸，李廣無功緣數奇」。由此看來，他應該飛黃騰達，應該封侯，他未獲應該獲得的，真是讓人覺得遺憾。

封不了侯，老子還幹什麼？

李廣發脾氣了。這位剛直英猛的漢子，發起脾氣來也如同打仗一般，誰也別想攔住他。有時候，人發一下脾氣也是好事，憤怒可以幫助你說出平時無法說出的話，也可以引起別人對你的關注，如果朝廷確實曾不公正對待過你，或許還有人會給你說好話。李廣一發脾氣，大家才感覺到他內心長期積有幽怨，在這種時候，文武百官們對李廣產生憐憫，他們都覺得應該幫一把李廣，讓他享受該享受的榮華富貴。然而，就在眾人還沒有付諸行動時，李廣卻出事了，他率兵去雁門關反擊匈奴，傷亡慘重，戰到最後只剩下他一人，黑壓壓的匈奴把他圍住，他揮刀猛砍猛殺，還是突圍不出，被匈奴擒了去。後來李廣巧妙逃脫，返回漢朝，被罷官，贖為庶人。到了這種地步，誰也無法再幫他了，只好任由他去之。

李廣賦閒在家，鬱悶無比，常借打獵消磨時光。一天，他打獵遲歸，投宿霸陵亭。守衛

的小吏霸陵尉緊閉城門，懶洋洋地問：「來者何人？」

李廣回答：「故將軍李廣」

這個霸陵尉官不大，但架子卻不小，立刻給李廣板起了臉：「今將軍尚不能夜行，況故將軍乎。」

李廣生氣了，喝道：「死灰尚可復燃，難道我李廣再無出頭之日」

霸陵尉譏笑道：「死灰復燃，我即溺之」這個勢利小人，把為難別人當成了一種享受。李廣無法進城，不得不憋著氣離去。站在城頭上的小人非常高興，為難了一次在平日裡顯得高大無比的李廣，他感覺頗好，似乎他的本事本來比李廣還大似的。愛尥蹶子的騍馬最終會自己把自己摞倒，很快，這個小人為自己的尖酸刻薄付出了死亡的代價。李廣官復右北平太守後，請求朝廷讓那個霸陵尉來自己手下任職，朝廷不知李廣用意，同意了他的請求，霸陵尉剛到軍中，馬上換上笑臉，裝出一幅甘願當孫子的模樣。小人就是小人，他時時刻刻所依賴的就是奸猾和勢利。李廣才不吃他這一套，喊人進來就把他殺了。消息傳出，人們對李廣如此殺人感到頗為不滿，認為他在這件事情上欠考慮，如果他寬宥這個勢利小人，反而顯出了他的大度，但李廣卻咽不下那口惡氣，一殺了之，快意恩仇。這種耿直和率性的作法，與他所處的官場是多麼的格格不入啊！所有的這些，都一點一點地把他推向一個失意和孤獨的境地。

到了六十四歲那年，李廣的命運發生了很大的變化。這一年，漢朝準備大舉進攻匈奴。這時候，在西域大漠上為漢朝大顯身手的是大將軍衛青。衛青善戰，而且善於處理官場上的事情，所以自漢征服西域以來，許多名將死的死，老的老，而他卻始終旗幟不倒，如日中天。按說這時李廣是不應該出來的，但他卻偏偏自告奮勇，請求率先出擊。衛青知道李廣善戰，所以，他多少有些不高興。從這裡開始，李廣的命運就埋藏下了隱患，李廣不知道打仗在有些時候是不需要動腦子的，而在官場上混，像他這樣光憑著勇敢卻是要吃大虧的。出塞之後，衛青派李廣出歧路策應，李廣是打仗的能手，他一眼就看出衛青要獨攬戰功，想把自己支開。此時的李廣儘管已經六十四歲，但他太想打仗了，於是他以前鋒的身份據理力爭，然而卻不得結果，只好分兵繞道進軍，終致迷路，耽誤了會師的時間，衛青要處罰他和他的士兵，此時的李廣已無法靜下心來審時度勢，他要是用官場的目光稍微衡量一下形勢，就會明智地退出，壓一壓打仗的癮，一切就都過去了，然而李廣哪裡知道這樣做的重要性，所以，他一頭栽進了命運的深淵，再也無力把握自己，如一片秋葉飄落進黑暗的崖底。

李廣的一生，就是一把緊繃的弓弦，到了此時，已開始隱隱作響，要發出最後的斷響了。這一聲響，必是絕響，必是在猛然斷裂時才會發出。他慷慨陳詞：「各位將士沒有罪過，迷失道路完全是我的責任，一切由我一人承擔。」說罷，拔出腰間佩劍自殺而亡。那一刻，西域的漠風是不是在狂嘯不已，如果是，不知是否在為這位「飛將軍」在哭泣。據史載，李廣在西域自殺的消息傳出後，士兵們忍不住為他抹眼淚，而且「天下知與不知皆為流

涕」。李廣的名氣太大了，但因他未被封侯，所以，人們在內心對他是充滿愛護之情的，他這一死，而且因為他是自殺而死的，所以，天下人都為他難過得掉淚。打了一輩子硬仗和惡仗的李廣，沒有死在戰場上，就這樣在官場上為自己的一生做了一個悲愴的了結。這個了結猶如利刃倏然折斷，其脆烈的斷響讓人觸目驚心，悲痛交加。

如此這般，每每想起飛將軍的結局，便覺得有一把利刃在刺心，讓人疼痛不已。

四

李廣自殺後，其堂弟李蔡一直不能接受這個事實，對李廣的死耿耿於懷，對朝廷不能公平對待這件事情非常生氣。他一直在尋找機會，想為堂兄平反「敗將」的罪名。這樣，本應該與朝廷諸官小心周旋的他，就顯得有些離群。這時候，好人對他敬而遠之，壞人開始對他打起了小算盤，你敢認為皇上待你李家不公，一直鬧情緒？他因為心中有恨，丞相自然就當得不好，這樣，皇帝就有些對他不滿，而有些對丞相之位眼紅的人，就開始琢磨怎樣取代他的位置。

樹葉飄飛得再遠，也得落在地面；天鵝盤旋得再高，也要棲身於湖畔。李蔡已經走遠了，官當大了，怎麼就在這件事上看不開，想不通呢？大概是他的性格導致一切，他依著性子辦事，是無法為李廣爭回名聲的，甚至可以說，他沒有意識到那樣做已經給他造成了多大的危險。後來，李蔡對李廣之死越來越無法接受，在一次酒宴上號啕大哭，大罵衛青是小人，同時也表示了對朝廷的不滿。李蔡的這種表現用今天的話來說就是不講政治，試想一下，你身為丞相，怎麼能與皇帝衝突呢？就算你心裡有氣，也不該往衛青和漢武帝身上出，你這不是引火焚身嗎？李蔡不講政治，有人講政治了，一位奸臣向皇帝獻策，對李蔡這樣的人，不可把事情弄大，先穩住他，待以後有機會除去。漢武帝已經被李蔡弄得很煩了，於是他決定把李蔡的丞相免去，但他沒有想到，他的這個意思被那個獻策的臣子利用成了除去李蔡的命令，於是，李蔡的命運從這裡開始埋下了悲劇的導火線。由此可見，一個人不論遭遇了怎樣的坎坷和委屈，都應該大度一些，把眼光放遠，切勿心生仇恨，整天生活在憤恨中，就會使自己眼光變短，心眼變小，最終吃虧的還是自己。

山巔存不住雨水。李蔡老是這樣能行嗎？終於，在元狩五年（前一一八年），一幫奸官以李蔡侵犯寺廟空地罪陷害了他，朝廷將李蔡革職審訊。面對獄卒的兇惡逼問和殘酷拷打，李蔡一言不答，獄卒拿他沒辦法，只好作罷，準備第二天再拷打逼問，然而第二天當他們打開獄門，十分驚訝地發現，李蔡已撞牆而亡。

李蔡可惜了。與李廣相比，他在各方面已經相當成功了，官拜丞相，雖在一人之下，也可謂是一國棟樑。為官至此，他理當珍惜，該有的都有了，還要那麼巴掌大的一塊空地幹什麼？有那麼多雙眼睛在死死地盯著你，只要一有風吹草動，那些小人馬上就會跳出來告你，整你，讓你一個跟頭跌倒在地，再也爬不起來。按說，李蔡能在官場上混到這一地步，對這些應該是熟爛於心的，應該知道小人就在身邊，平日相安無事，但在背地裡卻給你悄悄戳刀

子，但李蔡卻似乎忽略了這些，最終也落得一個悲慘下場。

李蔡是倔脾氣，硬骨頭，倔到頭，硬到底，就是不低頭，他的命運由此便被推向極端。到了這個時候，他自己改變不了自己，別人又能怎樣呢？沒辦法了，只有一死。也許在決定要死的那一刻，李蔡反而輕鬆了，悲而不屈，老子豈能容忍你們這些刀筆小吏的盤問，死又有什麼可怕的，我這就死，去另一個世界。「噗」——一個丞相的腦汁被撞得四溢，一個悲劇也隨之了結。輕生重死的氣節又一次在李氏家族的人身上了體現了出來。

不過，公道在人心，後世對李氏家族的評價是公正的，李廣的故鄉天水人編了一本近五十萬字的《走進天水》，其中對李廣世家的介紹甚為詳細。從書中引用以下幾句話對李廣世家做了總結：

李氏世代名將，
其戰亦勇，
其鬥亦壯，
其挫亦奮，
其勝亦常，
其敗亦悲，
其死亦烈。

多麼好的總結啊，除了李廣家族，誰又能得到這樣的總結。事實上，這幾句話裡已經包含了他們幾個人的全部；這幾句話，實際上是一個家族的縮影。

這些都是用血和淚水換來的。

班超：長劍出鞘

一

駿馬跑過，蹄印存留不失。後人懷著拜謁的心情，走進了黑孜戈壁。實際上，道路就在黑孜戈壁中間，所謂的「走進」也就是從路上走進戈壁。一腳從路上邁下去，腳下就是一片沙丘，沉寂乾枯得如同被火燒過一樣。也就是說，有可能班超當年把劍拔出，毫不畏懼地面對強大的敵人，經過一場場拼殺，最後抹去血漬歸鞘時，這片沙漠一直就是現在這個樣子。漢朝風景當然已無蹤影，但走進那片沙丘，卻仍感到一股殺氣；稍微平靜一會兒後，才發現地表斑駁，石頭閒置，牛羊偶爾留下的蹄印也已經盈滿塵灰。歲月蒼茫，世事不斷，這塊看似封閉的戈壁，多少年來被人踏得一如通衢，而班超則像一把劍，其殺氣籠罩著這條通衢的所有交通規則。

二

巴里坤即東漢時的伊吾。班超進入西域後，就是在這個地方邁出了他傳奇人生的第一步。

班超的出身比較好，他們一家人都是歷史上很有影響的人物，其父班彪，是東漢時期專門研究儒學的人，用今天的話說是高知識份子，有可能是教授級別，國家社會科學院的專家。他曾下決心像司馬遷一樣要完成太初以後的漢史，怎料人生苦短，只寫了十卷就不幸去世了。父親離世後，班超的哥哥班固接過了那幅重擔，全身心投入史書編撰之中。三人為一伍，司馬遷，班彪，班固就這樣排成了一個為歷史著書立說的寫作隊伍，為兩漢，也為時間一筆一劃慢慢勾勒著畫像。二十年後，班固終於完成了繼《史記》之後的又一部大書——《漢書》。功夫不負有心人，從此班固英名流世。班超的妹妹班昭也才華過人，她不僅為協助哥哥完成《漢書》做了大量的輔助工作，而且自己也創作了大量的文學作品。瞧瞧，這一家人是多麼了得，寫作是業餘或個人愛好，但做的卻都是國家大事。班超在這樣的家庭環境長大，自然有很好的基礎，也應該是知書達理的知識份子，如果他繼續努力的話，也可以吃文化這碗飯，但誰也沒有想到，他在後來卻走上了從軍之路，成了軍事家。

史書上這樣介紹班超：「為人有大志，不修細節」。班超是一個特別大氣的人，而且懂道理，自小就顯得與別的孩子不一樣。也因為受家庭的影響，他的志向是報效國家，至於「不修細節」，其實是他徹底袒露性格的狀態，凡能成大事者都不拘小節，班超在這一點上占全了。

一個人有志向，就一定能成大事嗎？

當然不能。

但不要急，且看班超是如何趕上好時機的。為班超創造好時機的是一個叫耿秉的東漢大臣。漢永平八年（西元六五年），北單于發兵，想和東漢王朝掰一下手腕，走到半路發現漢朝早已做好了準備，就又退了回去。後來，他又數次發兵進行侵犯騷擾，河西一帶為防匈奴，城門白晝皆閉。這時候，耿秉從眾大臣中站了出來，對明帝說，漢朝不安寧，主要原因是邊陲不寧，邊陲不寧其大患是匈奴，他建議應該猛戰、速戰和連戰，意思是，應該猛烈攻擊匈奴，讓他們沒有喘息的機會，直至徹底消滅。明帝採納了耿秉的建議，命令竇固發兵西征。班超聽到消息後十分興奮，說：「大丈夫無他志略，猶當效傅介子、張騫立功西域，以取靜候，安能究事研閒乎」，言罷投筆從戎。「投筆從戎」這個成語典故由此流傳開來。他去找竇固，要求加入到他的軍隊中去，竇固知道班家的老二是塊好料，就立即收下了他，讓他任軍中的假司馬（即代司馬）。耿秉的建議，當然只是為國，但誰也不會想到，這對班超來說卻是一個讓他鴻鵬展翅，從此一躍而起的好機會。成大事者，雖然靠的是自己的實力，但他人的幫助也是不可少的；有了他人的幫助，才會更加通順。

大軍一路浩浩蕩蕩，很快就到了巴里坤，與匈奴大軍相遇。一場酣戰在沙漠中展開，幾番你死我活的拼搏之後，匈奴大敗。在這場戰役中，班超指揮有力，超常發揮出了假司馬的戰鬥作用力，而且作戰也十分勇敢，殺死了許多匈奴，立了頭功。竇固看著這個智勇雙全，頗富才幹的後生好生高興，在朝廷時，人人都說班家老二是塊打仗的好料，這次帶他出來，看來是帶對了。

一個人，只要你把他放在合適的位置上，他將會把自己的才能發揮出不可預估的力量，而要是把他放到合適位置上的人是一個好領導，對他悉心引導，熱情栽培，更是如虎添翼。歸根結底，還是一個人的素質決定一切，班超天生就是將才，只要一到戰場上，他的智和勇就找到了能夠發揮的平臺——英雄一聲吶喊，眾敵為之戰慄，紛紛倒戈。僅從巴里坤一戰就可以看出，班超能挑重擔。竇固高興，朝廷高興，縹緲如夢的西域，似乎因為這個人的到來，從歷史深處探出頭顱，要目睹這個人凸起成一座耀眼的山峰。

三

那一仗結束後，竇固派班超率一支由三十六人組成的八個分隊沿昆侖山北麓西行，動員西域各王國擺脫匈奴的控制，團結到漢朝的周圍來。這是一支密使，同時還應該是一支講師團，抑或說，就是一支敢死隊，遇到什麼情況都得想辦法去解決。據史書載，這個小分隊中的人有文有武，每人分管一項，不管遇到什麼事情，都能拿得起，放得下。

一群老虎撲入了荒野，天地之間即將響起震耳欲聾的虎嘯。應該說，領頭的班超就是一隻猛虎，只要他的雙眼凝視過的地方，沒有什麼高山不可攀，沒有什麼大河不可越。他們首先來到了鄯善國。鄯善國就是以前的樓蘭國，在西漢時，因夾于匈奴和漢朝之間無力周旋，後樓蘭王又被傅介子刺死，便不得不遷移到鄯善，從此更名為鄯善國。東漢以來，漢朝還沒有人來過鄯善，所以班超應該是東漢出使鄯善的第一個使節。初到時，鄯善王對班超一行很

熱情，聲稱漢使是久盼而至，但幾天後，鄯善王的態度卻突然變得冷漠起來，不怎麼理他們了。

有問題了。

班超覺得鄯善王的態度變化絕非禮數不周，或者疏忽大意，這裡面一定有什麼微妙的變化，否則，他不敢這樣對待漢使。野獸的蹄印，狩獵者最會辨認；牲畜的膘情，放牧者最能知曉。班超的敏感是正確的，鄯善王在這時候正處於兩難的選擇之中，班超率三十六人剛到不久，匈奴的使者也到了。不同的兩個使者，帶著不同的目的而來，而目的卻只有一個，那就是不讓鄯善聽對方的。怎麼辦，聽誰的呢？只要聽其中一方的，就會得罪另一方，說不定災難馬上就會降臨。唉，怎麼辦啊！鄯善王愁腸百結，自然就沒有了精力來招待班超一行人了。

班超料定事情已發生了變化，如果再等下去必然被動，所以得趕緊化被動為主動，立刻主動出擊，以挽回事態的變化。他召集來三十六名壯士，對他們說：「你們感覺到鄯善王對我們的輕慢了嗎？這必定是因為匈奴的使者也已經到了鄯善，他一時不知傾向哪一方，便猶豫起來。果斷的人能夠見微知著，何況其心跡已彰！」眾人都覺得應該立即行動起來，把匈奴使者殺掉。恰在這時，門外有一個人影一閃，是鄯善使者，這些天以來，他雖然仍然擔負著招待班超一行人的任務，但總是躲躲閃閃，似在時時刻刻觀察著什麼。班超一聲令下，兩名勇士衝出去就把他抓了進來。一審之下得知，果然匈奴派出了一個十多人的使團到了鄯善。同為使者，但這時候碰到一起就是敵人。是敵人，就必須將其殲之。班超把那個侍者關起來，搬出幾罈酒與三十六個兄弟暢飲。上陣之前，酒助殺性，三十六個兄弟都知道有一場廝殺在等待著他們，便一個個端起酒碗一飲而盡。班超說：「各位隨我出使西域，為的是建功立業，封妻蔭子，現在匈奴使者才來了幾天，鄯善王對我們就不予理睬了。假如他把我們抓起來交給匈奴，那我們就死無葬身之地了。大家說，現在我們應該麼辦？」三十六個兄弟都表示願意聽從他的指揮。戰火要燒起來了，不管對方有多少人，衝鋒之前人人想必都是很激動的。

戰火灼人，但班超這次就是要用火。他對兄弟們說：「不入虎穴，焉得虎子？乘夜以火攻，焚匈奴使，協鄯善王，噩運可轉。」眾人覺得這個辦法可行。「不入虎穴，焉得虎子」這個典故也由此傳世。班超必須得趕快行動，他只有三十六個人，一旦處於被動位置，要打是打不過人家的，要殺的話，弄不好最後會全軍覆沒，所以，他只有採用靈活的戰術，以少勝多，在敵人毫無察覺的情況下突然出擊，殺他個措手不及。

黃昏，天刮起大風。班超和三十六個兄弟興奮不已，風可助火，有了風，就等於平添了幾倍的兵力。天助班超，他不可不用這個機會。他將三十六人佈於匈奴驛館周圍，吩咐幾個人備好鑼鼓，只要一見火起，就擊鼓大呼，其他人手執利刃埋伏在驛館大門兩側，等待進攻的命令。午夜，班超在上風頭點起一把蘆葦，火勢很快就漫延到了匈奴驛館。火起，鼓聲也

立刻響起，匈奴使者不知道發生了什麼事，頓時一片混亂。班超率三十六名勇士衝入驛館，一番砍殺，殺死三十多個匈奴，其餘十多個匈奴因下午飲酒大醉而不省人事，「轟隆」一聲驛館倒塌，衝湧而起的大火很快就把他們和驛館一併化為灰燼。計畫周密，行動敏捷，這是班超取勝的關鍵所在；他雖然只有三十六個人，但他善加利用了風和火，等於平添了兩種奇兵，用了兩種威力十足的戰術。第二天，鄯善舉國震驚，這三十六個人太厲害了，把十多個匈奴收拾得一個不留，他們卻無一人傷亡，真是神兵。鄯善王這時候就不能不動腦子了，血淋淋的事實已經擺在面前，再想想以前的樓蘭王是如何倒在傅介子刀下的，他不由得害怕了，漢使難惹，還是背離匈奴，投誠漢朝吧。他向班超表決心，立誓言，以後一切都聽漢朝的。對於班超來說，收拾了匈奴，鄯善歸順，早已是他意料中的事情。

招撫鄯善，意義重大。從此，漢朝通向西域的大門再次被打開了。從這裡開始，班超帶領三十六名壯士用數年的時間輾轉於龜茲、于闐、直至疏勒。可以說，他和那三十六人是中國歷史上最早、最強的一支敢死隊。班超帶著這三十六個人兵不血刃，發揮出了千軍萬馬的作用，成功地說服鄯善、于闐和疏勒三國，在塔里木盆地南緣有力地削弱了匈奴勢力，創造了歷史上罕見的軍事奇跡。

大風驟吹，班超裹緊了衣服，又要向下一個目標挺進。他必須一再出發，有那麼多麻煩事在等待著他，自從踏上西域這塊土地，他就變成了一個收拾雜亂殘局的人，哪個王國有問題，他就到哪個王國去。大風吹起沙子，天地間刮起了沙塵暴。在這塊土地上，你只要敢往更遠的地方走，就要遭受更大的沙塵暴。

路變得模糊，人也變得模糊。

但他們卻越走越遠。

四

喀什的全稱為「喀什噶爾」，漢朝時的疏勒王國就在這裡。現在，喀什居住著維吾爾人，一股神秘的情調在這裡彌漫著，女人披著褐色的面紗，穿艾德萊斯長裙，渾身有一股難言的嬌美；男人們的袷袢和鬚髯皆飄飄然，走動或站立，都魅力生動。走在這裡，能感到從人群中，從淡黃色泥屋中，從樹葉中，從牛羊肉的氣味中升起的一股股醉人心脾的氣味。每到節日，穆斯林們在廣場上祈禱，當你在人群中為美和虔誠沉醉一天之後，一抬頭，艾提尕上空的一輪彎月會讓你倏然間釋然，你變得不知所措，似乎這裡有一束聖光等著你到來，將你照亮，讓你看見自己的心，你感到自己的心靈已與萬物相通，在冥然之中升上了天空。

此處是班超戍邊生涯中極其重要的一個地方，在鄯善國殺了匈奴使者後，班超率三十六勇士繼續西行，到了于闐。于闐也是西域的一個很有名的王國，它前後一共存在了十三個世紀，可以說是歷史上時間最長的一個王國。如今，人們把這個地方叫和田，由於風沙大，人們說起和田時常說這麼一句話：和田人民很辛苦，一天要吃二兩土，自天不夠晚上補。一個

地方的苦出了名，總會有另外一些東西趕上來，也會出名，和田的千年核桃王樹身粗壯，十人手拉手才可一圍；千年無花果王的巨大濃陰四散而開，人鑽進去，光線驟然變暗，人的呼吸馬上變得緊張起來，疑是進入了森林。

班超到了于闐，馬上又碰到了棘手問題，有匈奴使者常駐于闐，對于闐王監督得十分嚴密，班超來了好幾天了，于闐王都沒有露面，這對於對潛在的事態有超常敏銳感覺的班超來說，無疑是一個不可忽略的資訊，班超一看這架勢，就知道是怎麼回事了。

不久，有一個神情怪異的人被班超請到了使者驛館，這個人是于闐王后寵信的一個巫師。于闐人篤信古老的巫術，經常用那些神神鬼鬼的方法來辦理國事。這個巫師見班超是漢朝使者，就又占卜巫術，用一套謊言阻止于闐王順漢。班超很生氣，一個小小巫師，難道要阻止我前行的腳步，不行，得收拾掉這個傢伙。班超派人去找他，請他來給自己占卜。巫師很高興，沒想到漢朝使者也信這個，看來，控制他們不難，這麼一想，他便隨使者向驛館走去。進了驛館的門，他突然覺得氣氛有些不對，那個端坐正堂的人一臉殺氣，旁邊的人也一個個怒氣沖沖，正用一雙雙憤怒的眼睛在瞪著自己，他在內心懊悔，完了，今天到這兒是送死來了。他轉身想跑，兩名勇士的刀往他面前一橫，他就僵在了那裡。他求饒，懺悔，把于闐國的秘密全講出來，甚至還主動出了一些控制于闐國的主意。如此而來，他身上的巫師的神秘一掃而光，喘著粗氣向班超求饒，我什麼都願意做，只要能保住自己的命。但是能保住嗎？像你這樣裝神弄鬼，沒有忠誠度，而且一肚子壞水的東西，不除掉你便後患無窮，拉出去，斬了。班超一聲令下，眾勇士上前如拎小雞，提著他出去就砍下了人頭。看著他一命嗚呼，大家都覺得這個騙子真是滑稽，騙到最後騙的實際上就是他自己，平日裡你不是有招神弄鬼，上天入地的本事嗎？怎麼到了關鍵時刻，連自己也救不了，真是好笑。班超這邊覺得好笑，于闐王那邊卻覺得好怕，他被這個裝神弄鬼的傢伙糊弄了這麼長時間，現在才如夢初醒。既然夢醒了，看清事實了，那該做什麼決定就趕緊做吧，還猶豫什麼。于闐王派兵過去，什麼也不說，抓住匈奴使者就殺，殺完了便老老實實歸漢。

于闐國的問題解決了，班超便率三十六勇士向疏勒傾進，到了疏勒，把匈奴強加給疏勒人的疏勒王先給抓了起來。這個疏勒王沒用，早就聽說班超要來疏勒，也不考慮考慮自己是怎樣當上疏勒王的，自我得意地準備了彙報提綱，準備了酒席，想用官僚的一套來拉攏班超。班超怎麼能吃他這一套呢？就在他滿臉笑容，畢恭畢敬地迎接三十六勇士時把他拿下了。匈奴與漢對立，匈奴立的王怎麼能用？班超立原疏勒王的侄子為王，疏勒人很高興，終於有人來管事兒了。至此，疏勒順利歸漢。

一個個王國，就這樣一一被班超收撫過來。如果說，在西域打過仗的那些大將軍在沙漠中都是一步一步推進，遵循了戰爭的基本規律的話，班超的這三十六人小分隊，則是一支在雲尖浪腹瀟灑出入的輕騎兵，再危險的地方，他們也敢去；強大的對手，他們也敢鬥；他們是無畏的敢死隊，是視死如歸的鐵血鬥士。

班超有三十六個勇士，西域有三十六個王國，從數字上而言，剛好形成了一種對應。

這無形的對應暗示著什麼呢？

五

西元九一年，班超將官邸從疏勒移到龜茲，三年後，班超從塔里木盆地諸國集中了八萬士兵向仍在負隅頑抗的焉耆及其諸國發動進攻，迫使其投降，自此，西域諸國都臣服于漢王朝。後來，漢朝在西域又重新設置了戊己校尉，並在金滿城屯田。士兵屯田是一個好辦法，一邊耕種養活自己，一邊監督邊情，各王國在這時不敢胡鬧了，他們都明白，人家雖然在田間地頭閒待著，可一雙雙眼睛卻不閒著，咱一胡鬧，人家不過來收拾咱們才怪呢！

一切都平靜下來了，班超也應該有了一些時間讀讀書，久久奔波于沙海雪山之中的身軀也終於有機會得以清閒下來了。與他在西域的所有日子相比，在疏勒的這一段清閒時間，是多麼的來之不易啊，他可以利用這段時間好好地休息一下，調理一下身體，和家人團聚。班超也是一個有血有肉的現實中的人，除了帶兵征戰，他還應該有一份現實中的生活。當他披著一身征塵回來，應該有妻兒站在家門口迎接，有一盆溫熱的洗腳水早已倒好，有一頓熱飯也在等著他。閒下來的日子，他應該陪陪妻子，教兒子們識字背書，家庭的安謐和溫馨，多多少少會給他一些安慰。如果一切都是這樣該是多麼好啊，他在西域立下不少功勞，對於朝廷和家庭，都可以有個交代了。男兒志向遠大，但在追求志向的過程中品味到的甘苦，又有誰能分擔幾分。班超身在西域，就這樣酸甜參半，一步一步往前走吧。

但平靜很快就被打破了。西元七五年，漢章帝即位，中原鬧災荒，匈奴乘隙攻取了漢軍控制的天山北部諸城，朝廷於是大慌，下令讓駐西域漢軍全部撤回。為什麼突然這樣害怕呢？地裡顆粒不收，眼看著就要餓肚子了，皇帝便不得不讓大家先回來。其實，既使漢朝再吃緊，也大可不必把守西域的人撤回去，但皇帝既然已下令，下面的人就是再有疑慮，也只能服從，誰要是不服從，想以自己的策略力挽全域，不但辦不成事，弄不好還會掉腦袋。

班超也要奉命東歸。臨行前，疏勒國上下驚恐，大家都覺得這個人一走，匈奴不就乘虛而入了嗎？匈奴來了，除了這個人，誰能擋得住呢？能不能留下呀，你在西域這麼多年，辛辛苦苦創下的業績隨著你這一走，就都化為烏有了。班超手下的一位都尉以死挽留班超：「漢使棄我，我必復為龜茲所滅耳。誠不忍見漢使」說罷拔刀自刎。鮮血本應灑在戰場上，英勇的身軀本應與強大的敵人一併倒下，但在這樣的時候，這位都尉卻寧願選擇死，想以此挽留班超能夠留下來。他的想法可謂是仁至義盡，死我一人不要緊，如果留住班超，就可避免多少場戰爭，多少人可免於一死。但班超還是不能留啊！留下，就意味著抗皇命而為，那是誰也不能幹的，自己當了一輩子兵，深知軍令如山的道理。班超看著倒在地上的都尉，說不定兩行淚水沖湧了出來，對不起啊，兄弟，我還是得走。望一眼西域大地，再望一眼這些眼巴巴望著自己的人，班超覺得他們的生死都掌握在自己手中，而自己現在卻見死不救，他也許有些傷心，但他不會讓淚水流出來，鋼鐵漢子在什麼時候都是不能流淚的。

班超行至于闐，于闐王竭力挽留：「信漢使如父母，誠不可去。」老百姓蜂擁而至，跪在馬下，不肯讓班超離去。班超深受感動，突然下決心違抗聖旨，決定留駐西域。班超為什麼走到于闐時突然下了這個決心呢？從疏勒出來後，一路上他的心情是很難受的，這些年在西域創業，就是由于闐向疏勒一路走過去的，到了疏勒，自己的事業到了輝煌的頂點，現在從疏勒往回走，等於從輝煌點走一條下坡路，每走一步，心情就沉重一份；再則，一路上他可能已經想明白，自己這去與不去實際上就是一場戰爭，正如那位以死挽留自己的都尉所想，自己留下來，可以避免很多戰爭，而離去，戰爭的苦難就只有讓各王國的人去承受了。怎麼辦，去還是留？一路上，班超在內心和自己在打仗。終於，這一場無形的仗結束了，班超決定留下來。

留下來，一些戰爭就不可能再發生了，而班超也就不可能再回朝廷封官加爵了，因為他已經違抗皇命，弄不好還要掉腦袋。但留下了，這些就都不考慮了。

班超返回疏勒後，調兵遣將，把能團結的王國都團結過來，不斷地削弱匈奴的勢力。也算天逐人願，班超在這時候打了兩個大勝仗，將莎車和龜茲擊敗，仍牢牢地在西域站住了腳。這時候的班超，可能在內心已經將一切了然，只想在西域幹點事情。經歷了抗皇命而留西域那樣的事情，還有什麼看不開呢？自己在西域這麼多年，對朝廷的事一點都不瞭解，一個人都不認識，回去沒有一點施展的空間。站在今天的角度看，這樣反而也好，沒有了欲望，遠離了官場名利，班超也就淡然了。好在漢章帝是個好皇帝，他不但沒有責怪班超抗命而行，而且看出了班超長留西域的良苦用心，他賞識班超的這種膽略和魄力，立刻下令收回了從西域撤兵的命令，還派兵增援班超。援兵一到，班超如虎添翼，橫掃匈奴，逼迫他們不得不西遷，西域各地都歸到了漢朝的管轄之中。

本已不想當官的班超，創下了這麼大的業績，不當還不行。漢朝任命他為西域都護，同時還封他為「定遠侯」。怎麼樣，這官夠大的吧！侯，非常人能所得，飛將軍李廣一世英名，打了一輩子仗，幾乎沒有人能成為他的對手，但也沒有被封侯，班超當官至侯，可以算一個成功的男人了。

時間一年一年的過去，班超慢慢變成了一個老人。七十歲那年，他妹妹班昭上書朝廷，請求讓班超解任，回故鄉安度晚年。到了這個年齡不能再在蠻荒的西域待下去了；他把一生的好年華都奉獻給了西域，到了這時，就算全身是鋼筋鐵骨，也被大漠的風沙吹打得不行了，所以該回故鄉歇歇了。再說，西域已經穩定下來了，三個兒子也已長大成人，尤其是老二班雄和老三班勇，都「少有父風」，可以讓他們放開手腳各自去闖蕩了。

班超在西域打了一輩子仗，到了這時是多麼想回到故鄉啊！為了回歸故里，他向朝廷發出了近乎乞求的上疏：「臣不敢望酒泉郡，只願生入玉門關」。不知為什麼，他這時候的言辭卻如此悽楚。他為何發出這樣的乞求呢？站在今天的角度，我們只能猜個大概，班超在這時仍擔心自己抗皇命未回的事，害怕朝廷等他回去後算老賬。但他怎麼不想想，後來朝廷不

是認可他了嗎，不然能給他一個都護的官職嗎？西域打了一輩子仗，為朝廷效力一生，現在告老還鄉有什麼不行嗎？看來，班超在西域待了一輩子，人老了，有些方面的意識便落後了，膽子也小了。誰都不會相信，難道你一輩子的功勞還換不回一個正常的退休？以都護那樣的身份，卻發出如此乞求之聲，實在讓人難解。

經營西域三十年的班超於西元一〇二年回到京都洛陽，一個月後離開了人世。

六

喀什人為了紀念班超，建了一座盤橐城，雕出了班超的石像，一派肅穆威風的景象，三十六名勇士分兩排站于班超的兩邊。他們各自都有過人的能耐，比如有專門負責火藥，也有負責水利、偵察、作戰、軍機、群聯、軍需、文書等等，一人負責一項，用得著哪個，哪個就上。如此三十六人，就可以頂三十六個裝甲連，一路打下去，豈有不勝之理。

耿恭：掌心上的神

一

一個漢人，一個匈奴，憋足了力氣在掰手腕。這是持續了很多年的事情，漢人代表的是漢朝，匈奴代表的是西域，在他們各自的身後，都有一個更為複雜的背景，都站著更多的人在吶喊助威。雪峰上的雲慢慢散去，太陽從雪峰反射出的一片寒光中升起，將陽光灑在了大地上。匈奴馬上有了反應，渾身突增力量，牙一咬，狠狠地將漢人的手向下壓去。漢人吃了一驚，趕緊用力挺住。……這兩隻手從此就一直這麼掰著，誰也不想輕易鬆開。

在西域前前後後與匈奴掰過手腕的人很多，如李廣、衛青、霍去病、班超等，他們一個個使足了力氣，與匈奴拼搏了無數個回合。最後，他們均大吼一聲，將對方的那隻青筋暴漲，有粗厚老繭的手壓了下去。他們是漢朝派出的優秀選手，為漢朝贏得了勝利，也實現了自己的理想。回到漢朝後，他們被掌聲包圍，升官加爵，他們的名字被載入史冊。

但有一個也在西域和匈奴掰過手腕的人卻不在他們之列，不與他們齊名，甚至在歷史上也不被人們熟知。他與匈奴只掰過一次手腕，但他掰得極其漂亮灑脫，讓匈奴以為天神降臨，如墜雲霧一般看不清方向，轉眼間就被掰倒了。這個人就是耿恭。

李廣、衛青、霍去病等人在西域大地上迅疾出擊，猶如響雷，但耿恭的動作卻更生猛，猶如一陣響雷中突然傳出的一聲炸雷，頃刻間地動山搖，日輝驟滅。而且因為他和匈奴只掰過一隻手腕，所以那一聲炸雷便變成了歷史中的絕響。

二

起初，耿恭和班超一起被大將軍竇固帶到了西域，出來的時候，耿恭的職務比班超高，是隨軍司馬，班超是軍中假司馬（即代司馬）。打了幾仗後，二人表現不錯，均獲有戰功，深受大將軍竇固的賞識。打仗少不了人，更少不了人才，所以像耿恭和班超這樣的人才很快就脫穎而出，在軍中有了很高的地位。騎馬要先摸清馬的性子，用人必須要先瞭解他的長處，竇固大概看到了這二人身上各自表現出來的過人之處，也為自己手下有這樣的人才而高興，準備以後讓他們派上用場。

兩隻老虎，呼嘯山林，恣意的馳騁在開闊的大草原。不久，竇固在征服蒲類和車師兩戰中大獲全勝。匈奴馬上感到厲害的對手出現了，不得不睜大那雙深陷在眼窩裡的眼睛，認真打量這支漢朝軍隊。匈奴在這時候才打起精神是不是已經晚了，你不知對方的力氣有多大，就伸出了手，讓對方一把抓住，你還能逃脫得了嗎？真正的較量從這時開始了。竇固一聲令下，兩隻老虎便向兩個方向穿越而去——班超率三十六勇士去聯絡塔里木邊緣的其他王國，耿恭被任命為戊校尉，屯兵金滿（今新疆吉木薩爾）。不知道匈奴看出來了沒有，這兩個老虎一東一西實際上形成了一張網，慢慢地要從天山南北兩側拉網，將匈奴圈死在塔里木盆地，即使圈不死，也要被一步步逼走。

耿恭到了金滿後，馬上將兵士佈成嚴密的陣勢，在一個與位於蔥嶺腳下的疏勒國同名的地方——疏勒城——紮下大帳，牢牢地控制了匈奴自西向東進入時必經的咽喉要道。也就是從這時開始，這個地方成了漢朝軍隊在西域的中心，在後來，它被人們稱為北庭，漢人進入西域時大多都先到這裡，在人們的心目中，北庭也就是西域的漢城。兩千年下來，漢文化在這裡深深地紮下了根。現在，這個地方叫奇台，新疆人說的老新疆漢話，便有鮮明的奇台話特點。

耿恭被派守疏勒城，肩上的擔子並不比班超輕。班超去攻，而他在守；攻擊別人往往主動權掌握在自己手裡，有先行的優勢，而守備就註定要挨打，就像一塊大石頭，攔在別人要行進的路上，別人肯定要把你搬走。如果來的人少，也許搬不動你，但如果來了一大群人，那就麻煩了，他們有可能合力要把你推進山崖裡去。所以，做這樣的守備者，要經得起挨打，要深深地把自己的雙腳紮入那個地方，無論怎樣的狂風暴雨打來，都紋絲不動；要做到人在陣地在，就是死也不能讓別人把自己搬開。只有守住了，才是屬於自己的功勞。但這樣的功勞，卻是不能和別人去比的，因為你所做的事情不吸引別人的目光，而真正吸引別人目光的大概是那些幹出轟轟烈烈事情的人。這也就是在歷史上耿恭不如班超名氣大的原因所在。

耿恭在疏勒城過了近一年的安靜日子，但這種安靜只是表面上的，在內心，他可能從來都沒有輕鬆過，一座城，一大幫弟兄，生死安危都繫於他一身，他怎能有絲毫的馬虎呢？也正是因為有了他在這裡的鎮守，才讓班超得以在于闐、樓蘭、莎車等地應運自如地遊說，動搖這些王國與匈奴斷交，躲到漢朝這棵大樹底下來。班超的動作很迅速，在短短的時間裡就削弱了匈奴的一大半依靠。對於匈奴來說，他們到塔里木盆地來也是外來者，得依靠這裡的各小王國進貢食品和財物才能生存下去，班超是將才，一眼就可以看出匈奴的要害部位，並馬上採取了切蛋糕的攻擊策略。各小王國加在一起就是一塊大蛋糕，讓匈奴獨自佔有，他就什麼都不愁了，在吃飽喝足之後，便準備入侵漢朝。所以，班超要把這塊大蛋糕一塊一塊地切開，拿走，直到最後連一點渣子也不給你剩，讓你餓得暈頭轉向，再也沒有力氣打仗。

班超處於動態，耿恭處於靜態，但在那種時刻，耿恭和班超在遙相呼應：兄弟，你就放心大膽地折騰吧，在疏勒城，有我給你攔著匈奴呢，有我在這裡一天，他們就不可能接近你一日。這兩隻漢朝的老虎，精神抖擻，準備要在西域大幹一場了，過不了多長時間，說不定在西域大地上就會響徹震耳欲聾的虎嘯。

不久，班超向塔里木中心傾進。耿恭仍在疏勒城屯兵。兩隻老虎從這時開始分開，各走各的道。分開也有分開的好處，獨虎過山，不是更能顯示出個體的威風嗎？耿恭是一隻臥虎，他知道，兵在戰場上用一時，但卻要養千日，所以，自己要練好兵，以等待來日和匈奴大打一場。

兩隻老虎，一動一靜，好是嚇人。

三

其實，對於耿恭這隻在寧靜中蟄伏的老虎來說，不用等待多長時間，很快就有仗打了。在疏勒城屯兵的第二年三月，北匈奴王左鹿蠡親率兩萬騎兵直攻金滿。一年多的時間過去了，匈奴才看清了大將軍竇固如此佈兵的用意，他大概懊悔地一拍腦門，心想，怪不得這一年多什麼事情都做不成，更無法調兵，原來自已被別人早已卡了脖子。一氣之下，他便向金滿出兵，他打聽清楚了，守金滿的人是一個年輕的漢族小夥子，兵馬也不多。這大概讓他很生氣，小羊羔難道還能踩死駱駝嗎？他決定收拾掉這一小群煩人的羊羔。

耿恭當然不是一隻小羊羔，他是一隻猛虎，哪怕再大的駱駝，他也有一躍而起將它踩死的勇氣，而且他很明白，必須得把左鹿蠡這隻駱駝踩死，否則，自已有可能就會被他踩在腳下，大將軍竇固，還有兄弟班超都將受到牽連，漢朝的軍隊就有可能被匈奴一舉逐出西域。打。只要你敢來，我就和你一拼到底，再說，我來西域就是為了打仗的，閒了一年多，我早就心癢得不行了。左鹿蠡有備而來，耿恭有備而迎，一場熱鬧要開始了。這場熱鬧實際上只由兩個人來完成，耿恭勇猛，在瞬間有暴發之力；左鹿蠡兇殘，且有大得嚇人的腳掌，只要對準了，就會一下子被踩死。但到底誰死誰活，還要等到最後才能見分曉。

大駱駝來了，立于金滿城下，大聲吼叫。城牆上的老虎雖然渾身的血液早已經沸騰，但

還是努力保持著平靜。我不急，我要先看看你有什麼動靜。在這種時候能保持平靜，說明耿恭是善於用兵法的，急著迎敵，未必一下子就能致敵於死命，弄不好，自己反而會受挫。只有看清了敵人，從中尋找到可打擊的要害部位，才能出擊。

城下的匈奴見耿恭按兵不動，便開始攻城。耿恭心裡有數了，從匈奴如此急迫的攻擊陣勢來看，他們並沒有什麼策略，只是一幫子野蠻人而已。怎麼樣，在這樣的形勢下可以出擊了吧。但耿恭卻不想打，雖然已看清了匈奴的陣勢，但他知道自己人少，一旦出擊，很難以少勝多，他想用另外的方法退敵。實際上，耿恭非常明白，在這樣的情況下得用四兩撥千斤的辦法才行。他想了想，讓將士們把草藥汁塗在箭頭上，向匈奴稱這是「漢家神箭」，凡中箭者均無藥可治，只有一死。匈奴被嚇住了，不敢輕易衝鋒，待在原地與漢軍對峙著。到了天黑，匈奴向後退去數里，但仍圍城紮下了營帳。

耿恭唱了一齣「空城計」，匈奴不知有詐，被糊弄過去了。但不能老是唱空城計，到了明天，匈奴一定要試一試你的神箭究竟為何物，一旦被他們識破計謀，那就不好辦了。正在耿恭冥思苦想時，天降下一場大雨。耿恭靈機一動，有了，乘雨夜突然襲擊，給匈奴心理上造成恐懼之感。主意一定，他立刻率兵衝出城，乘匈奴不備殺入，並讓士兵們大聲吶喊，似有千軍萬馬奔騰過來。匈奴被他的突襲打得暈頭轉向，但又不知虛實，便倉皇逃走。看看，說是打仗，實際上並不只在於打，而在於謀略。耿恭善用心理戰術，把無說成有，把有的無限放大，讓匈奴心裡感到害怕，不得不退走。有一招使一招吧，在匈奴突然出動兩萬人馬來攻的情況下，耿恭不但力不能敵，而且還孤獨無助，沒有人來幫他一把。所以，他便只能用漢朝兵書中的一些虛招詐唬匈奴，讓他們覺得漢軍中有神。「神箭」和「神兵」哪裡會有？但耿恭巧妙地利用了匈奴不瞭解漢文化的弱點，製造了一齣「神話」。其實，他是在玩火，玩好了，可以把別人唬住；玩不好，就會引火焚身。

一隻巴掌拍不響，耿恭就是一隻孤掌，但他卻找到了另一隻巴掌，拍出了聲音。另一隻巴掌是什麼呢？就是他從心裡請出來的「神」。用「神」退兵，這辦法各有利弊。說它好，便好在有迷惑的作用；說它不好，也與迷惑有關，萬一迷惑不成，一張紙承受不住一塊大石頭，紙破石落，會砸了自己的腳。用這種戰術，軍隊便變成了表演者，要演得惟妙惟肖，以波助瀾才行。

呵，一群士兵搖身一變，變成了一群演員，把打仗當成了一場戲在往下演。

四

不久，耿恭又用此法讓匈奴退了一次兵。看來，耿恭只要與匈奴較上勁，便有「神」不厭其煩地要來相助。仔細想一想，這裡面除了匈奴不懂漢文化外，大概還與他們迷信有很大的關係，匈奴信仰的是古老的薩滿教，對神靈極度信奉。所以，一聽有神，神經便馬上緊張起來，害怕因冒犯了神而受到懲罰，趕緊躲到了一邊去。這一點對兇狠、強悍的匈奴來說，是一個致命的弱點。是弱點便會被別人利用，耿恭也許正是看準了他們身上的這個弱點，才

很有把握地採取了請「神」相助的方法。這似乎有一點好玩，不像是在打仗，而像是在演戲。想想耿恭的樣子，他可能裝出了道士和方丈一類的樣子，嘴裡念念有詞，來吧，不管你來勢多麼兇猛，我都不與你正面過招，我早給你準備好了對策，只等你來，向你抖開魔幻大網，將你裝入進去。

耿恭料定匈奴在那次雨夜受襲撤走後，必然要來報復，於是便將軍隊全部撤入金滿城的城中城——疏勒城，此城固若金湯，堅不可摧。耿恭可能想好了，朝廷若不能派援軍來，自己只有依疏勒城做最後的抵抗了。他也許仔細盤算過能守多長時間，最好的情況會好到哪裡，最壞的情況又會壞到哪裡。有一點他不可能不會想到，那就是疏勒城中缺水，萬一匈奴切斷該城的水源，那可就麻煩了。但到了這種地步，已沒有什麼好辦法了，只能先守城，等待來日視情況再說。

不久，匈奴果然又殺來黑壓壓的一片，像鐵桶一般將疏勒城圍住。耿恭閉城不出，不與他們交手。不久，匈奴便發現了流往城中的水渠的源頭，他們用幾把刀往旁邊挖了一個口子，再在渠中堵上幾塊石頭，水便流向另一邊去了。城中的漢軍的生活馬上就有了麻煩，人和馬沒有飲水，更不能做飯吃。耿恭的心一下子收緊了，他最擔心的事情終於發生了。無奈之下，他讓士兵們在城中試著開挖，看能否挖出地下水。讓人意想不到的是，沒挖多深，城邦的地底下果然有水。

耿恭的運氣真是好，又拿到了一副好牌，又有了繼續賭下去的機會。如何繼續賭下去呢？既然又是意外的東西，那就把文章做大，讓匈奴吃驚，從心理上再次打敗他們。耿恭讓士兵們把打出來的水提到城頭上，嘩嘩嘩地往下潑，並說這是神送來的水。匈奴不知道挖井取水的事情，以為漢軍中真的有神，便不敢再攻城了。至此，耿恭已經把神所能夠給人造成的那種影響應用到了極致，神無形，他便利用這種無形的威力，嚇唬不敢冒犯神的匈奴，讓他們害怕，不敢再近前一步。後來，匈奴曾和反叛漢朝的車師人一同來打耿恭，形勢一再變得嚴峻，但耿恭死死守住城不放，耐心等待著漢朝的救兵，他堅信朝廷不會扔下自己不管，漢朝是身強力壯的小夥子，豈能讓匈奴這樣的一個毛孩子欺負，就是光論面子，也要把匈奴收拾掉，好把面子挽回。所以，他便死守疏勒城。

但是，死守要付出死守的代價。很快，城中的糧食吃完了，將士們不得不將馬殺掉充饑，但馬很快也被殺光了，他們只好將皮製的鎧甲用水煮熟，一點一點地咬著吃。匈奴把城圍死，就是在等這樣的情況出現，想把耿恭的軍隊餓死，但耿恭是一塊硬骨頭，哪能那麼輕易被啃掉，他積極調動士兵們的情緒，誓死不敗。匈奴見硬的不行，馬上又換用軟的，向耿恭許諾，如果他投降，就讓他在匈奴做一個大官，耿恭冷笑一聲拒絕了。匈奴見這個軟辦法不行，就想了個別的辦法，給耿恭送來了美女。匈奴大概心想，這下子你該動心了吧，你已經出來兩年多了，身邊沒個女人，恐怕早都饑渴得不行了；再說，我們西域匈奴美女別有一番滋味，你難道就不感興趣嗎？但耿恭還是不感興趣，對美女無動於衷。匈奴可能被氣壞

了，但他們拿耿恭一點辦法也沒有，這個人要說硬，他可以硬到不怕死；要說正直，他可以正直到不要高官美女，你還能用什麼辦法來對付他呢？

沒辦法，只有拖延時間，把耿恭熬死。匈奴下了狠心，死死將城圍住，他們想，挨時間就是一點一點消磨耿恭的命，你沒吃沒喝的，不愁把你挨不死。這對耿恭來說是要命的事情，匈奴雖然不攻不打，但時間卻變成了匈奴手中的一種特殊武器，它是軟刀子，一點一點割你，不讓你流血，不讓你痛，但最終卻必死無疑。耿恭該怎麼辦呢？至此，他已經沒辦法可想了，只能挨著時間。對他來說，堅持住，不向匈奴投降，便就保住了大漢朝的尊嚴，這樣也不算失敗。耿恭的形象在這裡已經變得很明朗了，按照軍人的標準來衡量，他無疑將自己的使命上升到了一個很高的高度，他不顧及自己的生命，只為一股士氣而戰，所以，他肩負起的使命就變得神聖起來。而如果按照中原儒家文化觀念來衡量，這時在耿恭身上體現出來的，是像蘇武一樣的「士可殺，不可辱」的氣節，匈奴可能不理解這些東西，他們不明白這些從中原來的人為什麼一句話不說，但卻從頭至尾在沉默中堅持著什麼，死都不願低頭。匈奴性子急，耿直，所以他們在不能理解漢人儒家文化的情況下是找不到對付漢人的辦法的。耿恭氣節高，運氣也好，堅持了半年時間，朝廷終於發兵來救援，疏勒城才得以解困。在這半年時間裡，他沒被熬倒，得到了朝廷的解救。

現在回過頭去看，還是耿恭請「神」助戰的過程讓人覺得好玩，他與匈奴周旋了那麼長時間，除了在那個雨夜偷襲過匈奴一次外，再沒有動一刀一卒，只是一直在玩遊戲；他玩得神情專注，忘乎所以，直到遊戲結束，他才有可能恍然醒悟，噢，自己在不知不覺間玩了這麼一齣遊戲，真是懸啊！

五

疏勒城遺址在現在的奇台縣半截溝鎮，人們把這個地方叫「石城子」。它的東、南兩面是險要的懸崖峭壁，從西到北是城牆，兩千多年時間過去了，它依然保存有三米多高，十米寬的規模。

疏勒城當時建在這樣一個山坡頂上，怪不得匈奴久攻不下來，石城子也是歷史的冊頁，被時間翻過，被風翻過，現在，似乎隱隱約約變成了一張嘴，在喃喃地說，「耿恭節過蘇武」。朝廷在後來也曾如此表揚過他，這是他得到的最高獎賞。史書上對他的記錄的重點，也就僅有這句話而已。

第二章：黑暗中的舞者

等著瞧！

中行說：大愛生大恨

一

中行說在去西域之前說過一句話：「必我也，為漢患者」。不知朝廷的人聽了這句話作何感想，反正他已經把話說得再明白不過了：從此以後，我就是你漢朝的敵人，不信，你們等著瞧！

中行說不想去西域，但又不得不去，所以他在出發的那一刻便做好了當叛徒，並從此與漢朝勢不兩立的打算。他這一去，果然徹頭徹尾地當了叛徒，對匈奴忠心耿耿，與漢朝對立了幾十年，讓漢朝如鯁在喉，對他恨之入骨。與本章所寫的其他幾個叛徒相比，中行說當叛徒當得最徹底，一心一意把異地當家園，認匈奴為恩人，並如願以償地發揮了自己的才能。

匈奴當然需要他這樣的人——只要你對我忠心效力，我便給你高參的位置，讓你享受在漢朝享受不了的待遇；一旦匈奴與漢朝軍隊要打仗，你就給我分析漢朝軍隊的作戰意圖，預估他們的心理，好讓我抓準他們致命的要害，一舉殲滅他們。就這樣，中行說成了匈奴的寶貝，有了這麼一個人在匈奴中，便如同在漢朝安了一個活的竊聽器，需要什麼了，他嘴巴一張，都會如實一一告知。匈奴軍臣單于很高興，真是太好了，是神給我匈奴派來了這麼一個人才。

從這裡開始，中行說像一個彎下去的脊樑，雖隱去了真實面目，但其力量仍未失，在西域隱匿成了漢朝最無法對付的敵人。他雖然在心中有無法言說的苦衷，但因為他沒有了退路，所以他一旦全力效勞匈奴，與漢朝為敵，就會突然變成最可怕的敵人，讓漢朝感到無從下手。漢朝與匈奴交戰了好多年，突然發現似乎一直在和一個很熟悉的敵人在打仗；每每漢朝一出兵，對方馬上便有了防範措施，漢朝一疏忽大意，對方立刻就會獲得一次打擊的機會。漢武帝思前想後，才想起在匈奴中有一個叫中行說的漢人，他死心塌地投降了匈奴，是他一直在和漢朝做對。漢武帝為自己到了現在才想起這個人而悔恨不已，多少年了，中行說無疑就如同匈奴安插在漢朝的一個奸細，一張活地圖，但這個人在匈奴中已有了很高的地位，漢朝拿匈奴沒辦法，便拿這個人也沒辦法。

於是，從中行說開始，漢朝與這些在匈奴中當叛徒的人展開了一場場複雜的較量。

二

中行說是燕人，自小在朔方長大，天資聰明，年輕的時候就在謀略和軍事方面顯示出了過人之處，長大後抱著一腔熱忱投奔漢朝廷，渴望讓自己的才華得以展現，在仕途上有所發展，不料事出意外，在陰錯陽差之中被劃入太監的行列，一刀子閹割了男人的陽根，走上了一條他極不情願走的道路。

這樣的遭遇對中行說打擊非常大，如果朝廷不能給他提供一個發展的機會，那倒也就罷了，他還可以另謀出路。倒楣的是，他不但沒有得到一丁點機會，反而被一刀割去了陽根，從此要在宮中扯著尖細的嗓音說話，麻木地度過一生。對於那些願意當太監的人來說，挨上一刀子是心甘情願的，而對於有天賦，而且想幹大事的中行說來說，那一刀子割去了他太多的東西。太監身份特殊，你讓他以後如何去實現那滿腔的抱負。唉，中行說呀，一不小心便被毀了，從此不但無以實現抱負，反而要忍辱負重，淪為廢人。

一把火剛剛燃起，就被潑了一盆冷水，中行說內心的悽楚該是何等的深啊！太監平日裡被管理得十分嚴格，他因此便不能去向誰傾訴自己的命運，但他在心裡不可能沒有怨恨——強權的朝廷，你斷了我的男兒根，誤了我的抱負，毀了我的前程，還讓我如此忍辱負重地效命，我恨不得想殺人。中行說恨歸恨，痛歸痛，但他又能殺了誰呢？改變了他命運的是一個大得無形的東西，它存在，但卻無形，讓你摸不著，抓不住，你就是有天大的委屈，也拿它沒辦法。如此這般，恨不能消便成了長恨，痛不能去便成了隱痛，一旦受什麼事情誘惑，中行說非得走向另一個極端不可。

在宮中，他憂鬱、沉悶，不怎麼與人說話。眾所周知，太監是皇上跟前的人，原本就容不得你多說話，平日裡你只要做好份內的事，剩下的，就是把頭低下去，低得越低越好，什麼都不看，什麼都不聽，視所有的事情都與自己無關，只求明哲保身即可。正是出於這一原因，不愛說話的中行說反而贏得了眾人的賞識，大家都覺得他是一個老實人，而且沉穩和可靠，做什麼都讓人放心，所以，很快他就從眾太監中脫穎而出，常常被派去做一些重要的工

作，還受到了皇上和皇后的恩寵。真是無心插柳柳成蔭，不經意間，中行說反而變成了一個優秀的太監。三十六行行行出狀元，即使是太監，只要你做好了，也能出人頭地，會有顯赫的位置的。照此發展下去，中行說倒是在太監這個行列中很有希望做出一番成就，就看他樂不樂意做了。

中行說大概也對眼前的形勢看得清清楚楚，經過思忖，他發現自己的前方又升起了希望的曙光，而且只要自己用心去做，就一定會取得成果。大家都知道，做太監做到最好，就是站在皇上的身邊傳遞話語。皇上高高在上，文武百官皆俯首稱臣，不得有半點疏忽，而站在皇上身邊的太監也感覺很好，那些大臣們有什麼要事或急事要奏報皇上，摺子都得由這位太監轉呈，你要想辦得快，就得在遞摺子的同時給太監遞上銀子，否則，他便藉故把摺子給壓下來，急死你也等不到回音。再則，這位太監時時跟皇帝在一起，你若把他巴結好了，他在皇帝跟前為你美言幾句，比你做什麼都管用。反之，他若在皇帝跟前說你幾句壞話，你在皇帝心目中的印象便壞了，日後恐怕不會有好日子過。

中行說知道自己只需稍微努力一下，就可以站到皇帝身邊去，而一旦讓他站在那個位置上，憑他過人的天資，他一定會做得很好的。機會已經能看見了，中行說只要好好利用，就可以成功了。至此，我們仍然可以看出中行說歸根結底還是一個內心要求迫切，無法按捺去實現抱負的一個人。說到底，他是一個堅持愛的人，因為一個人的理想其實就是一種愛，因為愛得深切，他才會堅韌不拔的去追求。在這時候，中行說體內的那股被壓抑了很久的東西又被啟動了，他又有了當初從朔方赴長安的那種渴望成功的感覺，他知道自己又要為實現抱負而上路了，而且就眼下的形勢而言，這次似乎不會出什麼差錯，各方面的基礎都已經打得不錯了，一切似乎只差一步而已。

然而，中行說還是命運不濟，就在他的這一步馬上要邁出之際，一件事的發生再次改變了他。那一年，匈奴不可一世的單于冒頓病死，其子稽粥嗣當了單于，稱號為「老上」。文帝為了繼續維持漢朝和匈奴的關係，選了一個皇宗室的女兒封為漢公主，準備送往西域與老上單于和親。不知道文帝是怎麼想的，突然決定派一個太監去輔助公主，他一下子想到了中行說，因為中行說在朔方長大，應熟知西域，派此人去最合適不過了。這件事對中行說來說無疑是當頭一棒，他做夢都不會想到自己又會遇上這樣的倒楣事，看來，中行說不但不能實現抱負，而且一步步走的盡是下坡路。思忖再三，他決定不去，但文帝下的是死命令，認為他最知匈奴情況，所以不肯另派他人，非讓他去不可。

一股淒涼大概在那一刻浸透了中行說的身心，他剛剛在心頭燃起的希望之火馬上又被澆滅了。對於一直對自己抱有幻想的中行說來說，這樣的遭遇就是要命的事情，他的一半在現實中，另一半在理想中，他已被一分為二，一旦讓他選擇一個他不願選擇的東西，他便很難受，也很難走出痛苦。無奈之下，他悻悻上路。他不情願去西域，但又有什麼辦法呢？最後，他便說了那句氣話：「必我也，為漢患者。」一旁邊的人很吃驚，問他為何說出此言，他說：「朝廷中豈無他人，可使匈奴？今偏要派我前往，我必顧不得朝廷了。將來助胡害漢，

休要怪我。」其實，文帝在這件事上做得不是很好，他覺得中行說只是一個太監，所以就不願意授他為使者，只讓他去當公主的輔助者，說到底仍是讓中行說去侍候人。如果文帝任命中行說為使者，說不定中行說的命運從此改變，漢朝在以後也就不會有一個敵人跟他做對了。中行說能在臨行前說出那樣一番話，說明他在內心已經絕望，恨透了強權，並惡由心生，要做一個叛徒了。但周圍的人都覺得他是一時的氣話，認為他是一個被閹的人，有什麼力量會成為漢患？大家付諸一笑，便由他而去。

理想實現不了便失落，失落無處發洩便生恨，恨毀了自己的人。中行說，一個因受阻擋而無法實現抱負的人上路了。他離開家鄉，去西域做家鄉的敵人。

三

一路塵風雪雨，中行說和翁公主到了西域。中行說打不起精神，大概心想，到了就到了吧，反正我幹的就是給人家送女人的差事，現在送到地方了，便也就沒有我的事了。

稽粥嗣單于非常高興，「見有中國美人到來，當然心喜，便命中行說住居客帳，自挈翁公主至後帳中，解衣取樂。翁公主為勢所迫，無可奈何，只好拼著一身，由他擺佈」翁公主為此不能不說痛不欲生，但她作為和親的公主，這樣的命運早已註定，只能無可奈何地任人擺佈。一道同來的中行說對翁公主的痛苦視若不見，表現出了極度的冷漠。他的心在漢朝時已經死了，所以他對漢朝的人、事漠不關心，甚至還有可能會幸災樂禍。他也許會心想，你大漢朝是怎樣對待我的，一刀子下去就讓我沒了陽剛之根，一句話就讓我到西域來，連商量的餘地都沒有，現在，我就要看著別人欺負你，讓你也嘗嘗痛苦的滋味。

慢慢地，稽粥嗣單于發現中行說雖然不愛說話，但眉宇間有一股英氣，且神情專注，是一個內心很堅定的人。於是，便請中行說與自己一道飲酒吃肉，在閒談中他又發現此人對事情頗有見地，就有了想留他在身邊出謀劃策的打算。稽粥嗣單于剛一表露這個意思，中行說馬上就有了反應，表示願意為單于效勞，為振興匈奴盡自己全部的力量。

一個人就這樣變成了叛徒。不過，這已在情理之中。早在來時的路上，他可能就已經想好了一切，到了匈奴後一直在等待機會，而稽粥嗣單于想留他在身邊出謀劃策的打算，正是他所求，所以他便牢牢地抓住了機會，為自己在匈奴中贏得了地位。這次，對於從來都命運不濟的中行說來說倒是挺順利的，一切似乎都在按他的計劃在進行，只是從這裡開始，他就要徹頭徹尾地變成叛徒了。不知道他為此心生過怎樣的感慨，他從朔方抱著一腔熱忱進入長安，本想闖一番大事，不料被命運一步步推到另一個方向，最後當了匈奴的參謀，與漢朝開始對立，在漢朝，他的名字即將被千萬人唾棄，祖上榮光也將隨之一掃而光。他不可能不會想到這些，但這些比起他在內心曾經遭受過的摧殘和痛苦又算得了什麼呢？他曾經愛漢朝的心已經死了，活著的是一顆報復漢朝，忠心耿耿為匈奴效力的心。再則，由於他總想有所建樹的性格所致，他還想在匈奴中幹出一番事業呢，你說他能在乎這些嗎？

既然不在乎，那也就心安理得了，想幹什麼誰也無法阻擋他。他在匈奴之中很快便發現了一個問題，在漢朝與匈奴和親時，漢朝給匈奴不少衣物和食品，匈奴從單于到貴族都十分喜愛，想學習製作那些東西的方法。中行說對單于說，其實大家見到的漢物在漢朝的好東西中不足十分之一，匈奴所有的人加在一起，也就是漢朝的一個郡的人數而已，但至今仍獨霸一方，說明我們靠的就是我們自己，現在大家都那麼喜歡漢物，願變舊俗，時間長了，恐怕大家都會因為漢朝有那麼多好東西而心生嚮往，到時候會有人投降漢朝的。稽粥嗣單于一聽他這話很吃驚，但他也很喜歡那些東西，不願遽棄，於是便招來諸番臣商議，大家議論紛紛，持不同的意見，稽粥嗣單于一時也沒有了主意。中行說靈機一動，將一件絲綢長袍穿在身上，騎馬在荊棘裡馳騁了一圈，荊棘將那件長袍劃成了碎片。中行說回到帳中，對大家說：「這是漢物，真不中用。」說罷，又換上匈奴的衣服，仍騎馬在荊棘裡馳騁了一圈，因匈奴的衣服為毛皮所製，所以沒有絲毫破損。他回到帳中對大家說：「漢朝的繒絮，遠不及此地的氈裘，奈何捨長從短呢！」大家覺得他說得有道理，便一一脫下那些絲綢衣服扔了，穿上了匈奴的衣服，從此人人對漢朝的東西不再感興趣了。

這是中行說在匈奴中第一次與漢朝對著幹，漢朝雖未損失什麼，但中行說卻著實出了一口惡氣。同時，中行說還過了一把表演癮，把匈奴騙了個暈頭轉向，讓他們以為絲綢不如氈裘。其實，他是借匈奴人不懂絲綢之高貴，才讓荊棘劃破那件絲綢長袍的。看看中行說的表演多麼生動啊！他不慌不忙，在心裡設計好場次，然後用兩件不同的衣服做道具，把一齣戲演得惟妙惟肖。也就從這裡開始，中行說的整個人生變成了一場表演，他必須時時刻刻把自己也當成一件道具，按照他的意願，把漢朝表演成他心目中希望變成的那種樣子，而且還時不忘討匈奴人歡心。在這時候，我們就可以發現中行說一點一點地把自己打開了，他過人的天資被得以發揮，他應該又找到了那種在當初要幹一番大事業的感覺。本來，中行說是一個人才，但命運沒有把他用到該用的地方去，所以他便只能在匈奴中發揮他的才幹了。走到這一步，他大概也明白自己好的抱負實現不了，好人當不了，便只能當壞人，但既使當壞人，他也要求自己去當一個有成就的壞人，或者大壞人。後來的事實證明，他把自己的才幹發揮得淋漓盡致，真的當一個有成就的壞人。

中行說見匈奴已不重漢物，便開始教稽粥嗣單于一些知識，教匈奴識數，匈奴也就是從這時候學會了數人和數牛羊。同時，他也學習匈奴語言，讓自己適應匈奴的風俗，慢慢地，他變成了和匈奴一模一樣的一個人，大碗喝酒，吃膻肉，飲酪漿，渾身上下的裝束都是匈奴衣衫。什麼叫徹頭徹尾，看看這個一心當叛徒，從裡到外胡化的人就知道是怎麼回事了。也許他早已把那些不愉快的事全忘了，所以他便能夠在新的人生道路上自我感覺頗好地走下去。

有一個漢朝使者到了匈奴中，見中行說已完全匈奴化，就嘲笑他忘根丟本，已完全忘了自己的老祖宗。中行說與他辯駁說，匈奴有什麼不好，你又瞭解匈奴多少？使者說，匈奴人不懂得尊重長者，是一恥。中行說一笑說，漢人奉命打仗，哪個老人不是節衣縮食，齎送子

弟？我們匈奴打仗十分注重戰鬥力，老弱不能鬥，專靠少壯出戰，所以好吃的東西必須給青壯年輕人，讓他們上戰場去打仗，保衛家室，你怎麼能說我匈奴輕視老人呢？使者又說，匈奴父子同睡一個帳篷，父親死了，兒子便娶後母為妻，哥哥死了弟弟娶嫂子為妻，所謂的逆理亂倫，到了匈奴這裡便成了極致。中行說仍有他的見解：父親或哥哥死了，妻子外嫁，便會使家族絕種，不如自家人娶了，可以保全種姓。所以從表面上看匈奴似乎不講究這些，但其實是在立宗保種。而你大漢雖然有那麼多的條條框框，但親兄弟反目為仇，互相殘殺的事不勝枚舉，所以那些條條框框實乃有名無實，徒事欺人，何足稱道呢？使者覺得中行說能這樣說已是無仁無義之徒，在匈奴中，這些話不應該從一個漢人口中說出。中行說不耐煩了，厲聲對漢使說，你少在這裡廢話，回去告訴文帝，讓他按和親之約把東西送來，一件都不能少，而且還要品質好的，如果做不到，我匈奴在秋高馬肥之際便派鐵騎南下踐踏，到時候你不要怪我匈奴不講信譽。使者見他已變得很可惡，便不再與他說話。

在這場辯駁中，中行說一口一個「我匈奴」，儼然已是匈奴人，完全忘了自己本來是漢人。而在漢人中發生的親兄弟反目為仇，互相殘殺的事情，在他看來已成了漢朝不可見人的傷疤，他要揭一揭，讓你痛一痛。但他面對的實際上只是一個使者而已，他如此狠毒，除了發洩一下他的仇恨心理外，又能怎樣呢？但他因為曾經有過很大的失落，所以他特別在乎這個，在這種時候出一口氣，他便覺得很舒服。

後來，文帝向稽粥嗣單于傳了一封長一尺一寸的信，開頭致以親切的問候：皇帝敬問匈奴大單于無恙，隨後列出贈送的物品。這封信被中行說看見了，於是他又開始動腦筋了，他想到了匈奴的書信沒有大小，於是便教稽粥嗣單于給漢朝寫一封一尺二寸長的信，比漢朝的信長一寸，封上的印比漢朝大，然後寫上倨傲不已的話：天地所生、日月所置匈奴大單于，敬問漢皇帝無恙。看看中行說費了多大的心思，不但把匈奴的信和印做得比漢朝的大，而且在信開頭先說自己，然後才是問候，其欺人之心是何等的明顯啊！而且，他還當著漢使的面對單于說，匈奴以後寫東西儘量簡約一些，不要像漢朝的文書一樣要這麼多的無用誇飾。這封信送到文帝手中，而且使者還向文帝報告了中行說對漢朝文書的諷刺，文帝被氣得半死，對中行說從此恨之入骨。中行說聽說了漢朝的反應後十分高興，這回，他算是真正出了一口惡氣。

中行說在漢朝出名了。他最早為自己設計人生目標時，最高最遠恐怕也不過如此，但他沒有通過正道去實現它，而是走了一條背道而馳的路，採取了完全相反的方法使自己獲得了地位，賺了名聲。人生在世，真是無所不有，無奇不生，看看一心想當壞人的中行說吧，在一個「壞」字上做足了文章，幹盡了缺德事，讓自己變成了一個天才一樣的壞人。

漢朝想收拾這個十惡不赦的壞人，但卻沒有辦法。後來，自持才高八斗的賈誼想了一個遷回攻擊匈奴的「大計」，美其名曰五餌：

賜之盛服車乘以壞其目，

賜之盛食珍味以壞其口，
賜之音樂婦人以壞其耳，
賜之高堂邃守倉庫奴婢以壞其腹，
於來降者嘗召幸之，親酌手食相娛樂以壞其心。

這是一個慢慢收拾匈奴的辦法。相對於比較野蠻和落後的匈奴來說，可能會起到誘惑力，讓他們對「美好生活」心嚮往之，慢慢被吸引過來。但賈誼在上書時卻說得過於誇張，說他的這條計謀一旦實施，其作用可達到「能繫單于頸，笞中行說背」，讓人覺得天花亂墜，而且他自薦以後讓他去主持外交，就讓人更覺得他有借此要官的嫌疑，所以，他的「大計」未獲通過。

於是，匈奴安然無恙，中行說也絲毫無損，在西域一步步走向了他做叛徒的黃金時期。

四

前面說過，中行說在軍事上也有過人的才幹。自從他到了匈奴中後，匈奴與漢朝大大小小的交惡不斷，每次，都有他的名堂在裡面。匈奴每次出兵，他便為匈奴設計好攻略，遭到什麼情況用什麼對策，他都一一心中有數。在平時，匈奴一旦要與漢朝交往，在商議辦法時，他必是高參，為匈奴預估可能會遇到的情況和應變之策。這樣下來，論地位他無疑已是匈奴的軍師，匈奴對他很是依賴，他的威望也便由此樹立。但他的軍事才能遠遠不止在匈奴中人所共知的這些，他在悄悄地幹大事。他是一個太監，男性某些方面的缺失讓他的內心燃燒著熾烈的火焰，他必須用另一種方式去發洩。前面幹過諷刺漢朝使者、製造陰謀、打擊漢朝軍隊等等，都使他獲得心理上的快感，但他是一個一心想幹大事的人，所以他必須在軍事上再幹幾件漂亮一點的事情，他才會顯得像一個全才。

他要在軍事上幹一番大事的念頭從稽粥嗣單于準備立新單于時就有了。稽粥嗣有兩個兒子，一個叫軍臣，另一個叫伊稚斜。稽粥嗣在臨死的時候，立軍臣為匈奴新的單于，封伊稚斜為左右蠡王，這對於也想當單于的伊稚斜是一個沉重的打擊。立單于的儀式完畢後，伊稚斜悻悻地騎馬返回，走不遠，中行說騎馬趕了上來，送他五匹對別的食物一口不沾，而只吃人肉的狗。並對他說，懂了這五條狗，草原上的單于非你莫屬。伊稚斜帶狗回去，天天觀察，最後明白一個道理，凡兇猛者，不論身處何地，必然占上風；因為你若兇猛，別人必然怕你，服你。伊稚斜明白了中行說送他狗的意思，下決心要做匈奴中的兇猛者。之後，他和中行說經常密謀，商議如何從軍臣手中奪取單于的權利。中行說勸他不要著急，只要團結和擁有很多的匈奴部眾，就不愁推翻不了他，只不過等待一個時機而已。伊稚斜依照他的計謀悄悄發展軍事，耐心等待時機到來。

中行說又當了一次叛徒。按說，稽粥嗣待他不錯，他理應極力輔助軍臣才對，但他覺得在這個年輕氣盛的單于跟前體現不出自己的價值，所以他要另輔他人。這裡面有一般人不容易發現的他的個人目的，試想，他若輔助伊稚斜成功，那麼他就是伊稚斜的恩人，日後伊稚

斜一定會待自己為座上客的；自己早早地打好基礎，圖的就是伊稚斜當上單于後好給自己一個地位。中行說如此用心，不可謂不長遠，而在一向簡單和意氣用事的匈奴中，誰又能知道他有如此用心啊！沒多久，機會來了。軍臣患病身亡，按匈奴秩序，他兒子于單應接任單于。中行說和伊稚斜當然不會放過這個機會，很快便發兵打敗了于單。于單無路可走，只好投漢。無奈他命短，幾個月後便死了。

中行說的計謀實現了，伊稚斜的單于夢也圓了。看看中行說的手段吧，是何等的精明和老到啊！甚至不能單純地把他當做一個叛徒來對待，他身上表現出來的極端的個人理想主義，以及他在追求理想的過程中所顯示出來的才華，都讓人覺得他是一個天才，只不過，自從被一刀子割去了男人的陽根後，他就走上了一條反方向的人生之路。假如他沒有那些遭遇，給他一個發展機會，說不定他會成為一個大人物。可惜了，中行說天生有才，但卻沒有用到該用的地方去，為之一生，也只能是一個黑暗中的舞者。

中行說最終還是命運不濟，正當壯年之際，一場大病卻讓他躺下再也爬不起來。當時，正值漢武帝加大了對匈奴的打擊，伊稚斜抵不住衛青、霍去病、李廣等人的猛烈攻擊，將單于中心向漠北高原撤退。伊稚斜讓人抬著中行說走，並對他說，我伊稚斜若不倒下，我便不會扔下你不管。也許是被伊稚斜的話感動了，已經有氣無力的中行說居然有了精神，用斷斷續續的話給伊稚斜出了一個主意：把病死的牛羊扔入身後的河中，追來的漢朝軍隊必飲這條河中的水。說完便咽了氣。伊稚斜馬上照他所說去做了。中行說在彌留之際能夠迴光返照，若是常人，倒也讓人同情和憐憫，但他似乎不放過一丁點打擊漢朝的機會，在臨死之際都要為匈奴想辦法和出主意，所以他換不來後人對他的一絲同情。人常說，人之將死，其言也善，但他讓人不明白他何以有那麼大的仇恨。不過，最後一次他又成功了，漢朝軍隊一路追伊稚斜的匈奴隊伍，已多日缺水，見到一條河，便紛紛用手掬水暢飲起來，很快，喝了河中水的人便全倒下了。

伊稚斜按匈奴最高的禮節埋葬中行說。那可能是一個很沉悶的日子，匈奴被迫逃亡，現在又失去了中行說這樣一張百問百知的活地圖，他們的心情一定不好受。從伊稚斜的內心來說，他對中行說是有感情的，從某種程度上而言，中行說像他的左臂右膀一樣重要，現在中行說死了，而且長久被病痛折磨，他一定為他傷心，出於這樣的心情，他一定要為中行說舉行隆重的葬禮。急促逃亡的隊伍暫時停下來，號角嘶鳴，匈奴們搬來石頭壓在中行說的身上，很快，草原上留下了一座孤零零的墳。在中行說的墳前擺有很多石頭，這是匈奴喪葬的一種紀念方式，一塊石頭記錄他殺死過一個人，他墳前有那麼多石頭，說明他生前殺過很多人。

中行說孤寂的，被痛苦長期煎熬的人生終於結束了。在他身後，留下了一條恥辱的人生之路，他一直試圖改變它，讓他順從自己的意志向著光明的未來延伸，但命運卻偏偏與他作對，一而再，再而三地折磨他，讓他走上了一條他從來都沒有設想過的道路。他一腳邁上去，便從此不再回頭，直到在蠻荒的草原上合上了雙眼，他焦慮的靈魂才得以安息。這一切，都與他有那麼多理想有關。理想是愛，他為了實現那些愛，才不知不覺地使自己被扭曲了。人們啊，請小心，愛實現不了，稍不注意就會變成恨。中行說就是一個例子，他由愛生恨，後來又被恨再度扭曲，變成了一個只為仇恨而活著的人。

大愛生大恨。

李陵：在英雄的陰影中隱退

一

李廣的孫子李陵先假降匈奴，後又真降，其命運變化一波三折，防不勝防，一想起他就讓人內心一陣酸楚，覺得他是一個非常悲苦的人。

李陵突然投降匈奴，在今天看來也是一個意外，按常人的理解，李家僅李廣高大光輝的形象就足以警示和鞭策所有人，作為李廣的後代，人人理應力爭出息，幹別人不能幹的事情，取別人取不了的成果，這樣才不愧為李廣的後人，為李廣爭光。但李陵卻背道而馳，不但沒有像李廣那樣血灑沙場，而且投降了李廣為之一生打擊的敵人、漢朝幾代皇帝深惡痛絕的匈奴，辱沒了祖上的榮光，讓滿朝文武欷歔滿聲，百思不得其解李陵為何要在異域蠻邦苟且偷生？李家人更是不能面對這樣的事實，他們無論如何也不會想到李陵會做出這樣一個選擇，當確切的消息傳來，對李家每個人來說都無疑是當頭一棒，頓時覺得天塌地陷，大禍已經來臨——降匈奴，那可是誅滅九族的罪呀！但李陵在西域已經和匈奴生活在一起了，牽掛他的人遠隔千山萬水，誰也無法阻擋或勸說他回心轉意，所以事情只能一步一步發展下去，不管你怎麼著急，都只能是一個旁觀者而已。

李廣未封侯，最後自殺於西域大漠，李蔡不屈服小吏而撞死於牢獄，現在李陵又投降了

匈奴，李氏家族就這樣兩頭冒尖，一面英名留世，一面又將悲劇上演到了高潮。與其他人相比，李廣家哪一點也不差，但就是踏不上步子，不能得李家該得的，不能享受李家該享受的，最終留下了無法彌補的遺憾。

李陵投降匈奴時實際上還很年輕，是一個剛出道不久的軍人。李陵在那樣一個家庭裡出生並長大，一定受到了很好的薰陶。李廣雖未封侯，但仍為出類拔萃的將才，所以對家人的影響一定是很深的，家族中的孩子可能都自小苦練武術，立志在將來報效國家。史書上說李陵有祖上遺風，擅長騎術和射箭，同時又懂得謙恭禮讓，待人接物都很有分寸。李陵是一個能文能武的人，在武方面，他擅長騎術和射箭，這在當時來說，是使他成為一個將才的優越條件，如果他能像爺爺李廣一樣在馬上長槍橫掃，射箭百發百中，日後一定是馳騁疆場無人能敵的人物；在文方面，他大概讀了很多書，有很好的知識涵養，是個文化人。從李陵身上就可以看出，李廣之武和李蔡之文的優良素質又一次出現了，所以，在這樣的一個家族中，李陵投降匈奴確實讓人感到意外。但他偏偏要那樣做，誰能拿他有什麼辦法呢？

對於所有的人而言，這是一個意外的事件。

二

李陵剛出道就顯得與眾不同，渴望能夠上戰場去打仗。駿馬不跑四蹄寂寞，雄鷹不飛雙翼受折磨。李陵在這一點上像極了他的爺爺李廣，他體內似乎有一股按捺不住的衝動，不讓他去戰場上打仗，他就會很難受；說到底，李陵又是一個為戰爭而生的人。我們甚至還可以做這樣一個比較，李廣雖然命運多舛，但畢竟留下了一個好名聲，這對於李陵來說，就是一個引人注目，能被眾人高看一眼的好機會，他大概不需要打什麼基礎，就可以上道了，而且還有一種可能，周圍的人或許因為出於對李廣的惋惜和憐憫，會格外關照李陵的。照這樣看，李家在李陵身上又有了希望。

不久，他就得到了一次打仗的機會，他率八百騎兵，深入匈奴腹地二千多里探視行軍地形，圓滿完成了任務，因功被封為騎都尉。從這件事上就可以看出李陵有膽識，而且還是一個能夠聽話守規矩的人。你想，他那麼渴望打仗，當他深入到匈奴腹部看著敵人就在眼前，卻忍住了想打仗的衝動，將行軍路線打探清楚後便立即返回。由此證明李陵不是一個毛躁的小夥子，有控制自己的能力，從這一點上可以看出他是一個能幹大事的人。被任命為騎都尉之後，李陵在張掖、酒泉負責教練射手。這時候，李陵已踏上了走仕途的道路，騎都尉雖然是一個小官，但李陵年輕，有的是時間，所以他一步一步地往上走，想必在將來一定會有一個好前途的。

是鷹，看一眼就知道能飛多高。朝廷發現李陵是塊好料，在天漢二年，讓李陵去料理李廣利西征軍後勤，年輕氣盛的李陵一看有仗打，祖傳的基因就開始在骨頭裡起反應了。他自請獨當一面，直接和匈奴交戰，以減輕西征軍開拔的壓力。朝廷准許了他。那一年秋天，李陵帶步兵五千人出征，出居延澤向北艱難跋涉了三十天，抵達了浚稽山（今蒙古人民共和國

杭愛山）安營紮寨。李陵在這件事情上是不是有點太急了？首先，他為了打仗自請獨當一面，不知道他為此做好了準備沒有；其次，他只五千人，一旦進入西域匈奴的控制地，便如同孤羊進入狼群，後果不堪設想；還有一點，爺爺李廣的影子始終在左右著他的心理，影響著他一門心思想當英雄，不能冷靜地審時度勢。要知道，在戰場上無外乎就是你死我活兩種狀況，稍有不慎便會打敗仗，丟性命，落一個慘不忍睹的下場。但隨著漢武帝准許的命令下達，所有的這些顧慮便都無法預防，李陵只能順命運而為了。

這一路上，李陵顯得很興奮。走在李廣當年走過的路上，他也許想起了爺爺當年的征戰英姿，但他沒有想起爺爺的最終下場。打仗是一件讓人可以徹底燃燒，甚至可以讓人變得瘋狂的事情。就在這種情況下，他不知不覺把自己和那五千步兵推到了戰爭最危險的前沿，他不知道前面有多於他近二十倍的匈奴在等待著他。很快，李陵就與匈奴相遇了，匈奴出動了三萬人馬，李陵率眾拼殺，雖射殺匈奴好幾千人，但自己卻傷亡慘重。一仗下來還沒等他喘口氣，又有八萬匈奴騎兵黑壓壓地殺了過來。此時的李陵只有拼殺的份兒，沒有別的路可走。他們邊退邊戰，抹血飲泣，奮力殺死上萬的匈奴，匈奴害怕這個少年了，尤其是當他們得知此少年就是李廣的孫子時，就更害怕了，他們準備撤退。然而，這時候李陵的一個部下投降了匈奴，向匈奴供出李陵無援兵，且糧草已所剩無幾。一子落錯，全盤皆輸，這個叛徒導致了一支軍隊的命運變化，也導致李陵從此走上了另一條人生之路。匈奴從那個叛徒嘴裡得到這個確切的消息後，便復又殺來，李陵終因矢盡糧絕和援兵不到而全軍覆沒。

一場短暫的戰鬥很快結束了。在這場戰鬥中，除了李陵拼命搏殺的英勇外，幾乎再沒有什麼讓人意外的事情。從一開始，雙方的實力懸殊就已經註定了結局，而李陵也沒有拿出拯救自己和那五千人性命的有力策略，從頭到尾似乎在拿雞蛋碰石頭，直至最後一敗塗地。李陵本來是一隻雄鷹，但卻因為太年輕，還沒有飛上藍天，就折了翅膀，讓人感到可惜。假如他不自請獨當一面，而是隨李廣利大軍一起出征，遇上戰鬥，他的善戰本領就可以正常發揮了。那樣的話，他既不獨擔責任，又可以立功，豈不是很好。一切的一切，都因為他太年輕，太想立功而終不可挽回。

匈奴讓李陵投降。李陵決定假降，以圖日後獲得機會後東山再起。這是一步無可奈何而為之的棋，走這一步棋的目的便就是暫時假降，先將匈奴糊弄過去，以求自己在日後再做打算。一般人沒有過人的耐力，是不會走這一步的。因為別人不知你是真降還是假降，而一旦只要你投降了匈奴，人們按常理就將你定為國家的叛徒，家族的敗類，你日後能不能幹成事難說，但你的名聲卻先壞了，尤其對李陵這樣是名將之後的人來說，走這一步就更難了。李陵不可能不知道這些，但他還是硬著頭皮那樣幹了，可見，李陵的用心是何等良苦啊！

世間的事情總是相互牽連。司馬遷得知李陵投降匈奴後，知道他是為了東山再起，暫時在忍辱負重，他和李陵是知心朋友，他很相信李陵。於是，司馬遷向漢武帝進言，聲稱李陵是假降，希望朝廷能夠理解李陵，不要怪罪於他。漢武帝正在氣頭上，為李陵投降匈奴而惱火不已，一聽司馬遷的話，更是怒不可遏，氣急敗壞地下令對司馬遷施於宮刑。司馬遷由此

對權威的看法發生了很大的變化，自此以後再寫史記，聞著下身被施刑後一直散發出的惡臭，內心也止不住一陣陣淒涼。司馬遷深知李陵的良苦用心，但他遙對西域欲喊無聲，欲哭無淚。司馬遷遭受了宮刑，別人就不敢再出聲了。可惜了，李陵一去西域，便踏上了一條不歸路。到了這裡，英名憾世的李氏家族，發生了轉折性的大變化。

離開了故土，內心淒涼；沒有了聽眾，話語冷場，李陵在匈奴軍營裡一定過著心情很沉重的日子，想想李家世代忠烈，寧死不屈，而自己卻投降了匈奴，雖然想東山再起，萬一不成，豈不毀了祖上榮光。這時候，李陵隱隱約約感到了命運的沉重，但他仍不改初衷，在等待機會。因此他在匈奴中虛與委蛇，從不給匈奴幹實事，他能這樣說明他心裡還有朝廷，在內心深處還有一片忠貞之心。但這時發生的一件事卻再次把他推向了命運的低谷，在匈奴中還有一個叫李緒的漢朝降將，他死心塌地投降了匈奴，一門心思給匈奴訓練軍隊，李陵看不下去了，心裡琢磨著找個機會除掉這個狗東西。但還未等他動手，一個陰錯陽差的消息卻傳到了漢武帝耳中，有人誤把李緒說成李陵，說他在幫匈奴訓練軍隊。漢武帝一聽之下大怒，要誅滅李氏家族。李家這時已沒有能夠站出來說話的人，厄運像一朵沉重的烏雲，將李家遮罩得光明全無。次年，朝廷將李陵的老母和妻子斬首長安街頭。在西域苦苦企盼著東山再起的李陵聽到這個消息，如聞晴天一個響雷，淚水沖湧而下。事到如今，他內心的信念一下子便崩潰了，他不由得心生絕望，想想我李氏家族世代為你漢朝效命，你卻讓我們代代受屈，我為何還要忠於你。家族的積怨終於掩蓋了李陵投降的內疚，他索性真降，先前想在邊疆立功，振興李氏的理想隨之破滅。他明白，一個人在一個國家的動盪之中去追求理想，顯得多麼無足輕重啊！我李氏家族代代積怨的原因就在這裡，現在，讓我做一次徹底的了結吧。

李陵死心塌地地投降了匈奴。

三

我們不能忽略李陵投降過程中表現出來的痛苦和感情波動，一開始，李陵就是一個熱血男兒，一心要精忠報國，這與他出身名門，受祖上的遺風影響是分不開的。一般人要樹立起像他那樣的雄心，可能還需要一個過程，而他則是自然而然的，他主動請戰，視險惡的戰情于不顧，其實都與他的出身有關，但由於他只為當英雄做好了準備，並未對即將發生的命運變化有所覺察，所以，他必然要摔跟頭。李陵僅僅走了一步就到了命運的終極，確實讓人惋惜。按說，像他那樣熱血沸騰的男兒，應該在沙場上多馳騁幾回才對。作為軍人，如果具備了視死如歸的精神，在沙場上畢竟還是可以發揮出作用的，而有時候，戰爭結局的扭轉就需要這樣的人。

李陵的面孔真正變得明朗和真實時，是他下定決心要真心投降匈奴的時候。李陵從這時開始變得真實起來——他即看清了李家世代積怨的病根，又看清了做英雄的艱難和苦痛，他知道朝廷現在已將他徹底視為叛徒，就連最瞭解他的司馬遷也因他被宮刑失去了男子漢的陽剛；再則，身處眼下這等處境，他又如何去做英雄。李陵也許對此發出一聲長歎，唉，英雄

呀，原來就是這麼一種虛無縹緲，而又讓人備受折磨的光環。他在《答蘇武書》中發問：為什麼「妨功害能之臣盡為萬戶侯，親戚貪佞之妻悉廊廟宰」？而我李家世代忠良，從爺爺李廣開始，卻沒有一個人落個好下場，朝廷啊，我們對你忠，你卻不對我們義，我們這樣賣命圖什麼呀?!

自古以來叛徒千千萬，唯有李陵做得坦坦蕩蕩，無怨無悔。走失的駱駝只能另跟商隊。也許李陵在作出那個決定時忍不住流下了淚水，想必他的淚水一定是非常複雜的，我們在今天無法揣摩出裡面到底包含了多少東西，但有一點可以肯定，那就是當一個人為自己不願再當英雄而流下淚水時，那才是一個人最為真實的淚水。哭完之後，李陵也就平靜了，也就沒有痛苦了。這樣多好啊！一般情況下，人都是在本能地承受著生命的痛苦，如果承受不了，就悄悄地隱藏在內心，天長日久地被痛苦煎熬著，誰也不知道痛苦的盡頭在哪裡，但對承受卻從來沒有表示過懷疑，所以，人在承受痛苦時其實都是沉重的。但李陵不這樣做——我的痛苦是幾代人，甚至一個家族的痛苦！我為什麼還要承受呢？都說「時勢造英雄」，那只是在一部分人身上體現出的成功，那些人和我一樣都具備做英雄的條件，被時勢一推，就變成了英雄，而我並不遇時勢，落得如此下場，我何必再死抱理想，甘受折磨呢？李陵之所以要讓自己從英雄的陰影裡走出，做一個平淡的人，也有厭倦了英雄之後對平常生活的嚮往的原因。

英雄與平常人，究竟哪個更好呢？看來，還真不能從表面上去衡量。英雄，未必就比平常人活得自在，活得開心，而平常人所創造出來的東西，英雄也許會望塵莫及。據好多文章說，現在生活在新疆的族人極有可能是李陵的部下和匈奴女子結合後生下的後代。在新疆柯孜勒蘇地區，男女老少多擅於騎馬，從遠處的山道上奔馳而來，馬隊整齊劃一，山道上塵土升騰，他們表情平和，雙目望著前方，絲毫不因顛簸的馬背而神情緊張。如果柯爾克孜人真的是李陵的後代，倒就讓人感到有幾分欣慰了，一個人一心要去當英雄，未必能有建樹，而不經意間卻孕育出了一個民族。

值得一提的是，眾所周知的楊家將的楊令公，在讓大兒子假冒宋帝騙遼兵失敗後，見已丟失三子，一子被擒，一頭撞死在了李陵的碑上。那一刻，想必四周的廝殺聲響成一片，楊老英雄奮力殺出重圍，回頭一看，不光他的幾個兒子已丟失，他帶來的人馬幾乎已全部命歿，一陣從未有過的淒涼倏地襲上心頭。馬到了李陵的墳前，他突然一下子勒住轠繩，從馬上下來，怔愣片刻後一頭撞死在李陵碑上。那會是怎樣的一種場面呢？一抹鮮血噴出，灑在那塊石碑上，那匹馬一驚，發出一聲撕心裂肺的嘶鳴。楊令公打了一輩子仗，為何最後要撞死在李陵的碑上？想必那一刻他的心情一定是相當複雜的。人人都爭當英雄的時候，心情都是一樣的，但從英雄變為一個失落者時，對另外的失落者可能就有了更深刻的理解。楊老英雄一生何其了得，征戰南北，殺人無數，但最後的歸宿卻在李陵碑旁，不由得讓人迷惑。楊五郎見父親撞死在李陵碑上，拼命殺出重圍，出家當了和尚。一父一子，突然間從高處下降，降到了人生的最低處，讓人驚歎不已。他們為何心灰意冷？在做出選擇的時候，他們在

心裡想了些什麼？在那一刻，李陵在他們的心裡是怎樣的一種形象，是什麼在召喚他們向李陵靠近？

從英雄的高度下降，每個人是不是都能看見自己內心隱藏著李陵的影子？歷史是一張沉默的嘴，它什麼都不說，但一切似乎都被包含在它的沉默裡。

四

不管走怎樣的路，在什麼地方，一個人總還是在內心會對自己抱有希望的。在匈奴中，匈奴單于封李陵為右校王，賞單于女為妻，這樣的生活是李陵從未曾預料到的，也是他以前不想要的，但命運一步步把他推向另一個方向，他便必須得接受這些不想接受的東西。妻子和母親被朝廷斬殺，他在西域娶一個匈奴女子為妻，以後好歹算是有了一個家，家是讓一個人生存下去的基本依靠，所以李陵慢慢地便也就平靜了。至於右校王這個官職，李陵是不會怎麼在乎的，他在匈奴中越有地位，在漢朝的恥辱就越大，因為他在匈奴中的所有東西都是用叛徒二字換來的，在別人眼裡，這不能不說是一種恥辱。而且，他的根還在漢朝，他從骨子裡而言還是一個漢族人，人們還是會習慣性的按漢人的要求來對待他，這樣就會使他內心的良知遭受煎熬。李陵如此這般一定是非常痛苦的，他雖然只有一個名字叫李陵，但他卻已經變成了兩個人，一個在漢朝，是隱形的，被人們議論著；另一個在西域，有活生生的血肉之軀，但與匈奴已別無二致。一個人要這樣活下去，是需要有堅強的意志力。

有位日本作家十井喬寫的一篇小說《李陵之墓》。小說寫了一個從美國留學回來的歷史學家在北京突然設想李陵：「自己還活著，並且和周圍的人一起迎來了清晨。」十井喬是一位日本人，他為什麼要如此揣摸李陵的心情呢？其實，小說的開頭就已經強烈地散發出了「還活著」的氣息：「一滴水從沒有關緊的水龍頭嘴滴落下來，在晨光的映照下閃閃發亮，左鄰右舍已經有開始起床的動靜，與雞鳴、臉盆磕碰什麼東西的聲音、劈開柴火扔進爐灶的聲音和開門的吱扭聲等各種聲音混雜在一起，從外面傳過來。」環境的氣氛無不在強調一種從容的「還活著」。看著小說，讓人在心間不停地發問：李陵到底應該是一個叛徒，還是一個情理之中的逃亡者？後來在十井喬的詩集《異邦人》中看到了一首《流放之歌》，結尾有這麼幾行：

很多年以後
向日葵枯萎
山茶花枯萎
在四周將要變成冬天的時候
唯我在流放地光彩奪目

由小說而詩，十井喬就是不放過你，要讓你順著他的感覺走，慢慢地，便似乎貼近了一個無比真實的李陵。詩中的「光彩奪目」，又讓人想到了李陵醒來的那個早晨，一滴水因為水龍頭沒有關緊，滴落了下來，在晨光中閃閃發光。這是一種暗示，李陵的內心似乎在一滴

水滴落的過程中找到了逃逸的機會。再看《李陵之墓》的結尾：「他想回宮殿，邁上斜坡，看見阿巴坎河在遠處注入了葉尼塞河，正反射著陽光，閃亮耀眼。」至此，李陵的內心應該說能夠徹底釋然了。這個日本作家挺厲害的，他從一個暗示中告訴了我們李陵在內心對生活的態度，同時，我們也可以相信這是李陵的一種生活狀態。以前有張承志、高建群寫李陵的文章，現在又有了十井喬，李陵的那份平常心和渴望回歸人的真實的心情終於被人們理解了。

李陵在匈奴悄無聲息地生活了二十年後病逝。他的理想在沒有得到朝廷的理解後如同燈滅煙散，從此不再在內心浮現過一次；他的愛與恨變得模糊不清，非常複雜地糾結在一起，愛中有恨，恨中有愛，折磨得他不得安寧；還有他的生存，也是一波三瀾，先假降，忍受屈辱；後真降，鬱鬱寡歡，直至到最後隨時間一起在西域化為烏有。

老朋友蘇武寫給李陵的《別李陵歌》中把李陵的命運寫得入木三分，淋漓盡致：

徑萬里兮度沙漠，
為君將兮奮匈奴。
路窮絕兮矢刃摧，
士眾滅兮名已隕。
老母已死，

雖欲報恩將安歸？

瞭解了李陵的命運變化，再讀到這首《別李陵歌》，就有點讓人忍不住想掉淚。人都是生活在希望中的，都是為希望而活著的，但李陵卻絕望了，在身後幾乎已了無路途，家破人亡，讓他只能在異域蠻邦麻木地打發餘生。不是李陵一心要當叛徒，他腳下實在無路可走，你讓他如何是好？為了活下去，他只好委曲求全。李陵一腔熱血，竭力報國，落得家破人亡，身死異域，成為李氏家族最大的悲劇。站在浪尖上的人，離輝煌和悲愴實際上都只有一步，這一步走好了，將步入輝煌，走不好，就一個跟頭栽入深淵，從此不得再翻身。不能怪李陵啊，命運給他提供的舞臺就那麼小，他又如何能夠表演出別的節目呢？！李陵只能為活著而活著，別的，便都無法顧及了。不想當英雄的人，在歷史的煙塵中隱匿吧，隱匿得越深越好。

哪怕從此被世人忘記名字。

李廣利：遲來的憤怒

一

與其他幾個叛徒相比，李廣利最不應該向匈奴投降。其他幾人中除了李陵外，投降了也就罷了，最多背個罵名，沒什麼了不得的，但李廣利的身份特殊，他這一投降匈奴便把人丟大了，他妹夫漢武帝的臉頓時沒地方擱了，一下子沒有了處理這件事的主意。後來，有人向漢武帝報告，其實李廣利不想投降匈奴，是太醫令隨坦誤傳李廣利家族被誅的消息，才導致李廣利投降了匈奴。漢武帝殺了令隨坦，才算是勉強抹平了面子。李廣利可惜了，他身為貳師將軍，是當時軍中的一根頂樑柱，正是朝廷需要他好好出力打擊匈奴的時候，但這個頂樑柱卻突然被抽走了，偌大的漢朝軍隊一下子便亂了方寸，變得誠惶誠恐起來。大家在心裡不可能不想，連皇上的大舅子都向匈奴投降了，我大漢朝還有何威嚴可談，大家在以後可得小心行事了。

司馬遷在《史記》裡寫李廣利時，不見任何感情色彩，足可見他對李廣利不怎麼感興趣。司馬遷在《史記》裡寫了許多英雄人物，如李廣、張騫、班超等等，同時，他也著力寫了一些有著醜惡嘴臉的人物，如李斯、商鞅等等。司馬遷是文學高手，他把一個個帝王將相才子佳人的身後事全盤端出，隨便玩弄於筆墨間，只要一發現其行為不羈，便筆鋒一轉，劃入另冊，蓋棺論定。如李斯，三言兩語就給他畫定了賊眉鼠眼的形象。商鞅更是被刻畫得入木三分，他寫商鞅是一個做事認真但做人極差的人，最後，商鞅把做事方面的特長用於做見不得人的事上，變成了一個天才型的小人。從刺客列傳和滑稽列傳中，司馬遷又為我們介紹了一些黑道和下層的人物，他認為他們所言所行「談言微中，亦可以解紛」，表現出了他「醜中見美」的美學思想。

史記對李廣利記敘不多，只介紹了他兩次遠征的經過，另在《匈奴列傳》中又記錄了他投降匈奴後的生活，以及他在臨死之前才發出的本該在戰場上發出的憤怒——「我死必滅匈奴」。這是錚錚鐵言，只是來得遲了。一個人在臨死前才變得憤怒起來，又有什麼用呢？

二

其實，李廣利能作為遠征將軍，他身上存在著皇室家族相當複雜的背景，他的妹妹是皇上寵愛的李夫人，這就多多少少為李廣利出場提供了便利的條件。好在李廣利一開始頗為爭氣，一上道便有一番成績——「發屬國六千騎及郡國惡少年數萬人以往，期至貳師城取善馬，故號『貳師將軍』。」照這樣發展下去，李廣利應該有一個很好的前途。

很快，李廣利就得到了一次打仗的機會，西元前一四年，漢武帝派李廣利率兵遠征大宛。漢武帝此次遠征大宛，有他個人的想法在裡面。第一個想法，仍是他對西域的憂慮。張騫第二次出使西域後，很快就在西域打開了局面，西域的一些小王國紛紛臣屬漢朝，讓漢武

帝著實高興了一陣子，但他沒有想到好景不長，在荒野大漠間浪蕩慣了的匈奴對漢朝的仇視心理一直沒有改變，他們教唆一些王國繼續與漢朝做對。最早與漢朝做對的是絲綢之路南道出陽關的第一站樓蘭國和北道出玉門關的第一站姑師國。這兩個王國是漢武帝意欲徵收的第一批西域王國，但這兩個王國似乎明白，自己所處位置很容易當出頭鳥，匈奴在背後睜大了眼在怒視著自己，你整日和漢使來來往往，什麼意思，是不是不想再喝雪山上流下的水，不想再吃沙漠裡長大的羊了？要是匈奴不高興了，說收拾就把自己收拾了。西域是他們的家，所以，他們與漢交惡便是必然的了。於是，樓蘭和姑師扣押了漢朝使者，絲綢之路似乎在這兩個王國一夜間板起的面孔前無法再延伸了。漢武帝惱火了，小小樓蘭和姑師，竟敢扣押我大漢國使者，投靠匈奴，使我的設想落空，看來，不打是不行了。於是在西元前一八年，漢武帝派趙破奴，王恢兩員大將率兵討伐樓蘭和姑師，趙王二將憑著兵多將廣，很快就攻破了樓蘭和姑師，還俘獲了樓蘭王。這是漢武帝向西域發動的戰爭中比較輝煌的一次勝利，然而，匈奴卻在西域哈哈大笑著談論這場戰爭，顯得非常高興。漢武仔細一想，才知道了匈奴發笑的原因。原來，樓蘭、姑師二國之滅不但沒有給匈奴起到「殺雞給猴看」的作用，反而給匈奴幫了忙，正附他們的意圖呢——樓蘭、姑師兩國你漢武帝不滅，我匈奴遲早要滅，現在你把他們滅了，免得我再動手：你漢武帝要打西域，西域各國都將懼怕，他們在無意與你爭鬥的情況下，自然要找靠山，而我匈奴在西域的影響超過你漢武帝的影響，他們自然會紛紛投奔於我，這樣，我匈奴統一西域的夢想不就實現了嗎？漢武帝大概覺得自己此次征服西域之舉不是很英明，於是便激發了他遠征西域消滅匈奴的決心，準備讓李廣利帶兵去征服西域。

漢武帝派李廣利向西域發動征戰的第二個想法，就是他想得到大宛國的汗血馬。漢武帝渴望得到汗血馬的願望已經很久了，張騫向漢武帝報告西域的種種見聞時，提到大宛國有一種汗血馬，是天下難得的好馬。漢武帝想得到汗血馬的願望很強烈，便派使者帶了黃金澆鑄的金馬前去交換，但大宛國傾向匈奴，拒絕交換，還唆使東邊的鄰國攻殺漢使，搶劫財物。漢武帝得到報告後十分惱火，下決心非要得到汗血馬不可。而漢武帝之所以要派李廣利勝任遠征之命，多多少少有些照顧的性質在裡面，李廣利的妹妹即漢武帝的妃子李夫人，有這樣一種裙帶關係，李廣利這樣一位公子哥便輕而易舉地被推上了歷史舞臺。

李廣利率兵在沙漠中長途跋涉，艱苦異常。事實上，李廣利一路上要努力克服的，遠不止自然環境的惡劣，沿途的小國聽說他帶兵要去打大宛，加上傾向匈奴的原因，在他到來時紛紛緊閉城門，拒不提供糧草。李廣利對天長歎一聲，只好採取攻城奪糧草的方法養活自己，一路上，他邊走邊打，打得開城門就補充些糧草；打不開就只好忍著饑餓又往前走。按說，打別人的城和奪別人的糧草是不道德的，作為大漢國的將軍，李廣利是知道這個道理的；但他無法面對軍隊挨餓這一事實，同時他又憎恨這些小王國見死不救的作為，所以，只要能把城門打開，他就讓兄弟們心安理得地去搶，去奪，就這樣，李廣利一路打到了大宛國。到了大宛國的郁成國時，他只有饑疲不堪的幾千人馬了，郁成國的軍隊已以逸待勞了很長時間，李廣利的軍隊與他們一交手，就被打得大敗，一半人馬死傷。李廣利再也顧不上為漢武帝去奪汗血馬了，只好帶著殘部撤回到敦煌，派人向漢武帝上書請求撤回。

公子哥的臉面掃了地，那麼作為一國之君的姐夫又該怎麼辦呢？未曾嘗過兵敗滋味的漢武帝哪裡丟得起這個面子，立即向李廣利下令「軍有敢入，斬之。」此時的李廣利才隱隱約約覺得當皇帝裙帶的難堪，但事情已經弄到這種地步，他也沒辦法收拾局面，於是李廣利只好把淚水咽回肚子裡，駐紮在寒冷無比的玉門關外待命。玉門關在敦煌以西不遠，我們可以想像得出，李廣利是如何在寒風中率自己的殘部安下軍帳和旗幡，度日如年地熬著冬天的漫長與淒冷。匈奴這時候又在哈哈大笑：你漢武帝派大舅子打大宛，沒怎麼打就敗得一塌糊塗，還敢跟我匈奴打嗎？從大宛到匈奴，路還長著哩，你走得動嗎？

第二年，漢武帝派李廣利帶領一支更龐大的西征軍再次向大宛進攻，他吸取了李廣利第一次失敗的教訓，應用了大兵作戰的方案，在李廣利出發之後，徵發戍卒十八萬進駐河西居延地區，作為強大的後援力量，還徵召各地民間力量往前線源源不斷地運送糧草。同時派出一支水工隊伍，隨大軍運行到大宛國的貴府城下，斷絕了城中水源。在這樣大的氣勢中，李廣利的第二仗打勝了。漢武帝第二次西征大宛告捷，威震西域。「貳師將軍之東，諸所過小國聞宛破，皆使其子弟從軍入獻，見天子，因以為質焉」（《史記・大宛列傳》）。這是李廣利一生中再也沒有出現過的輝煌，用兩年時間攻下一個地方，儘管吃了不少苦，受了不少罪，但拿下了一個在西域名聲不小的王國，這對他人生價值的肯定是很大的，他由此被封為海西侯，食邑八千戶。此後，漢朝經過十年對西域的經營，西域諸王國的軍隊都願意聽從漢廷的調遣指揮了。

一個人不論幹什麼，只要努力不懈，總會朝好的一面發展的，就看你能不能吃苦，能不能對心中的信念持之以恆地堅持。李廣利第一次帶兵打仗，吃點苦，受點累，其實也沒什麼了不得的，人們大可不必因為他是皇上的大舅子就心疼他，相對於剛出道的他來說，吃一點苦對他來說是有好處的，他的路在西域的戰場上，他必須得自己一步一步地走，別人是幫不了他的。

大宛被李廣利拿下了，李廣利作為一個將軍的輝煌便由此而體現了起來。

三

然而，誰也沒有想到，正當人們為李廣利很是看好，對他抱有很大期望的時候，他卻摔了一個大跟頭，從此再也沒有爬起，讓人們為他感到十分惋惜。

在打敗大宛後不久，李廣利第三次進攻西域，他這次要打擊的敵人很明確——就是匈奴。進攻途中，樓蘭、尉犁、危須等西域六國與李廣利聯手，共同攻打車師，很快就「盡俘其王民眾而還」。漢武帝和李廣利非常高興，就眼下的形勢而言，漢朝終於在西域取代了匈奴的地位和影響，照此發展下去，不愁收拾不了匈奴。但李廣利率大軍度郅居河時遭到匈奴伏擊，被打得大敗，李廣利本人也被俘。導致這一失敗的原因是李廣利對形勢預估得太過於樂觀，他總覺得漢朝軍隊已如日中天，從戰略和心理上都壓得匈奴喘不過氣來，所以自己只需乘勝打擊匈奴，就可以取得大勝利。戰爭最容易激發出人的殺戮心理，李廣利一上戰場，

很快就在血腥味中殺紅了眼，無法冷靜地控制自己了。

爬得高，摔得狠。

等李廣利的脖子上架上了匈奴的幾把彎刀，喧鬧的戰場突然變得沉寂下來時，他才意識到了什麼，但一切都晚了，他的士兵死的死，俘的俘，已沒有一個人再能夠拿得起刀槍，而匈奴像頃刻間從地底下冒出來似的，在自己身邊黑壓壓地密集成一大片。完了，自己吃敗仗了。那一刻，李廣利的內心一定非常悽楚，將軍和侯在他內心搭建而起的理想大廈頃刻間倒塌傾覆了。

匈奴很高興，這一仗大獲全勝，而且還捉了漢朝皇帝的大舅子，真是過癮。他們將李廣利關押起來，便去舉行歡慶勝利的儀式。他們唱歌、跳舞、喝酒盡興了好幾天，才慢慢地平靜了下來。這時候，發生了一件讓他們很吃驚的事情——李廣利提出請求，他要投降匈奴，並聲稱以後要盡忠匈奴，與漢朝為敵。這有點太反常了，一個已被封為侯，而且成為貳師將軍的人，卻突然叛國投降了匈奴，讓人覺得真是不可思議。本來，他已經有了很高的位置，卻一下子下降到了為人所唾的最低處，是什麼在那一刻左右了他，讓他背道而馳？他是不是貪生怕死，眼見無逃回之路，公子哥的軟弱與奸猾心理便左右了他，讓他不顧名義道德，只為苟且偷生，死心塌地投降了匈奴？這一連串疑問的可能性都有，而且也許還與李廣利的出身有很大的關係，李廣利出道的基礎太好，沒有吃過什麼苦，受過什麼罪，作為公子哥一下子被推到了前臺，不出事便罷，一出事便總是讓人意料不到的事情。縱然這些都是真的，但仍不足以使李廣利那麼快，那麼突然地投降匈奴。他是一個將軍，戰敗的屈辱會使他在內心生出一股抵觸情緒，而且其血性大概會讓他從心底不服匈奴，就是死，也不會向匈奴低頭的。

導致李廣利命運變化的最主要原因，是太醫令隨坦誤傳的一句謠言，那才是毀了李廣利的最大病根。這位太醫的工作本來是負責皇上的健康的，與政治毫不搭邊，但不知他哪根神經出錯了，竟然為李廣利這件事腦子發熱，說李廣利兵敗西域後，家族已全部被朝廷誅滅。他的膽子可真夠大的，把沒有的事情說成有，而且嘴上沒有把門的，很快就傳了出去，李廣利聽到這個消息，心如刀絞，對朝廷失望之極，同時也無比清楚地看到，自己腳下已無路可走，要想活命，只有投降匈奴了。

一句謠言，把一個貳師將軍就這樣毀了。而令隨坦這個不知輕重的人也為自己的長舌頭付出了沉重的代價，事情真相浮出水面後，漢武帝認為他罪不可恕，毫不留情地把他殺了。

四

李廣利投降匈奴後，匈奴單于日逐王知道他在漢朝時是「大將貴臣」，便也不敢怠慢他，將自己的女兒嫁給他，讓他在西域安家。在這一點上，匈奴倒是做得很認真，只要你真心投降我，我便不會虧待你，會給你一份像樣的生活的。從另一個角度看，這其實是一種策略，用賞妻封方的方式把這些投降到匈奴中的漢人留住，讓他們不再有想回中原的夢想。既

來之，則安之。李廣利明白自己已沒有什麼退路了，好死不如賴活著，就這樣在匈奴中混著吧，有單于的女兒給自己當老婆，在匈奴中也還算有地位。到了這種地步，李廣利也像中行說和李陵一樣死心塌地投降了匈奴。

為什麼會有不少人在生死關頭投降了匈奴呢？漢朝到武帝的時候已經在各方面都很好了，人們受的教育也不少，像李廣利，李陵等人，應該懂得「士可殺，不可辱」的道理，哪怕一死，也不可採取寄人籬下，忍辱負重的生存方法。但是這些人似乎一進入西域的荒漠大澤，好多想法馬上就被改變了，所作所為，多為常人不能理解，而一旦兵敗，便沒了拼死到底的勇氣，立刻投降匈奴，換得一個苟且存生的機會。還有一些人，像張騫、李陵等，雖然在匈奴營地忍辱負重是另有想法的，但除了張騫苦熬十三年終於等到了逃出的機會外，別人最終都無可奈何地將苦果咽進了肚子裡，當了真正的叛徒。

李廣利向匈奴單于講了許多漢朝的事情，由於他很主動，他的地位便很快升高，比早他多年投降匈奴的漢人衛律的地位還高。衛律也是一個死心塌地投降匈奴的人，為匈奴幹了不少事，出了不少力，卻不及李廣利會做事，所以李廣利後來居上，衛律心裡不舒服。時間長了，兩個漢族人很有可能會鬧矛盾。

李廣利大概是一個特別會察言觀色的人，再加上他死心塌地投降了匈奴，所以他在匈奴中的生活不會有什麼痛苦。慢慢地，他還學會了把握事態，懂得如何為自己謀利益。一次，他和單于的談話中說到武帝之子發兵誅丞相的事，本來這只是一個閒談，他只是想讓單于知道漢朝朝廷的複雜，不料單于卻對這件事很感興趣，在一次與漢朝使者對話時，拿這件事取笑漢朝。漢朝使者是一個硬漢子，他說，這件事只是太子和丞相之間的私人恩怨，但太子動用皇上才能動用的兵權，是不可饒恕的罪過。普天之下，無奇不有，你們匈奴內部不也有冒頓弒父，後母當妻的事情嗎？這些事在我們漢朝人看來是「禽畜行也」。這個使者的嘴夠厲害的，句句如刀，戳到了匈奴的要害處。

李廣利在冷眼觀看局勢，他沒想到自己隨便說了一件事，居然引起了這麼大的事端。本來這件事是李廣利引起的，他理應站出來，要麼為匈奴，要麼為漢朝使者說幾句話，但他卻一言不發，怕惹火上身。其實，就眼前形勢而言，李廣利知道保持沉默對自己有利。他也許已經在心裡盤算過了，你漢朝使者的嘴皮子再厲害，也改變不了馬上要身陷囹圄的命運，因為你的話說得太重了，匈奴單于不可能不收拾你。我在這時候不說話，所有的矛頭便都會對向你。果然，單于發火了，扣留了漢朝使者，讓他過了三年饑寒交迫的生活，才將他放了回去。回去的路上，那個使者可能在心裡痛罵李廣利，而李廣利此時的感覺很好，是絲毫不會有愧疚心理的。

孔子曾說，盜亦有道。對於李廣利這樣一個一心要當叛徒的人，他腳下也有一條路，但這是一條什麼路呢，他能走多遠？

五

李廣利的感覺很好，衛律的感覺便不好了。同為叛徒，顯然李廣利要比衛律會做事，所以，他得到的比衛律多。其實，衛律也為匈奴做了不少事，尤其在軍事方面更是給匈奴出了不少主意。但衛律不會走上層路線，所以在單于眼裡便是一個只會幹活，但不會討人歡心的人。衛律為此便心裡不平衡了，都是叛徒，都付出了一樣多的東西，為什麼你要比我得到的多，你沒來的時候，我是匈奴的座上客，你一來便沒了我的份，我怎能容你。既然不能容，那便只有一個辦法——除去李廣利。在遙遠的西域，兩個投降了匈奴的漢人要展開一場生死之鬥了。看來，既使當叛徒，也並不怎麼好當，還會有一些事情必須要讓你再去鬥，再去爭，否則，你想當一個心安理得的叛徒恐怕也不行。

衛律在匈奴中時間長，知道用什麼辦法管用。他悄悄行動，而李廣利卻渾然不覺，不知道有人要暗算自己，依然那樣悠哉悠哉地當著單于的女婿，過著自我感覺頗好的小日子。忽略敵人是一件可怕的事情，你不知道他已經想好了收拾你的辦法，或許他馬上就要收拾你了，但你卻渾然不覺，不知道如何去對付。看看衛律神不知鬼不覺使出的是何等厲害的招數吧——他利用單于的母親得病，讓薩滿師做法術占卜說，以前匈奴經常殺俘虜來的士兵祭天，單于的母親便不得病，現在您的母親得病是一種不好的兆頭，因為沒有殺新俘虜來的李廣利，單于您為何不殺李廣利祭天以防您母親病重呢？這個衛律夠壞的，可以說是骨子裡的壞，但他又很聰明，非常善於捏弄事非，在背後搗鼓別人的壞話。誰碰上這樣一個小人，便一點沒辦法都沒有，所以，他要整李廣利，李廣利便逃不脫他的魔掌；他想整死李廣利，李廣利便活不成。

李廣利命中註定要毀在別人的嘴裡，剛開始因令隨坦誤傳一句謠言而當了叛徒，現在又要因衛律的幾句話要喪失性命。不過，李廣利走到了這一地步，已從昔日的將軍下降到了人生的最底層，如一隻小蟲一樣掙扎，稍有不慎，便有性命之憂也是難免的。因為他想極力效忠的匈奴一直被漢朝視之為敵人，匈奴不高興了，便自然而然也要把他這個漢人當成敵人，一殺快意恩仇，再加上有衛律這樣的小人在背後搗鬼，他的處境就更加危險了。

匈奴很迷信薩滿的話，所以單于一聽衛律的一番話，馬上派人抓來李廣利，要砍他的頭。李廣利吃驚不小，怎麼會這樣呢？他原以為自己投降後便是匈奴的人了，不料人家仍把他當做俘虜對待，不過他又想，我是你的女婿，你不會說殺就殺吧；殺了我，你的女兒不就成了寡婦了嗎？李廣利有如此一連串疑問是可以理解的，他雖然已經叛變了漢朝，死心塌地投降了匈奴，但他作為漢人的心理還沒有徹底轉變過來，他覺得女婿就是半個兒子，怎麼能說殺就殺呢？其實李廣利不明白，匈奴並不怎麼注重親情，單于能隨便把女兒給你，便就不在乎她的婚姻，單于高興了，你便是他的女婿，不高興了，想讓你死，你便沒有活的出路。

單于一聲令下，李廣利便被幾個匈奴拖了出去。這時，李廣利才憤怒了，大聲罵道：

「我死必滅匈奴！」。李廣利一心要當叛徒的心理崩潰了，他做夢都沒有想到，自己忍辱負重仍然當不了一個苟且偷生的叛徒，最終仍要命歿西域。所以，他由絕望而憤怒，說出了心底最想說的話。但這個憤怒來得太晚了，已不足以對他產生任何作用。「咔嚓」一聲，李廣利的人頭落了地。多麼可惜啊！昔日的貳師將軍，一不小心因為戰敗淪為戰俘，為了活下去投降了匈奴，現在，又稀里糊塗地被砍了頭。李廣利的人生路一步步向下，儘管他想背負中原的唾罵苟且偷生地活下去，卻都不行，他自己又有什麼辦法改變這一切呢？他真是命不好，走到哪裡都不順，再加上他內心的要求又那麼多，所以他其實從來都不幸福，只有當他閉上痛苦的雙眼，他焦灼的心靈才終於得以徹底放鬆了。

李廣利死後，在匈奴中出現了一個奇怪的現象，雨雪交加數月，牲畜在生產時大部分死亡，好多人染上了疫病，莊稼到了收割時居然不熟。單于害怕了，以為李廣利死後在作怪，就趕緊為他立了祠室，一番神秘的敬天儀式進行完畢後，天氣終於變好，一切很快都平靜了下來。

今天，我們在何處可以找到李廣利祠室的遺跡呢？我們同樣也不知道，是什麼在最後讓他那顆焦灼不安的心終於得以平靜下來，讓他在另一個世界安息？大漠的風沙一場場刮過，一個背叛了故鄉的人，在身後沒有了歸途，在異地也仍然在漂泊；他走來走去，總想走到一個讓自己可以放鬆的地方，但這個地方在哪裡呢？

他把自己走丢了。

第三章：和親的公主

細君：春天的殞花

一

在大漠的沙塵中，運載公主們到西域和親的車隊時隱時現，似乎隨時都有可能被淹沒。也許是因為公主們的身軀都很柔弱，加之肩負和親這樣沉重的始命，所以和親的車隊行進得非常緩慢，一天下來走不了多少路程。和親是一項特殊的政治使命，它說明中原和西域為了搞好關係，便採用了成為親家的方式。但史書上對這些公主所記甚少，除了人所共知的幾位外，大多數都沒有被載入史冊。翻看史書，令人產生疑惑，到底有多少女人從中原嫁到了西域，她們在西域能走多遠呢？經過瞭解了幾個中原朝廷的公主在西域的遭遇後，發現到她們在西域經歷的生命悲苦，幾乎與蘇武、張騫、李陵等人相當。而她們柔弱的肩膀，能在風雪嚴寒之中扛起那樣沉重的命運嗎？

我們總是常常習慣性地認為，歷史是由男人們創造的，因為男人大多與戰爭時時聯繫在一起，因了那些悲壯的拼殺、頑強的生命追求和民族的尊嚴，所以，他們總是顯得很高大，一想起他們，就能感到一種悲壯。但是，我們還是應該留意一下這些到西域和親的女人，她們總是在男人力不能及的時候出場，換句話說，也就是在男人們註定在歷史中扮演弱者的時候，女人卻不得不用自己柔弱的身軀去扛負國家的巨大支柱。這些女人的命運都有一個共同

點，那就是在漢朝弱於西域的時候，皇帝們為了維持局面，把她們作為一張政治牌打出。從此，一種特殊的關係便形成了——漢朝把這些公主們嫁給匈奴單于，單于們就成了漢朝的女婿，以後，大概就不會有女婿給老丈人找麻煩，外孫打外公或舅舅的事情了。

但她們在西域過著怎樣的一種日子呢？她們的生命和愛情能像人們主觀臆想的那樣完美嗎？真實的她們一定在西域的大漠深處悲痛流淚，凝目南眺。無奈，那道沙海太迷茫，太沉重，她們流乾淚水，也望不穿那道沙海，最後只剩下悲戚的哭泣。

二

細君的命運變化與一個在歷史中十分模糊的人有關，在歷史中，我們可以找到有關細君的詳細記載，但卻找不到關於這個人的隻字片語，有的只是他毀了細君這個美麗女孩的一個建議。在某一天，這個人向漢武帝建議，西域的烏孫國（哈薩克族的祖先）人多地大，如果將烏孫國團結過來，可以對匈奴實施有力的打擊。漢武帝動心了，但不知為何，他忽然想起了一個他自認為很不錯的辦法——和親。漢武帝主意一定，馬上行動，首先決定從自己家族中選一個女孩子，他要讓劉家人先做榜樣，把這件事開一個好頭。這個人選很重要，不但要長得漂亮，讓烏孫王喜歡，而且還要有謀略，在烏孫時時把握事態，做好思想工作，而且她一定要明白，到烏孫不光是去給人家當老婆，而且還有重任在肩，時時想著要為漢朝出力，最終讓烏孫心悅誠服地做漢朝的女婿，心往一處想，勁往一處使，以保西域安寧太平。把範圍限定在劉家，那就開始選人吧。但到底選誰家的女兒去，漢武帝卻頭疼了，所有的劉氏皇族都不願意把女兒嫁到西域去，他們覺得那是一片蠻荒之地，一去便無返回的機會。漢武帝有些不高興了，出一個人這麼小的事情難道還辦不成嗎？他仔細想了一下，發現事情的病根在那些父親們的身上，只要從他們中間選一個肯聽自己的話的人，讓他奉獻出自己的女兒，事情就好辦多了。想來想去，他想到了漢都王劉建，劉建死後，留有一個女兒叫細君，人長得很漂亮，而且懂音律，是極為理想的人選。於是，他把細君封為公主，讓她嫁給雄踞伊黎河谷的烏孫王獵嬌靡，以期望日後聯合烏孫國共同打擊匈奴。

在眾多遠嫁西域的女子中，細君的悲苦命運最讓人揪心，她出身皇家貴族，人稱江都公主，是江都王（今江蘇揚州）劉建的女兒。史書上說：「劉建從小在王宮長大，養尊處優，放蕩不羈，父死後，他認為江都國就是他的天下，更加為所欲為，特別嚴重的是，他聯絡不滿朝廷的劉安等人企圖謀反。丞相府長史在他的住處查出了武器、印璽、綬帶、使節和地圖等準備反叛的大量物證，立報漢武帝。武帝閱了奏章，遂派掌管王室親族事務的宗正和掌管刑獄的廷尉前往廣陵查辦。劉建情知罪不可赦，遂於元狩二年（西元前一二一年）以衣帶自縊身亡。」父親死時，細君尚年幼，其公主地位一落千丈，不但不能再享受榮華富貴，而且生命也時時受到危害。劉家的家族鬥爭曾經一度十分複雜，景帝的兄弟們在京城不能有立足之地，各自去一個地方待著，雖然有名有號，被各自封為藩王，但實際上早已被擠出了局，與景帝一統的天下沒有多大關係。劉建謀反失敗後，不但自己丟了性命，而且還殃及到全家

人的安危，漢武帝在挑選漢皇室公主去西域和親時，首先想到的就是他的女兒便是一例。

漢武帝難道沒有另外的好辦法了嗎？不知道他是怎麼想的，突然就想到了先輩們用過的辦法——和親。細君悲苦的命運就這樣開始了，她沒有選擇，只有服從于漢武帝的安排。細細想一想，漢武帝之所以這樣做，大概還是看到了和親所能起到的作用——我將漢朝王室的公主嫁給你，是抬舉了你，以後你還敢胡作非為，再幹犯上的事情嗎？再則，漢朝是一棵大樹，你做我的女婿等於躲進了我龐大的樹陰下，還不愁過不上好日子嗎？我如此真心實意待你，在需要的時候，你自然會成為我的左右臂。從一個帝王的角度來說，漢武帝這樣考慮並不是不妥，只是在國家利益高於一切的前提下，細君——他的一位可愛的親戚，並沒有引起他的重視，他甚至連一點猶豫和同情都沒有表現出來，足可見在國家這個棋盤上，親人之間的親情有時候也並不是那麼牢靠，一個柔弱的女孩子要是被當做一枚棋子使用，哪怕她有一千個不願意，也不足以引起對弈者的同情。

漢武帝大概沒有過多的考慮細君的感受，他料定自己的命令傳下去，她是不會反抗的，所以，才選她來完成這項艱難的工作。果然，細君沒有反抗漢武帝的命令，很聽話地照辦了一切。細君有這樣的表現，會不會是因為她怕得罪皇上，萬一皇上老兒問罪下來，自己不但落一個抗皇命的罪名，而且整個家族的位子都極有可能保不住。所以，她保持了沉默。細君保持沉默是漢武帝早已預料到的，劉建已死，細君沒有靠山，她哪裡還有敢抗拒、敢胡鬧的勇氣，一切都得乖乖地聽我的！看看，一個皇帝就是這樣欺負一個柔弱無助的女孩子的！本來，沒有了父親的她就已經夠可憐的了，現在又要被皇帝這樣欺負，真是殘酷無情。面對細君的悲苦，讓人覺得一個人生在皇室家族並不是好事，處處充滿了陰謀和爭奪，還不如生在田野農家自由浪漫呢！

細君是一個天真爛漫的女孩子，也許她尚未聽說過西域，現在突然要自己嫁到那裡去，她真不知道該怎麼辦才好。少頃，她可能明白這是一個死命令，誰也無法抗拒。既然是皇帝親自在辦這件事，那就一定是國家的大事，自己是一個弱女子，怎麼能抗命不去呢？「刷……」她的眼淚也許就流下來了。淚水，在這時無外乎說明她的內心已經徹底絕望了，除了哭，她不會再有什麼表現了。一家人看著細君如此悽楚，肯定在心裡都不好受，也許一個人哭起來，很快大家便都止不住開始流淚。那是怎樣的場面，淚如雨下，心如刀絞，人人都覺得細君要走猶如從自己身上割去了一塊肉，心裡著實捨不得。

來自家族複雜的鬥爭就這樣壓在了這個柔軟的女孩子身上，讓她如何能扛得起，放得下。細君實際上還只是一個正值花樣年華的少女，國家大事對她來說是很沉重的壓力，她沒有絲毫的反抗力。在短短的時間內，一個女孩子的命運被突然改變了，而且這種改變與國家的命運聯繫在一起，你說讓她怎麼辦？沒辦法，她只能服從，只能按照別人給她設計好的計畫嫁到西域去。她大概還沒有談過戀愛，沒有體驗過愛情帶給身心的那種甜美的快樂，她更不知道愛上一個男人會是一種什麼感覺。按說，以她現在的年紀，應該讓她與一個翩翩少年邂逅，發生一段刻骨銘心的愛情，只有愛得死去活來，才能體驗到生命的快樂。如果她還沒

有這樣的遭遇，那麼就讓她去等待，在不久的將來一定能等到那位心上人出現，但現在她的這些可能都被掠奪了，她應該有的東西全都變成了烏有，而她所要去承受的，卻都是她不想要的。

所有的這些，都發生得太突然，對於她這樣一個天真爛漫，無憂無慮的女孩子來說，簡直是要命的事情，如果她想不通，說不定連死的想法都有。好在有皇令這樣的鐵索套著她，事情便沒有亂套，仍按最初的設想進展著，她沒有了愛的權利，也沒有了選擇愛人的權利，她不知道自己所要嫁的人是什麼樣子，她想像不出以後自己將怎樣和他一起生活，一切都是空白，但一切又馬上要按別人設計好的計畫實施，她變成了一個沒有自由和沒有選擇的人。

三

在這裡，我們不應該忽略朝廷的表現。那麼多官員眼睜睜地看著細君要被送往遙遠、蠻荒的西域，居然沒有任何反應。我想那些官員自小是在儒家文化的教育下長大的，所以，他們都知道明哲保身對保全他們地位的重要性，一番比較，他們便在心裡掂出了輕重，即便他們在心裡為細君流了幾滴淚，但眼裡卻不見任何東西。他們不能哭，他們的眼淚已經被欲望和權力改變，永遠都不會流出；他們也不敢哭，他們害怕自己的表現被漢武帝看到，對自己不利。唉，看看一門心思想當官的人的痛苦吧，它在他們內心隱藏得多麼深，又多麼不可釋解啊！也正是有了這些官員的這種作為，中國歷史便自覺或不自覺地為後來眾多皇室家族的女兒拉開了悲苦的命運之幕，她們遠嫁西域，大多都一去不回，在悲苦和絕望中打發了一生。

漢武帝此時的心態應該是明朗的，他只有一個目的——與烏孫聯盟。此時張騫已從西域返回，向漢武帝詳細介紹烏孫的情況時，其中的一句話引起了漢武帝的重視：「蠻夷俗貪漢財物」，他心中一動，覺得雖然漢朝與月氏人聯盟失敗了，但與烏孫人卻可以再試一下運氣，這也是漢武帝之所以要讓細君去和親的一個原因。

朝廷的一盤棋已經佈好，每一步都要按照早已設想好的路數走了，誰也不得擅自改變。在這裡，我們不妨仔細分析一下這盤棋的內涵。首先從國家的利益來說，這是一盤有利於團結和增進中原漢王朝和烏孫友誼的佈局，棋子走活了，就可以聯盟烏孫打擊漢烏兩家共同的敵人——匈奴。其佈局者為國家著想的想法是好的，也是可圈可點的；其次從執政者的角度而言，這步棋走得頗具戰略水準——自己受條件限制不能有力地打擊匈奴，那麼就在聯盟這個環節上大做文章，借他山之石攻玉，加大對匈奴的打擊力度，在這一點上不光漢王朝是這樣想的，烏孫人也是這樣想的，他們彼此都覺得兩隻手合在一起總要比一隻手的力量大得多。

細君作為一枚棋子，背負以上所述的重任，其內心的淒苦又算得了什麼呢？人人都在向遠處看，都被國家利益弄得焦頭爛額，誰還能注意到細君眼角悄悄滑出的一滴淚水呢？就這

點應該分兩個層面來看待她們。首先，必須要像許多書上說的那樣，視這些和親的公主是和平使者，畢竟是她們通過和親這一方式團結了北方的諸多遊牧民族（包括匈奴在內），較好地緩和了雙方的關係，在這一點上她們功不可沒。二、不應該為了宣揚她們積極的一面而忽略她們內心的痛苦，她們作為真實的人，尤其是作為女人，其內心受了那麼多的痛苦，我們應該認識和理解她們痛苦的一面。也許，理解了她們的痛苦，我們會更加敬重她們，因為她們正是將痛苦隱藏在內心深處，才有了那些積極的作為。

所以這是一盤看似簡單，但每一步卻都暗藏著巨大背景的棋。弱女子細君，無法反抗，更無法向誰求救，只能流著淚上路了。命運對她來說是幸還是不幸，她當時是怎樣想的，我們在今天無法知道。總之，她就那樣默默地上路了。假如她是一位嬌生慣養的女孩子，她可能會大哭大鬧；假如她為此去的命運恐懼，可能會傷心地流淚，但這些情景在她上路的那天都沒有出現，有的只是沉默。她是已經知道自己無法扭轉命運，還是害怕漢武帝的威嚴，不敢做聲？這一切，都被她的一張淒苦的面孔遮掩了，她有怎樣的心事，誰也不得而知。

上路時，一直保持沉默的細君終於說了這麼一句話：「天下果得太平，雖死無恨。」這不是豪言壯語，其意思大概都在這句話的語氣裡面了——她在憤怒地質問，同時也有一種無所謂的絕訣——我一個弱女子真的能換來天下太平嗎？如果能，我死在異地他鄉也就罷了。面對細君的這番質問，不知在場的人都作何感想。

為了表示朝廷對烏孫的重視，漢武帝為細君搞了一個盛大空前的送行儀式。正如張騫所說那樣，漢武帝為滿足烏孫人對「漢財物」的喜愛，「賜乘輿服御物，為備官屬宦官侍御數百人，贈送甚盛。」他給細君準備了這樣一支豪華的衛隊，並且讓大隊馬匹馱著絲綢等貴重物品，從表面看他似乎是很重視出嫁的這個親戚的，但他心裡到底是怎樣想的，別人就不得而知了。面對那樣一個盛大的場面，細君又怎麼能高興得起來呢？她神情黯然，不說一句話；她家裡人大概都滿眼淚水。在這時候，誰也無法為她說上一些祝福的話，她的前景在每個人心中已一目了然，誰還能說出什麼話呢？

一個女兒要出遠門，沒有得到祝福，她能走多遠呢？

四

漢武帝為何如此看重烏孫國呢？在當時，烏孫是西域最大的王國，有人口六十三萬，軍隊十八萬，它四周有大宛、康居、車師等，其實力足以和匈奴一決高下。細君要嫁的丈夫獵驕靡是烏孫的昆莫（國王），曾帶領烏孫人在伊黎河流域建立了新的家園，在烏孫人中間威望很高。這些對於漢朝來說，是可團結的絕好因素。漢武帝也許做了這樣一個比較，烏孫人以伊黎河為天塹，如果漢朝把他們團結成兄弟，他們的優勢便也變成了漢朝的優勢，然後向匈奴出擊，必然要有力得多。

當初，有許多遊牧部落侵犯烏孫，他們就在沙梁上阻擊，實在打不過便搖幾葉輕舟順流

而下，讓敵人無可奈何。有伊黎河作屏障，他們可防可守，可擊可遁，誰也不怕。看來漢武帝的眼光確實不錯，他深知烏孫人居此天險，有一天即使匈奴真打到這裡，恐怕也奈何不了他們，所以，他便使用「和親」的辦法聯盟他們，使其成為漢朝的左右臂。其實，這也就是和親的背景。從細君開始，一大批漢朝公主嫁到了西域，法國的于格在《海市蜃樓中的帝國》一書中說：「絲綢之路在某種意義上來說，其實是一條公主之路。」由此可見和親這一特殊的外交方式，漢朝和西域在當時都十分看重，它微妙，但也嚴肅；它只可意會，不可言傳。那一大批公主在這中間肩負著難堪的重負，她們出嫁的時候，往往會有一個非常隆重的儀式，可以說是國家級的婚禮，但她們出嫁以後，則很少有人去關心她們的婚後生活，她們是死是活，則無人問津，這也就是大部分遠嫁西域的女人無法在西域安心生活的重要原因。仔細想一想，她們一個個都是弱女子，連生活都不能適應，還哪裡有心思去完成重大使命。娶她們為妻的那些西域王國的國王，見她們一個個弱不禁風，大概也很頭疼，但只要她們人在西域，就維持住了「舅舅與外甥」的關係，國王們也就不會再說什麼了。和親，中原朝廷好不容易想出的法子，應該說是一個不錯的創意，但實施後的效果卻並不怎麼理想，有那麼多的公主嫁到了西域，但在歷史上卻沒有出現一段與西域國王恩愛的佳話。

可憐細君，一個弱女子，帶著皇帝厚賜的馬車和物器，在一百多名宦官和侍衛的護送下千里跋涉，一路向西而行。可以想像得出，在以馬車為唯一交通工具的時代，從長安到西域要走多少路，在路途上他們不知遭遇了多少風險，吃了多少苦，對於金枝玉葉的細君來說，要越過萬里關山，千里大漠，她得拿出多大的勇氣與毅力。今天，我們已經無法知道她是否一路痛不欲生，有無數冰涼的眼淚在茫茫黑夜悄悄落下，在一次次危難來臨時，她是不是驚恐失措，掩面哭泣？但有一點可以肯定，她是不會猶豫不前的，因為昔日的榮華富貴早已在她的淚水中化為泡影，她已沒有掛念和思慮。因此，細君沒有別的路可走，只是任空虛與失落裹挾著，昏昏暈暈地一直向西而行。她已經明白了，一個女子即使貴為公主，但面對主宰一切的皇帝時，只能是刀俎下的魚肉，任其宰割。

到了烏孫後，她才知道自己要嫁的烏孫王獵驕靡是一個年過七旬，已經滿頭白髮的老人。那一刻，她心裡是什麼滋味呢？史書上對當時的情景未做記載，但對她初到烏孫時遇到的事情卻記得很清楚，她被烏孫王獵嬌靡封為右夫人同時，也把一名匈奴公主封為左夫人。獵嬌靡如此而為，又像張騫第二次出使西域企圖聯盟烏孫時的回答一樣，既不想遠漢，又不得不近匈奴。獵嬌靡自有他的打算，他覺得自己如果只娶漢公主細君為妻，很容易引起近鄰——匈奴的注意，弄不好會惹火上身。這樣一來，細君和親烏孫的計畫實際上已經泡湯了，但細君也許對此並不看重，只是覺得獵嬌靡又娶一個匈奴公主讓她覺得不舒服，所以她在生活中打不起精神，無力去做一些有利於聯盟的事情。

史書對細君在烏孫的具體生活幾乎沒有記載，只是說她無法適應烏孫人的生活，吃不好睡不好，心情一直很鬱悶。我們都知道，在江都長大的細君一定接受不了烏孫的飲食和生活習慣。「穹廬為室兮旃為牆」，這是烏孫人賴以生存了多少年的居住方式，但她住不慣，在

以穹廬為室旃為牆的帳篷裡感到胸悶頭疼，憋得慌，在每個漫漫長夜都無法入睡。沒辦法，漢朝與烏孫商量，為她建了一套完全漢式的住房，居住條件好了，但她的心情卻仍然好不起來，每天晚上蜷縮成一團，聽寒風呼嘯，眼角常常掛著淚水。同時，她在飲食方面也存在著難以適應的情況：「以肉為食兮酪為漿」，從這句詩裡可以看出來，她不喜歡吃肉，所以便適應不了烏孫人以肉為主食的飲食習慣，不能過正常的生活。睡不好，吃不好，一天兩天倒也無妨，時間一長，本來就很柔弱的她能撐得住嗎？

烏孫王看著這個病怏怏的妻子，可能也不知該如何是好，他只能把她當一個小姑娘對待，妳不高興，什麼也不想幹，都可以，但妳不吃飯卻不行，羊靠吃草才能走出沙漠，人靠吃羊才能存活，於是他每天都讓人給細君端來乳酪和羊肉，咱們草原上沒別的，只有這些東西，為了活命，妳多少吃上幾口吧。但這樣的東西細君哪能咽得下，她可能瞥了一眼，就沒有了胃口。烏孫王大概長歎了一口氣，搖搖頭無可奈何地走了。細君，妳一頓不吃可以，一天不吃，或者幾天不吃怎麼能行呢？到了這種地步，若不吃飯，除非妳不活了，否則，妳怎麼能撐得下去呢？日子長了，妳的身體就會變得虛弱無比，再加上妳心裡不暢快，還怎麼往下熬啊，真是讓人擔心。

但儘管如此，也還不是細君最悲苦的時候。兩年後，烏孫王獵驕靡去世，他在臨死前曾留下過遺囑，讓細君嫁給他的孫子軍須靡，但細君不幹，一縷希望的火苗在她心中燃起，她覺得烏孫王獵驕靡死了，自己的使命也結束了，朝廷理應讓自己回中原去。她向漢武帝發出請求，不料漢武帝冷冷地回了一句：「從其國俗」，這四個字像大雨一樣把她希望的火苗澆滅了。

無奈之下，她又嫁給了軍臣的孫子軍須靡。

五

一個柔弱得讓人看著都心顫的女孩子，能經得起這樣的折騰嗎？讓人擔心的事情在後來還是發生了，她與軍須靡結婚後生了一個女兒，因產後失調，再加上她精神極度憂傷，勉強在烏孫又生活了三年就病故了。她在烏孫一共活了五年，死時二十五歲。

吾家嫁我兮天一方，
遠托異國兮烏孫王。
穹廬為室兮旃為牆，
以肉為食兮酪為漿。
居常土思兮心內傷，
願為黃鵠兮歸故鄉。

細君為我們留下了這幾句詩，從詩中就可以看出，她長時間哀愁致使「心內傷」，不久便生病，身體慢慢地跨了。她也許意識到自己不久將離開人世，所以盼望著死後能化做一隻

黃鵠（天鵝），自由自在地飛回故鄉去。

由於細君只在烏孫國待了五年，所做事情不多，加之眾多史書對她的記錄都僅限於她的一把淚，一肚子委屈，一個柔軟的身子，乃至到最後留下的一首詩等，所以，對她的敘述似乎過多地關注了她的悲苦，對於她作為一個和親公主所發揮出的作用似乎未及敘述。在獵驕靡同時擁有她和匈奴公主時，因匈奴公主與獵驕靡語言相通，再加上她能騎馬射箭，所以和獵驕靡走得很近，細君為此曾感到失落，也想和獵驕靡建立好關係。當時是細君「開展工作」的好機會，失落可以讓她去奮爭。我們可以做一個大膽的推測，細君拖著孱弱的身子在完成自己的使命。其實，不久她就病逝離開人世的事實讓我們知道，這時候的她也許已經病入膏肓了，但她在掙扎，她不想讓匈奴公主把自己比下去，所以她把她自己的財物、綾羅綢緞、金銀器皿分贈給烏孫王左右的近臣們，向他們宣傳漢朝的富饒強盛，藉以鞏固烏孫和漢朝的關係，加強共同抗擊匈奴的政治和軍事聯盟。這樣多好啊！細君的形象終於可以在歷史中得以上升，與國家的利益形成一致。這樣，我們就會因為她終於有了一些作為而為她感到自豪，也便少了一些對她的憐憫，相對於不久將命歿西域的命運，她在這時候能做一點事便顯得多麼彌足珍貴。但這份資料到此卻打住了，沒有帶出下文。也許細君在當時已經有了想法，但獵驕靡卻死了，不久，她自己也匆匆走完了人生路，所有的想法都沒來得及實施。這樣的話，是不是有人會說細君和親並沒有發揮出什麼作用？其實不然，和親這一特殊的政治舉措，它不單單只是讓一個女人和一個男人完成一樁婚姻，它對維持雙方的關係所產生的作用，是任何方式都不能比擬的。細君從上路的那一天開始，就在為國家做奉獻。正是因為有了她和獵驕靡的和親，才使烏孫國覺得漢朝是他們的依靠，而當烏孫和漢朝搞好了關係，對匈奴就形成了一種威懾，讓他們輕易不敢有所舉動。所以說，和親在當時是漢朝和西域各王國都看重的一種聯盟方式，漢朝給他們嫁一個公主，等於給了他們信心，嫁過去公主只要在西域活著，就是在為雙方的聯盟在作貢獻。

細君其實還很年輕，就那樣命歿西域，確實是一個悲劇。一個年紀輕輕的女孩子，猶如一朵含苞待放的花，但卻在春天隕落了，讓人想起來就覺得心疼。她活著時不能回到故鄉，但願死後真的能化做一隻黃鵠，把她孤苦的靈魂帶回故鄉。

黃鵠，飛好，不要迷路。

解憂：雪中火焰

一

自西漢開始，漢朝一直都在間接或直接地經營著西域，有那麼多女人都把自己的生命消耗在了大漠之中，但她們中間有幾個人最終用生命戰勝了命運。而解憂公主就是這樣的一位女人。

解憂是楚王劉戊的孫女，細君死了之後，朝廷又讓她補嫁給了軍須靡。據史料記載，漢景帝三年（西元前一五四年），楚王劉戊為反晁錯削藩之策，與吳王劉濞串通發起「七國之亂」，終因其逆國運、悖民心而遭敗績。劉戊獲罪處死，家人被貶為庶人。因此，解憂實際上是一個在民間長大的苦命孩子。苦孩子的成長雖然多了些磨難，但對人的性格和意志的鍛造卻會產生作用，解憂因此不像南方女孩那般多愁善感，反而變成了一個典型的北方女孩，身體豐腴健美，性格爽朗幹練，為人處世都很有方法。只是有一點還是讓人疑惑，漢武帝選和親的人時，為什麼總是選和朝廷對著幹過的人的後代呢？前面的細君，是謀反的江都王的女兒；此次的解憂，又是為反晁錯削藩之策的劉戊的孫女，他這樣做到底是出於一種什麼樣的心理呢？

還是回到和親的話題上吧。可以說，細君在軍須靡面前是曇花一現，他還沒有瞭解她，沒有和她培養出感情，她就去世了。細君死後，他的心情可能變得很複雜，有失落，也有遺憾，等他從悲傷中理出一個頭緒，便覺得還是要和漢朝繼續維持和親關係，以圖日後自己在西域站得住腳，於是，他再次到漢朝求親。這次漢武帝特別慎重，他認真分析了細君過早在西域去世的原因，最後覺得應該選一個體質好，心胸開闊，有雄才大略的女子去西域才好。他傳令下去，在劉氏家族中挑選這個標準的成年女子，很快，就有一個合適的人選報到了他面前，楚王劉戊的孫女解憂很附和他的要求，可以嫁到西域去。

解憂這個名字起得好，能給人一種信任感。漢武帝可能對她的這個名字很感興趣，如果她果真能像她的這個名字一樣，那一定就能辦成大事。幾年前讓細君出使西域有點草率，行事過於倉促，所以才在人選上沒有把握好，讓他的計畫落了空。也許，他覺得細君年紀輕輕就命歿西域，確實有點可惜，說不定還會在心裡泛起一絲傷感，要說細君是一個悲劇的話，那麼一手導致這齣悲劇的人就是自己，自己有不可推卸的責任。在這件事情上，他能這樣想的話，說明他是一個仁義之君。但他最多也就這樣想想而已，不會去為一個姑娘做些什麼。至於別人，既使對細君出嫁西域這件事有看法，但也是敢怒不敢言，把一切都藏在了心裡。但不管怎樣，細君已死，現在人家烏孫王又來求親，這次要認真細緻一些，把事情處理好。在這樣一個前提下，解憂就要經受嚴格衡量了，因為西域地理氣候特殊，身體好壞就成了人選的第一要素。身體是革命的本錢，在這時候，解憂有好身體就意味著能在西域活下去，能活下去就意味著能幹一些事情。但幹事情還得需要素質吧，所以，解憂的個人素質就成了第

二個要被衡量的東西。個人素質有了，還得細分，比如政治素質，軍事謀略等等，都要考慮。好在解憂在這幾方面都很不錯，經得起考驗，有能夠肩負重任的能力。於是，她便被列為續嫁烏孫王的人。

解憂如何看待這件事，史書上沒有記載。如果按我們的理解揣摸她的心理，她大概是一個性格強烈的女子，在做事時很堅定，不論做什麼，都想做出一番成績來。所以，在這件事上她大概不會像細君那樣哭哭啼啼，而是一副要大幹一場的樣子，興高采烈地上路了。

二

解憂與細君截然不同，她樂觀，開朗，身體健康，到了烏孫後很快就適應了草原生活。她喜歡騎馬，還學會了打獵，經常著烏孫服裝，頭戴孔雀翎帽，肩披狼尾，乘烏孫天馬，和烏孫王軍須靡一起巡視部落。她對烏孫人的生活和國家政務都極為關心，因為她知道漢武帝一直想聯合烏孫攻打匈奴，烏孫的興亡直接關係到漢朝經營西域的成敗。

她身上積極的東西讓我們相信，和親這一形式在她這裡要發揮出很大的作用。這就讓我們多少有點欣慰了，畢竟，和親這件事是漢朝和西域的許多人寄予厚望的事情，理應朝著好的方面發展，有個好的結果才對。

女人的肩膀有多寬，解憂真的能從大多數遠嫁公主所共同面對的命運中脫穎而出嗎？其實讓解憂改變了命運的一個重要原因，就是此時的烏孫國尚不強大，烏孫王軍須靡需要有志之士為他出謀劃策，使烏孫強大起來，這樣，解憂就有了展示自己才能的機會。對她而言，就不再單純地只給烏孫王做妻子，她有可能還會讓自己的價值昇華，成為給國家出力的棟樑。我喜歡解憂的那股聰明勁，她很快就把烏孫局勢看得一清二楚，並由此確立了自己鞏固地位的目標。她積極為烏孫王出主意，想辦法，慢慢地，她在烏孫王的心目中有了地位。這就對了，她這樣做，一則證明她有能力，二則證明漢武帝的眼光不錯，當初選人是選對了。

三

十幾年下來，解憂在烏孫就成了臣民無比尊重的國母，這樣的地位，是靠她一點一點努力爭取來的。解憂剛到烏孫時，軍須靡像他爺爺獵驕靡一樣也趕緊又娶了匈奴公主，迫于匈奴和漢朝都不能得罪的兩難境地，他的態度還是「持兩端」。這樣，解憂面對的形勢就比較複雜了，她必須小心處事，與匈奴公主友好相處，共同協助軍須靡執政。在這期間，解憂沒有生孩子，匈奴公主為軍須靡生了一個兒子，取名泥靡。不久，軍須靡突然患病身亡，其時泥靡還是一個幼兒，烏孫的昆莫之位就由軍須靡的族弟翁歸靡繼承。按烏孫婚俗習慣，翁歸靡同時又娶了解憂和匈奴公主。翁歸靡胸懷寬廣，有遠大的理想，與解憂的性情十分相投，倆人建立了很深厚的感情，後來「生三男二女」，「長男曰元貴靡。次曰萬年，為莎車王。次曰大樂，為右大將。長女弟史為龜茲王絳賓妻。小女素光為若呼翕侯妻」。這些子女像解憂一樣都很上進，在烏孫、龜茲、莎車等國都幹出了一番事業。

由此可見，解憂確實能幹，把烏孫和漢朝，甚至西域與中原和親這一方式下產生的親情像珍珠一樣串了起來，使其有條有理，井然有序。在歷史上眾多和親的公主中，解憂是最能幹，而且發揮作用最大的一位，是真正的「和平女神」。

漢武帝末年，匈奴發現烏孫與漢朝結好的目的是不再受它的奴役，便很生氣。這幾年，烏孫被漢朝看重，又是聯盟，又是成親，匈奴的心裡很不是滋味。起初，匈奴可能只是為烏孫和漢朝搞好了關係而生氣，但後來匈奴便慢慢明白了，這兩個傢伙聯盟的目的原來是想合力一起來收拾我。匈奴氣壞了，不滅烏孫，不足以解心頭之恨。於是，便發兵討伐烏孫。匈奴先攻取了處於烏孫門戶位置的車師。可憐的車師，沒招誰惹誰，只是處在一個不好的位置上，就得遭殃。匈奴這次來犯是經過精心策劃的，先把擋路的車師拿下，然後再暢通無阻地向烏孫進發。一路上，匈奴殺人劫物，並一再要脅烏孫人把解憂交給他們處置，並在以後不再與漢朝來往，否則，他們將讓所有的刀都沾上烏孫人的血，所有的馬蹄都踏遍烏孫的土地。陰雲一時籠罩了整個烏孫，烏孫國隨時都有滅亡的危險。

怎麼辦？匈奴討伐的目的很明確，一，交出漢朝公主；二，與漢朝斷交，以後聽我指使，這對烏孫來說是致命的兩個要求。匈奴知道使烏孫和漢朝建立了關係的關鍵就在於漢朝公主，只要把她除掉，烏孫和漢朝之間的線就斷了，以後雙方就不會再有利益關係了。解憂在短短的幾年時間裡幹了那麼多事情，匈奴不可能沒有看到，他們感到這個女人很厲害，照此發展下去，就會對他們形成很大的威脅，他們想在西域當老大的想法就有可能實現不了；

再則，烏孫和西域的其他王國一樣，一直以來都受他們控制，他們當然不希望其中的任何一個王國強大起來，與他們對峙。

別人要打你，你有沒有招架或還擊的力量？如果有，一切都好說；如果沒有，事情就比較麻煩了。此時的烏孫，實際上還是一棵小樹苗，沒有實力與匈奴一比高低。所以，面對匈奴大舉來犯，烏孫國內部很緊張，很快便形成兩派，有人主張迎敵，有人主張投降。主降方說：「明知打不過，還要打，結果只有全軍覆沒，人民遭到殺害，不如降了，還能把部落保下來。」主戰方說：「降了，做奴隸的滋味更難受，還不如拼了好。」雙方各執一詞，意見不一，烏孫國頓時亂成了一鍋粥。烏孫王很頭疼，雖然匈奴來勢兇猛，但也不至於就這樣舉手投降吧？！但他又不得不考慮到烏孫國的實力，如果與匈奴開戰，其結局註定要失敗，他感到左右為難，一時不好定奪，便對主降方和主戰方的意見均未採納。

狼來了，羊如果不跑，那就一定得和狼對抗。解憂並不懼怕氣勢洶洶的匈奴，她一面安慰烏孫王翁歸靡，一面向漢朝上書，請求支援。但不巧的是此時漢昭帝病危，朝中大臣們沒有人能做主，一時不能給出明確的答覆。漢朝沒有動靜，烏孫內部人心渙散，投降派的勢力很快便甚囂塵上，有許多人都站到了他們一邊。解憂感到事情有些不妙，如只烏孫國的主降方占了上風，整個烏孫國將會人心渙散，在匈奴面前等於不戰自敗，不行，得趕緊想一個鼓舞人心的為法，讓大家消除對匈奴的恐懼。解憂善於謀略的一面在這時顯現了出來，慢慢變得與我們想像和願望中的解憂越來越一致了。實際上，她在為人處事方面是很有主見的，而

且常常謀略過人。在很小的時候，她讀過許多書，對軍事無比通曉。她爺爺就是楚王劉戊，他非常喜愛這位聰明的孫女，便給她起名為解憂。後來的事實證明，解憂一直用行動完成著爺爺為自己的名字賦予的意義。當時，匈奴的吶喊聲和馬的嘶鳴聲已不絕於耳，她通宵達旦地推算著如何迎擊匈奴，寒冷的風從窗口吹入，使她不由得戰慄。苦苦思索了一夜，望著微微泛起的晨光，她也許因為仍沒有對策而不由得發出一聲感歎。烏孫王端一碗奶茶遞給她，無比心痛地看著她。望著烏孫王在危難中依然顯得有些剛毅的眼睛，解憂當即決定，還是應該把烏孫人團結好，不讓大家分散，那樣的話，即使與匈奴決一死戰，烏孫人也絕對不會畏懼的。

穿破烏雲的月光儘管來之不易，而一旦穿破，必將帶來耀目的光芒。解憂經過一番考慮，建議翁歸靡盛宴群臣，地點就在她居住的漢宮，讓烏孫權貴們一邊品嘗可口的漢族酒席，一邊議國是。在宴會上，解憂身著漢朝的服飾，顯得雍容華貴，威儀莊重。前來赴宴的人品嘗著由她帶來的廚師做的飯菜，都誇讚漢朝的食品味道極佳，進而又引申到漢族人民的聰明智慧和富饒強盛。我們不能忽略，這裡面有解憂的良苦用心，她在向眾人展示漢朝的強大，要讓大家相信，漢朝有能力打擊匈奴，只要大家耐心等待。這是一種心理工作，她雖然什麼也沒說，但大家都能感覺到她想說的話。吃飯就是這樣，在有些時候它不僅僅只是單純的吃飯，而是讓氣氛對心理產生作用，然後才好議事。想必在解憂設置的氣氛渲染下，眾人一定心有所動，重新在心裡掂量著事態。解憂竭盡全力要把這些人的心收住，這些人是烏孫國的主心骨，只要他們的心不散，烏孫國的人民就不會散；再說，匈奴雖然來了，但匈奴並不可怕，如果烏孫人被匈奴嚇住，沒有戰鬥的勇氣了，那才叫可怕呢！所以，用吃飯的形式來做這項心理工作，就顯得非常重要了。眾人邊吃邊聊，抗敵的興致慢慢地高了起來。解憂不失時機地對大家說：「有人懷疑漢朝不會出兵援助烏孫，這是沒有根據的。我以漢朝公主的身份向大家擔保，漢朝的軍隊一定會來的。」翁歸靡馬上說：「對，我們烏孫人，要相信漢朝，忠於聯盟，只要我們堅持到底，等漢朝的軍隊一到，勝利就是我們的。老王獵驕靡的子孫們，烏孫的英雄們，我們烏孫的歷史，只有光榮的勝利！可恥的投降，從來就和我們沒有緣分！」大家都被鼓舞了起來，聲稱絕不投降。一個漂亮的心理工作做完了，解憂達到了預期的目的，烏孫國的人心安定了下來，士氣和鬥志也有了，就等著與匈奴決一死戰。

等待是苦悶和難熬的，但只要你能等下去，最終一定會等來一個好的結果。不久，漢宣帝即位，發兵十五萬，分五路如同鋼刀一般狠狠刺向匈奴的龍庭，匈奴由於出兵在外，龍庭只留有少數人馬，無力抵抗漢軍，來攻打烏孫的匈奴軍隊不得不撤回。情況一時變得大好，烏孫也立即出兵五萬，配合漢軍攻打匈奴，「造成鉗擊夾攻之勢」，使匈奴大敗。

自信、果敢、智慧，這些優點使解憂的形象變得更加清晰起來，在歷史中顯得像那些男人們一樣高大偉岸。但她實際上還是一個女人，她之所以顯得如此有魅力，在歷史中始終讓人要高看一眼，實際上是因為她一直強調著內心的準則，不論多麼艱難都不改變，堅持到最後，她自己便變成了一個勝利的女人，經由這些事情，她似乎變成了一個鐵腕女人，如果是

這樣，那多多少少就讓人覺得有點不夠柔軟，不夠可愛，會對她敬而遠之。實際上，解憂是一個很漂亮的女人，史書上說她身體豐腴，儀態嬌媚，很有女人味。哎，這樣一來，解憂才是一個真正的解憂，至於她身上的自信、果敢和智慧，只是給她平添另外幾分魅力，讓她變得更美。

四

到了西元六四年，翁須靡感到自己的身體有些異樣，常常上氣不接下氣，死亡的陰影一時籠罩在了他心頭。他想，自己已經這個樣子了，得趕緊立一個昆莫，讓烏孫有個依靠。為此，他讓解憂上書漢朝，表示要立解憂生的兒子元貴靡為昆莫，並請求再派一位漢公主和親，以增強漢朝和烏孫的關係。漢宣帝封解憂的侄女為公主，派她到烏孫和親。不料她剛走到敦煌，就聽到了翁須靡已死，烏孫貴族擁立了軍須靡的匈奴夫人生的兒子泥靡為昆莫的消息，不得已，她便只好返回。這個公主命好，沒有嫁到已亂成一團麻的烏孫，當她返回時，她身後的烏孫國因為泥靡當了烏孫的昆莫而人心惶恐，舉國上下不見安寧和平和的景象。

反季節飛回的大雁一定性格孤僻，冷不防踢人的馬一定內心粗暴。泥靡是軍須靡的兒子，被稱為「狂王」。在他叔叔翁須靡當昆莫的這些年裡，他一天天長大，備受被排擠出局的冷落，因而便養成了暴戾的性格，現在好不容易成了烏孫的昆莫，他要報復，要發洩。一棵樹站立不穩，枝葉必將亂晃。烏孫一時間人心渙散，出現了極為複雜的局勢。從這裡開始，人性扭曲的泥靡開始了他短暫的政治生涯。他首先要推翻原來的一套，按自己的設想來治理烏孫，但因為他凡事都由著性子，所以，他很快便把烏孫攪成了一鍋粥。在這樣的情況下，解憂便不得不出面料理局勢，但由於翁須靡在先前頂替泥靡當了昆莫，加之在翁須靡死後解憂並沒有推薦泥靡當昆莫，所以，泥靡把解憂當成了死對頭，凡事都與她對著幹。

該怎麼辦呢？解憂想，泥靡的母親是匈奴人，他在內心深處是反感自己這個漢朝公主的，甚至是極不贊同烏孫和漢朝結好的，這個人的存在是一個危險。此時的解憂已年過五十，在政治上十分成熟，凡事只要露個頭，她便馬上能想到對策。想了想，她內心產生了一個決定——翦除泥靡。她下這個決心時大概沒有猶豫，眼前的事實讓她明白，不除去泥靡，自己必將被他除去，而且以他暴戾獨斷的品行，烏孫也極有可能毀在他手裡。這一點都不為過，所謂的鬥爭，其實就是在雙方的利益，甚至是雙方的生命受到危害時，各自為保全性命的情形下產生的。如果泥靡不在烏孫胡作非為，是一個賢明的昆莫的話，也許解憂會助他一臂之力，但他一上臺便胡整一通，而且還要害別人的性命，你說，別人能不想辦法收拾他嗎？

然而，解憂還沒來得除去泥靡，一個難題卻擺在了她面前——按烏孫的習俗，她又得嫁給泥靡。這真是要命，一個已經成了她眼中釘，而且時時刻刻都想著要翦除的人，卻要成為她的丈夫，你讓她如何接受這個事實。解憂這已經是第三次嫁人了，前兩次好歹都是她願意的，而這次大概她就不那麼樂意了吧。但正如前面所說，好在解憂此時已經是一個在政治上

十分成熟的人，她既使內心再不樂意，也不會在臉上表現出來，她會在心裡琢磨出一個穩妥的辦法，不動聲色地去實施。我們可以想像得出，解憂認為翦除泥靡的時機還不成熟，所以，她決定等機會，但為了這個等待卻必須付出嫁給泥靡的代價，她咬咬牙，決定付出這個代價。一場暗含殺機的婚禮如期舉行，一股辛酸的滋味在解憂心裡漫延，但她在內心鼓勵著自己，不要傷心，這只是短暫的痛苦，很快便會結束的。婚後，解憂為泥靡生了一個兒子，取名鴟靡。但他們之間的關係越來越緊張，解憂在心裡覺得不翦除這個「為烏孫所患苦」的暴君，便脫離不了水深火熱的煎熬。於是，在一次酒宴上，她讓一位武士刺殺泥靡。「公主言，狂王為烏孫所患苦，易誅也。遂謀置酒會，罷，使士拔劍擊之。劍旁下，狂王傷，上馬馳去」。可惜，那位武士的劍刺偏了，泥靡受了傷，但卻奪門逃走了。這一劍雖然沒把泥靡殺死，但卻把他從那把昆莫的椅子上撬了下來，他不再擁有耍威風的權力了。泥靡由此開始走下坡路，身單影孤的他無投身之處，不久便被翁歸靡的匈奴夫人生的兒子烏就屠殺了。烏孫的一個禍根死了，解憂終於可以鬆一口氣了。

在歷史上，解憂的名氣雖然不如王昭君和文成公主，但她作出的貢獻卻是最大的，是和親的公主中的重量級人物。她不像其他人那樣悲悲戚戚，很難從個人情緒的困擾和生活的落差中解脫出來，最後幾乎沒作成什麼事，她知道如何識大體，如何顧大局，並能夠始終保持性格上的堅毅果敢，為人凜然之氣，處事彰顯聰明才智，在最後便實現了她的理想和抱負。

如果那時候也搞排行榜一類的東西的話，以解憂的功績，可以排在眾多和親公主的第一位。

五

解憂一番苦衷，冒著天下之大忌殺夫，要是換了別人，恐怕是萬萬做不到的。但她做到了又能怎樣，別人能不能理解她，能不能對她的成績給予一個準確的定論呢？我想，當她殺夫的消息傳出後，烏孫人肯定會有反應的，既使她在烏孫深入了人心，但這對烏孫人來說是一件傷感情的事，弄不好有人會起來反對她的。

然而，烏孫人並沒有什麼反應，漢朝卻做出了一件讓人意想不到的事情。事情的起因仍與泥靡有關，泥靡被刺殺受傷逃跑後，他的兒子率兵圍住了解憂的住所。解憂帶領侍衛們嚴加防守，使他們不能攻進一步。泥靡的兒子不想撤兵，便圍住解憂的住處拉開了持久戰的架勢。解憂想，自己處在這樣的危險中，中原朝廷不會聽不到一點消息吧？！她斷定朝廷聽到消息後一定會想辦法解救自己的。其時，烏孫國已大亂，解憂只能把希望寄託在中原朝廷身上了。那樣的日子不好過啊！寄託，實際上只是單方面的願望而已，被寄託的一方能否知道，能否在短時間內付諸於實際行動，就全看運氣了。也許應了「心誠則靈」那句話，朝廷很快就知道了解憂的危險處境，派管理邊防的官員來解救解憂，泥靡的兒子被嚇跑了，危險一時化為烏有。緊接著，朝廷又派一個叫張翁的人出使烏孫，瞭解烏孫的情況。然而正是這個張翁，到了烏孫後並沒有協助解憂治理烏孫，反而向解憂問罪，並對解憂肆意辱罵，做出

了讓解憂萬萬不曾預料的事情。

六月下雪災難必現，河水倒流草原必淹。意想不到的事情對人的打擊往往都是致命的，在這一點上，解憂的遭遇也不例外。張翁一到烏孫便責問解憂，要刺殺泥靡這樣大的事情，她為何事先不向朝廷請示？他的這番話無疑是一盆潑在解憂身上的涼水，頓時讓解憂目瞪口呆，無以言語。要知道，烏孫和朝廷之間有那麼遠的距離，一個請示經山遙水復的傳送，得等多長時間呀？再說，以前解憂做很多事時都沒有請示，成功之後朝廷百野一片讚譽，但為什麼在這件事上卻突然追究未經「請示」的罪過呢？少頃，解憂理了理思路，向張翁解釋當時機會難得，不能等，所以就動手了。她如此誠懇，大概是想給張翁一個面子，畢竟他是朝廷派來的使者，而且長途跋涉到烏孫不容易，所以應該心平氣和地說話處事。但讓解憂更想不到的是，張翁卻暴跳如雷，指責她有罪，並抓住她的頭髮扯來扯去，對她肆意辱罵。

這個瘋子，他憑什麼這樣？要知道，解憂乃堂堂大漢朝冊封的公主，嫁到烏孫後，是三代昆莫的夫人，而他只是一個使者，怎麼能抓住解憂的頭髮扯來扯去，並對她肆意辱罵呢？看來，朝廷這次派錯了人，讓這樣一個瘋子來出使烏孫，不把事情搞砸才怪呢？解憂該怎麼辦呢，面對這樣一個瘋子，是忍受還是抗爭？據推算，解憂在遭遇這件事時大概在六十歲左右，到了這個年齡還要受這份氣，她心裡一定很難受。如果她有錯，她可以反思，可以改，但事實證明她做得很對，那為什麼張翁還那樣無禮地對待她呢？不行，不能無端受辱。解憂於是向朝廷上書，陳述自己刺殺泥靡的種種理由，並控訴張翁的過分行為。漢宣帝接到解憂的書信後大吃一驚，平時對張翁不瞭解，給他一個出使的機會就弄成這樣，真是混帳，於是下令把張翁召回，判了一個對公主不敬的罪，當天就把他處死了。史書上對張翁當時的行為未下定論，所以我們很難知道張翁那樣做的原因，但我們從漢宣帝毫不猶豫地處死他這個事件可以推斷一下，他那樣對待解憂並非出於朝廷的授意，純屬個人行為。唉，這個瘋子，在平時可能太壓抑，好不容易得到了當使者的差事，便飄飄然把持不住自己了，到了烏孫後不知道幹正事，胡整一通，不但傷害了解憂，也葬送了自己的性命。在解憂的歷史中，他是一個不應該出現的人，但命運卻安排他出現了，讓他扮演了一個醜惡的角色，最後以死亡而告終。

雨雪過去了，但留下的陰影卻讓草葉仍忍不住戰慄。在遙遠的烏孫，誰也不知道解憂將多少酸楚咽入了內心，從未向別人訴說。在所有和親的公主中，她是在西域待的時間最長的一個。一個女人在西域發揮出了比男人還大的作用，歷史當載冊，後人當銘記。

到了西元五一年，解憂已經是七十一歲高齡的人了，鑒於漢朝和烏孫的友誼已經十分牢固，她請求回朝。漢宣帝派專人到烏孫迎接她回中原，並率朝中百官在城外為她舉行了隆重的歡迎儀式。闊別故鄉五十多年，走時是一個花樣少女，歸來時卻已是頭髮皆白的老婦人，但回到故鄉畢竟還是讓人高興，因此她滿臉笑容，步履穩健地進入了城中。有那麼多和親的公主都一去不回，只有解憂在有生之年仍能回到故鄉，這大概與她個人的奮鬥有很大的關係。兩年後，解憂被西域的風雪吹打了五十多年的身子骨終於支撐不住了，她一病不起，沒

王昭君：左肩花朵右肩山峰

一

王昭君在歷史上確有其人，但「昭君」卻並非她的名字，她本名叫王嬙，「昭君」是她死後朝廷給她封的號。由此我們可以得出一個結論，王嬙生前並未用過「王昭君」這個名字。許多史書，包括許多歷史學者都用「王昭君」一名來稱呼王嬙，時間長了，便一直用「王昭君」一名將王嬙稱呼下來了。王嬙仍是王嬙，但她真正的名字卻被時間的煙塵淹沒了。

我們通常會有一個習慣性的行為，覺得女人是柔弱的，而由於出於對女性的憐憫，我們時時又會從內心產生出對她們的憐憫之心，我們不願意讓她們擔負過多的東西。但女人的力量在有些時候卻又是很強大的，她們用柔弱的肩膀可以扛起男人們扛不起的大山，發揮出男人們發揮不出的作用。

王昭君很美，美得就像一朵絕豔之花，但她也很柔弱，不管內心有多麼堅強，仍她畢竟是女兒身，難以堪負重壓，但她咬著牙要肩負起命運，最終，她變成了匈奴歷史中的一個非常重要的女人。可以這樣說，是這個女人從某種程度上改變了匈奴的命運。呼韓邪和郅支為爭單于之位，在西域鬧得不可開交，匈奴一時變得四分五裂，給漢朝統治西域也帶來了困

難。後來，呼韓邪主動向漢朝靠攏，並向漢朝求親，得到了漢朝的支持，將郅支打擊滅亡。王昭君主動請求嫁給呼韓邪，緩解了漢朝和匈奴的關係，為雙方共同創造了難得的安寧。

如果沒有她，匈奴的歷史可能就是另外一種內容了。她嫁給呼韓邪後，勸呼韓邪不要和漢朝交惡，應該學習漢朝先進的東西。這時候的王昭君是一個積極為漢匈友好作貢獻的人，但不久呼韓邪就去世了，她請求朝廷讓自己回故鄉，不但未獲批准，反而接到了「從胡俗」命令，不得不按匈奴的規矩又嫁給了呼韓邪的兒子，前後一共生了三個孩子，被稱為閼氏。她早先在心裡樹立的理想，或肩負的和親的責任感在接到「從胡俗」的命令的那一刻，會不會發生改變呢？這看似簡單的和親，實際上重如一座壓得她喘不過氣的山，她無力改變這座大山的重壓，便只能聽從命運的安排，用柔弱的肩膀扛起維護漢匈友好的重任。如此這般挨到三十二歲那年，她一命嗚呼，丟下三個孩子去了另一個世界。

二

魂斷異鄉的她，再也沒有踏上返回故鄉的路途。

王昭君太美，美得超凡脫俗，讓大雁望著也失神從天空跌落；而王昭君又太苦，苦得像一片深谷中的落葉，從不見天日，直至到死都無緣于光明前程。她的美和苦，在她身上演變成了生命的極致。任何一種東西到了極致，都不會再被主人把握，王昭君一次次想把握自己，但命運像泥鰍一樣一次次從她手心滑走，讓她美麗的雙眸裡浸滿了淚水。有人曾說，大美不祥，也許，王昭君命中註定擁有大美容貌的同時，必然要承受命運中的大苦。

王昭君可能算出嫁西域的公主中最美的一個，在蠻荒的地域，有人為她的美發出了讚美的聲音，又有幾人能給予她疼愛和呵護？由於她肩負著和親使命，所以沒有誰能幫她一把，讓她停住在風沙中東倒西歪的步子，找個地方歇歇腳，擦去臉上的淚水，抖去身上的沙土，還她美如滿月的面容，站穩婀娜多姿的女兒身。她在西域欲哭無淚，欲喊無聲，她的命運就像大漠中的風沙一樣，是誰也無法把握更無法戰勝的，她抖動著身軀將一切都遮掩在了幽暗之中，也許王昭君的一滴淚從眸子裡滾出，尚未掉落，便被這「風沙」捲走，她只發出了一聲歎息，身影便又在「風沙」之中變得模糊不清。

三

王昭君嫁西域，從一開始就是一件複雜的事情。也許，細君、解憂等人錯生在王侯貴族的家裡，當漢武帝為了顯示大漢對匈奴的尊重時，便首選這些王侯女子嫁給他們。但是，生在南郡秭歸尚村的村姑王昭君也沒有逃脫遠嫁的命運。從漢武帝到漢元帝，先後有十餘名漢家女兒被迫嫁于匈奴，大多命運悲慘，最後人歿屍失，朝廷中的官員私下裡商量，想對漢元帝提一個建議，是否可以選宮女冊封公主嫁于西域，這樣就可以避免一些王侯貴族的反抗。這裡面有無可奈何的掙扎，也有私心。先說其無可奈何的掙扎。前面已經有那麼多公主嫁到西域去了，現在突然不嫁，會惹惱匈奴引起事端的，嫁，還得接著嫁，而且在以後還要不停

地嫁。不可輕視這小小的一樁出嫁事件，它的背後是一根繩子，在牽著匈奴呢！一旦你這邊鬆手，丟開不管，那邊的匈奴馬上就會狼性大發。一個女兒事小，國家事大，且不可大意啊！再說其私心。提建議的這些官員捨不得自己的女兒，但又沒有辦法，所以就建議冊封宮女為公主，讓她們嫁到西域去，去替代自己的親骨肉承擔悲苦的命運。對於這些官員來說，皇帝多封幾個公主又有何妨，只要能換得自己的女兒的幸福，怎麼辦都行。

任何事情都始于計畫，成于謀略。他們串通一氣，精心策劃，運籌帷幄，把事情設計得天衣無縫了，才向漢元帝提出了請求，出人意料的是，漢元帝未經思考便採納了左右官員們的建議。提建議的官員們偷著樂，他們沒有想到漢元帝居然如此痛快地採納了建議，他們在提建議的時候肯定是很緊張的，他們那樣精心策劃，不可能不擔心此舉不成功的後果，在擔心的後面，是他們對女兒命運的恐懼，一旦建議不被採納，他們的女兒就得嫁往西域，今生不可再見面。另外，他們不可能沒有顧慮，這個建議實際上是一個騙局，把並非公主的人以公主的名義嫁給匈奴，萬一他們知道了詳情，鬧起事來，皇帝追究起事情的起因，他們可就成了罪魁禍首。但隨著漢元帝「准奏」二字的話音落下，一切顧慮都不存在了，事情完全在朝著好的一面發展，讓他們忍不住高興得想笑。

一切都進行得不動聲色。公主們的命運由壞轉好，宮女們的命運由好轉壞。公主們高貴，命好，很快就會知道改變自己命運的好消息。但宮女們生在卑微家庭，沒人心疼她們，所以她們不知道自己的命運已有了怎樣的變化。王昭君雖是妃子，但她的命運在這時已不為

人知地發生了變化。此時的王昭君，雖生得美麗無比，而且正值十九歲的芳齡，但卻沒有被選送到皇上跟前去，一直處於苦悶的「待詔」之中。眼看著那些長得不如自己，條件一般的妃子一個個被皇上招去過夜，而自己美得超群絕倫的容貌卻沒有機會展示給皇上，她能不著急嗎？

她不著急。

為什麼會這樣呢？

是她性格造成的吧。應該說，王昭君是和自己的性格一起出現在歷史中的，她依照自己的性格辦事，並從不降低標準。正是因為她的性格導致了她的命運變化，並影響了她的一生。按說，像王昭君這樣的女子早就應該入皇御了，但就在她剛入宮時，因沒有向毛延壽進貢貴重禮品和錢財，因而她便被掌管入御權的毛延壽冷落一邊，以致「入宮數歲，不得見御」。毛延壽是一個小人，凡是要入皇御的妃子，必要先經他用畫筆畫出一幅畫像，送到皇帝跟前去，由皇帝挑選。時間長了，他便向妃子們索要銀兩，誰若不給他行賄銀子，他便把誰故意畫醜，讓她不得有接近皇帝的機會。到了王昭君這裡，偏偏她個性強，不願做「花錢買機會」的事情，因此小人毛延壽便對她懷恨在心，輪到畫她時，故意把她畫醜，還在嘴角點一個痣，致使她未被皇上選上。

與王昭君的悲苦命運形成鮮明對比的是她的強烈性格，不屑於做一般人做的事情。在多

少年後，她的性格就變成了唯一讓我們感動的東西，她面對自己的命運時，總是能夠為自己設計好一條出路。如果不要讓她去當妃子，她或許在別的方面能幹出大事，那樣的話，留在歷史上的就不是一個淒苦百結的王昭君了。但她是從妃子這個位置上開始呈現於歷史的，所以我們也只能從這時開始一點一點地去認識她。她不屑于向毛延壽這樣的小人低頭，這是對的，說明她有骨氣。她知道自己長得美，因此在內心便很自信，維護了自己不可被改變的美，沒有讓自己打折扣。但她這樣做好不好呢？也好也不好。好的一面在於她高潔、唯美；不好的一面在於她為自己設置了一個高不可越的門檻，她由此將有可能永無指望跨入皇御大門。要知道，這一步要是跨出去，能與皇上同房，以她的過人條件，極有可能會受到青睞，說不定還會當上皇后，但她似乎沒有考慮這麼多，只是以小姑娘的性子，把自己的命運推向了另一個極致。

後來，王昭君知道得罪了小人，這才著急了，但著急有什麼用呢，哪裡還有機會可用？到了這時，她不知道該怎麼辦才好了，只能怏怏地熬著日子，內心鬱悶，神情黯淡。

四

不久，南匈奴單于呼韓邪來長安求婚。呼韓邪——一個從這時開始要改變王昭君一生的男人，就這樣出現了。他此次來長安，求婚其實只是一種政治表現，真正的目的是和漢朝朝廷拉關係，以求讓漢朝給自己撐腰。在西域，他和哥哥郅支為了爭奪單于權位，鬧得不可開交，最後兩個部眾之間大打出手，他不及郅支實力雄厚，落荒而逃。但他是一個有心計的人，想投一個大靠山，把自己保護起來。這樣，他便率眾臣來漢朝，口口聲聲稱自己願做大漢的附屬國，讓大漢天子封他為匈奴單于。就這樣，他和漢朝建立了關係，把哥哥郅支排擠走了。過了些年，他又到漢朝來求婚，以表自己的忠心。

他來求親的那天，漢元帝身體不舒服，未經思考便按官員們提議的關於用宮女頂替公主的方法，叫人去後宮給宮女們傳話，誰若想嫁到西域去，就封她為公主。這時候，一件讓人出乎意料的事情發生了，王昭君主動請纓：「請掖庭以求行」。大臣們很吃驚，王昭君是妃子，並非宮女，何以突然有了請求遠嫁西域的打算？大臣們把目光投向元帝，意思是她是你的女人，你看著辦。出乎意料的是，漢元帝又未經思考便准許了。也許那天元帝感冒發燒，頭昏得厲害，不能冷靜思考問題，就想快快完事後回去休息，所以便很隨意地准許了王昭君的請求。眾大臣為他的決定感到吃驚——他怎麼能這樣呢？以前嫁公主，叫和親，現在嫁妃子，該叫什麼呢？這是不是有點複雜了?!但文帝已退朝，他們也就無法再說些什麼了。

元帝患病頭腦不清醒，那麼王昭君難道也不清醒嗎？她做出這樣一個決定，是不是又和她的性格有關係？她從小受父親的薰陶，很有志向。在入宮時，父親曾對她說過一句話：「立志要辦男兒能辦到的事情」，所以，她想到西域去改變自己的命運。她已經想清楚了，在這裡自己雖然是妃子，但卻天天與一群無知的女人在一起，被「黃金牢籠」所困，有什麼意思呢？走。哪怕西域是蠻荒之地，哪怕呼韓邪大自己三十多歲，哪怕他有眾多姬妾，也要

去；唯有採取此方法，才方可走出深宮大牆。王昭君的性格再次決定了她的命運。也許她內心不服輸，但她又無力改變現實，所以便決定另闢蹊徑，重新尋求人生的目標。由此可見，她雖然身為貴妃，實際上沒有一丁點選擇自己命運的機會，像匈奴來求親這樣的事情，便被她看成了逃出牢籠的良機。她不是一般的女子，別人甘受寂寞，但她卻一直在為自己尋求出路，所以，像嫁給匈奴這樣對別人來說死都不幹的事情，她卻要幹。她是一個內心要求多麼強烈的女子啊！

元帝為了顯示朝廷對匈奴的重視，列朝為王昭君冊封送行。當王昭君奉召接受冊封嫋嫋走進大殿時，漢元帝大吃一驚，他沒有想到這位妃子居然是一位「娥眉絕世不可尋」的佳人，他有些後悔，有些捨不得，但那一刻他還是揮了揮手，讓王昭君隨呼邪韓出塞而去。那時，他的燒可能已經退了，頭腦也清醒了，但他知道自己作為皇帝，一言既出，駟馬難追，是不能反悔的。那一刻他可能在心裡非常後悔，但想必他臉上還是保持了皇帝常有的平靜神色。呼韓邪更是驚訝不已，他沒有想到漢朝居然給了自己這麼漂亮的女人，他也許驚訝得半天不知該說什麼好。《後漢書》記錄這一場面時，用了十六個字：「豐容靚飾，光明漢宮，顧影徘徊，竦動左右。」足可見王昭君出現在人們面前的一刻，是多麼的美豔啊！朝廷的大臣也許都為她的美而驚訝不已，但礙於元帝的情面，大概都沒有發出讚歎，只是在內心欷歔。應該說，作為一個美女，那天是王昭君一生中最美的時刻，她的一生被集中在那幾小時做了一次展示。而在幾個小時之後，隨著踏上西行的腳步，她的美便只能留在人們的記憶裡了。從此之後人們再也沒有見過她，誰也不知道她在西域是什麼樣子，在時空交錯之中，慢慢變得模糊的她便不再美了。但那短短幾小時的美，卻是多麼濃烈呀，讓看到她的男人都有了眩暈之感。但有一個男人除外，他就是元帝。在那一刻，王昭君的美引發他巨大的失落，他的心裡在冒著悔恨的酸水。

導致元帝後悔的原因是由小人毛延壽造成的。可以想像，王昭君之所以平靜地站出來，是因為她已看清後宮有著成百成千如她一般遭冷遇的佳人美姬，再加上小人毛延壽的暗算，恐怕等到自己人老珠黃，也難得天子青睞。王昭君大概是懂得「與其臨淵羨魚，不如退而結網」的道理的，所以，她便把希望寄託在了遠嫁西域這件事上。她作這個選擇時，內心一定是很複雜的。她的複雜心情在後來被杜甫深深體諒到了，便為她寫下過一首七律《雲雨》「……一去紫台連朔漠，獨留青塚向黃昏。畫圖省識春風雨，環佩空歸月夜魂。千載琵琶作胡語，分明怨恨曲中論」杜甫生活在一個淒涼的時代，他的命運也多近于王昭君，所以，我們有理由相信詩人所描述的王昭君的心情是準確的，他對王昭君的理解和同情也是深刻的。同樣為王昭君心痛的還有蔡文姬的父親、東漢的大才子蔡邕，他似乎不能接受王昭君「從胡俗」，先當娘後當妻的事實，在一部作品裡說王昭君最後是「吞藥而死」。這位蔡大才子的儒家思想很重，他以漢文化的心理在為王昭君鳴不平，怎麼能接受那樣的事實呢，還不如一死了之。但他顯然有點太文人氣了，他大概沒有想到，在那樣的環境中，王昭君就是想死，可能也找不到一個死的辦法。其實，王昭君在無可奈何地遵從了元帝「從胡俗」的命令後，

她的心已經死了，剩下的，也就是一個麻木的肉體而已。

不管大家怎樣為王昭君喊冤，但我想都是被她「自願出嫁西域」背後的隱情刺激了神經，大家都體諒到了她那一刻複雜的心情。我們其實也可以從王昭君的出身揣摩出她出塞時的心情。她只是一個生長于平民百姓家中的女兒，十七歲入宮，未得到皇帝的一次召見。她想，皇帝在躊躇滿志地夢想維護西域時，自己是不會去赴湯蹈火的，而是讓像她這樣的女子用瘦弱的肩膀去承負千鈞重擔；把上蒼賦予她們的天姿嬌容，萬般柔情作為干戈去建功立業，這是一個男人多麼悲哀而又無能的一面。但借此機會她卻可以逃出盤宮，她認了。如果不去西域，自己有可能在宮中悶死。一個人，當他已經能看見自己將死于一種形式時，他會恐懼不安，會想辦法逃向別處去的。在別的地方會遇到些什麼，他暫不去管，他只想逃，讓心靈先獲得輕鬆。

王昭君為此走出長安時，可否轉身留戀的回望？

五

王昭君走了，小人毛延壽的麻煩來了。元帝找來他畫的王昭君像，見他在畫上將王昭君嘴角點了一個痣，有意將她醜化了，一下子氣不打一處來，那麼漂亮的一個女人，硬是被從中作梗，沒有送到我跟前來，在這裡我是老大，這麼漂亮的女人就該是我的，但一步之差，卻讓匈奴給娶走了，真是氣死人。失去王昭君的傷感和對毛延壽的憤怒，使他無法平靜下來，他大概非常憤怒，忍不住大吼：你小子曲筆殺人，我讓你也活不成。他喊人進來，將嚇得臉色發白的毛延壽一刀斬首。

《漢書》中對王昭君的記述很簡短，但從中可讀出王昭君是一個善於思考的女人。當她作出選擇的時候，不能說她並不知道匈奴，並不瞭解他們的個性，她還知道自己此去要過一種像細君一樣的生活，但她卻依然要西去。在她腳下，就是細君等人走過的那條遠嫁路，它是那麼漫長，那麼崎嶇不平，細君留下的車轍尚未消失，自己的馬車又深深地紮了進去。據載這幾個女子遠嫁時的路線，大多是沿著今天的蘭新線延伸的，因為今天的天水、隴西、武威、張掖等地在那時是西行的必經之地。近嘉峪關，長城隱隱可見，風在時斷時續的殘壁斷垣間呼嘯，使荒涼的古跡更加顯得沉重。不時閃過的烽火臺上，一群群烏鴉盤踞不動，冷冷地望著沉悶挺進的火車。這些烏鴉是飛不過萬重關山的，所以只有滯留於此。當年王昭君走到這裡時，一定也有烏鴉不動不叫，漠然地注視著在蒼涼的古道上像蟻群般蠕動的車隊。王昭君看著烏鴉，一定在想，前方關山萬里，漠風厚重，連它們都飛不過去，自己為何還一意孤行，艱難行進？

其實王昭君就是到了舉步維艱的時候，她還是很清楚應該怎樣做。王昭君在選擇自己的命運時，總是因為自己的性格而做出決定，她的性格是導致她命運最終走向淒苦結局的主要因素。她似乎是雙重性格，一面非常清高和孤傲，深知得罪毛延壽這樣的小人，就不會通過他的畫筆贏得天子的垂青，但她對此不屑一顧；她的另一面性格又非常機智和現實，當她看

到再等下去自己如花似玉的容貌就會付之東流時，她把遠嫁匈奴和前一種結局作了一個比較，她發現如此這般幽居深宮，與世隔絕的日子比什麼都難熬，於是，她把那樣一個別人都遠遠躲避的遠嫁作為機會緊緊抓住了。

她走出了那堵把她封鎖得太久，讓她鬱悶的厚牆。一走出去，她頃刻間如同一隻振翅飛翔的鳥兒，獲取了自由與快活。耽於對命運已經瞭解得很清楚，所以她甚至對北方那片陌生的土地產生了幻想，她也許有過一些非常現實的想法，從此以後過一個女人無憂無慮，安安靜靜的日子。她是聰明人，或許還做過這樣一番比較，我從一個妃子降為平民百姓，還能再有什麼奢望呢？過一份平淡的日子渡過餘生。一個人被命運改變起來真是太容易了。單個看，王昭君是在為自己而努力，而從整個形式來看，匈奴和漢朝都在她身上寄有希望。匈奴求婚，是為了表示自己聽漢朝的話，永為附屬國；漢朝遠嫁公主，是為了顯示漢朝對匈奴很友好，穩住他們，以求西邊安寧。

可憐的王昭君，怎能以柔弱的女兒身肩負這麼大的使命。更何況，她並非公主，在這個騙局和真實的謊言中，誰又能給她幾分承諾讓她的心變得踏踏實實呢？但她到西域後還是產生了作用，因為有漢公主嫁了匈奴，漢朝和西域的關係變好了，不再發生事端。這也就是漢朝和匈奴的共同希望，在這一點上，不管王昭君是主動還是被動的，她的功勞都可圈可點。這些事情，都是男人們精心策劃的，不實現才怪呢！但具體到她個人，她又能得到什麼好處呢？很快，她對平淡生活的幻想就破滅了，到漠北高原的第三個年頭，呼韓邪便一命嗚呼。

實際上，王昭君與他只生活了兩年。我們完全可以想像得出，呼韓邪已經風燭殘年，再加上大病在身，在這兩年裡，青春妙齡的王昭君與他生活得一點都不和睦，更談不上完美。現在他一死，王昭君更是不知道該怎麼辦了。她設想的生活，必須得有一個相對平靜的空間才可以實施，但現在這個空間沒有了，她的設想要落空了。

發生了這樣的事情，誰能料得到呢？王昭君的命運一步一步走下坡路，哪怕她再堅強，也無力挽救自己一把。苦命的王昭君，每每在有一點希望的時候，命運就給她迎頭痛擊，讓她失去了方向，再也無力掙扎。

六

呼韓邪死了，年紀輕輕的王昭君成了寡婦。冬天來了，一隊隊大雁鳴叫著思鄉的聲音從王昭君的帳篷上空飛過，王昭君從帳篷裡出來，目送大雁南飛而去，淚水忍不住悄然而下。她想家，更想回到故鄉去。她上書元帝，請求歸漢。按說，呼韓邪已死，她遠嫁的使命已經結束，她理應回到故鄉去，元帝稍有點同情心，就應該讓她回來，不要在異地他鄉當寡婦。她才二十二歲，還很年輕，以後的路還很長，理應過上好日子。元帝接到她的上書，心裡酸溜溜的，他想起了當時讓王昭君遠嫁時的無奈和後悔，想起了這幾年時時想起她美豔容顏時的痛苦，他還想到如今讓王昭君歸來，再將她納為妃子的話，已名不正，言不順。於是，他冷冷地下了一道旨令：「從胡俗」。王昭君不得不按照匈奴的習俗，又嫁給呼韓邪的大兒

子。應該說，元帝對王昭君是有相思病的，但他的這個相思卻說不得，求不來，只能壓在心裡，變成痛苦的折磨，天長日久，便又會變成一種仇恨。一個人有了這樣仇恨的心理，往往就會把事情搞複雜，所以，王昭君在他的這種複雜心理的影響下，再次被推向了命運的深淵。

王昭君該怎樣接受這樣的事情呢？接到又讓她嫁給呼韓邪大兒子的命令，她大概會對元帝心生恨意，這樣嫁了老子又嫁兒子的事情，對於在漢文化薰陶下的元帝來說，也是能夠體諒到其中的酸苦的，他為什麼還如此狠心地下了這樣的命令呢？但她不明白，還是她的美，導致了她的這次命運變化；從兩年前她接受冊封的那天開始，她的美就變成了一種不祥的東西，她就變成了一隻被拴死的羔羊，不論到了什麼時候，她都無力掙脫那根繩子的束縛；她被扔進了命運奔流不息的大河中，她不會獲得一根救命的稻草。另外，她可能永遠都不會知道元帝對她抱有一種複雜的心理，把一種得不到就毀掉的失落發洩在她身上。

這時候，我們發現王昭君沒有依她的性格來處理命運。以她強烈和總是要給自己尋找出路的性格來說，她會就這樣聽之任之地接受事實嗎？實際上，此時的她已變得孤苦伶仃，沒有誰能夠幫她的忙；朝廷不讓她回去，返回故鄉的路便在她腳下斷了，她唯一要走的路還在西域。她也許在傷感了一段時間後，便慢慢地認命了，命運已經這樣了，她一個弱女子又能如何呢？既然認命了，那就得依照元帝的指示，再嫁呼韓邪的大兒子。這樣的事情對於在漢文化薰陶下長大的王昭君來說，是一件天大的難事。但丈夫死後又嫁給兒子這樣的事情對匈奴來說，也是一種文化，在西域並不反常，所以，匈奴大概不會為此而有顧慮。不久，王昭君再次成為新娘，嫁給了前夫的大兒子。呼韓邪的大兒子是呼韓邪和第一任妻子所生，和王昭君年齡相當。就這樣，王昭君由娘變妻，再次在西域待了下去。在孤獨無助，別無他法的情況下，她做了這樣一個無可奈何的選擇。從更高的層面來說，她又為朝廷出了一份力，為繼續鞏固漢朝和西域的關係作出了貢獻。也許，元帝不讓她回來，也有這個意思。

一切都平靜下來後，王昭君是不是應該看到，當初自己做出要嫁西域匈奴的驚人選擇時，就註定要遭遇今天這樣的命運。兩年前，她想要一份比「黃金牢籠」好一些的生活，她的這個計畫實現了，但在短短的兩年時間裡發生了這麼多讓她未曾預料的事情，她無力再掙扎，再也沒有什麼可供她選擇，更沒有什麼供她和再嫁這樣的事情做比較，以挑選一個她願意要的東西。紅顏薄命，這四個字在王昭君身上體現得淋漓盡致。走到這一步，弱女子王昭君成了一步死棋，已沒有一點突圍的辦法。

在二十一世紀的今天，我們應該怎樣對王昭君作最正確的詮釋呢？因了她是背負使命出關的，所以，在歷史上她是一位「和平使者」和「愛的女神」。但當我們理解了她，我們是不是應該還她一份真實，讓她成為一個會在我們的生活中出現，會打動我們的一個女人呢？另有人說，草原牧民最崇拜的是兩個人，一個是成吉思汗，另一個是王昭君，而王昭君死後，在漢朝又有誰為她歌功頌德，說過安慰她魂靈的話？

假如王昭君不主動請求遠嫁匈奴，事情又會發生怎樣的變化呢？可以肯定的一點是，她因此就不會堪負那麼沉重的命運。再則，漢朝和匈奴的關係也由此可能會惡化，不會有那一段時期的「西邊」安寧。有人說，王昭君是改變匈奴命運的十分重要的漢族女人。因此，在國家的大棋盤上，她還是有功勞的。呼韓邪覺得漢朝是認他這個女婿的，從此以後匈奴再沒有惹是生非。但這些對王昭君來說都無關緊要，她想要的，是她內心渴求的那份平淡、安寧的生活，當她終於看見連那樣一份生活都無法得到時，她也許會由此而心寒意冷，再也打不起精神。一個女人，在命運中想頑強的抗爭，無奈命運太苦，最終未實現心中一丁點希望，就那樣走完了一生。

王昭君是一個堅強的美女，只是在歷史上，她的堅強被她的美蒙蔽了，人們只知道她的美，很少知道她的堅強。她的美是天生的，所以她的美不需要用什麼維護，而她的堅強在內心，一般不會輕易被發現，所以，在世人的眼裡，她只是一個美女。美，實際上在有時候是孤獨的。

千萬遍呼喚，千萬個讚美，也難安撫王昭君那顆淒苦寒冷的心。

在命運的大河中，她掙扎著浮上來，又沉了下去。

蔡文姬：胡笳落雪

一

按時間推算，蔡文姬出生于父親的流放途中。她的父親蔡邕是一個有正義感的人，而且非常有才華，他對蔡文姬能夠成長為一個才女有著很大的影響。蔡邕是東漢中郎將，與曹操是好朋友。不知道當時的中郎將相當於今天的什麼職務，但有一點卻可以肯定，蔡邕是國家政府機關的人，各方面都應該不錯。但蔡文姬出生時，父親因為惹禍上身，已被貶為庶人，帶著一家人在外流放。在這樣的情況下，蔡文姬雖然沒有優越的家庭生活，也沒有較好的童年和少年生活，但父親還是給她提供了很好的文化薰陶環境，她是一個好學的女孩，自小就跟著父親學辭章、數學、天文、音律、書法等。可以說，是一個全才，在小時候打下很好的基礎。在那種處境裡，其實談不上什麼學習條件，加之女孩子出門也受多種觀念的約束，所以，蔡文姬只能是自學，學了多少東西，學到了什麼程度，只有她自己知道，對於外界，因為無法通過高舉那樣的機會體現，外人是無法知道這個女孩子念了多少書，肚子裡裝了多少東西的。

父親當官，順利了，兒女跟著沾光；而要是有什麼差錯，他頭上的那頂烏紗帽一不小心被摘掉，兒女們自然就跟著要倒楣。蔡邕為人正直清廉，鄙俗惡邪，從不畏權貴，敢於諍言

直諫。他這樣做是否正確呢？為人為官，都似乎應該這樣，堅持正義可以體現出一個人的精神價值。但在官場上混，一直這樣做是不是容易招惹是非，帶來麻煩呢？如果蔡邕能在該秉直時就秉直，不該秉直時就見風轉舵，靈活處理事情，可能會好一些。然而，要命的是，蔡邕的秉直是天性使然，他就是這麼個性格，誰也改變不了。時間長了，他為人秉直的性子恐怕就要惹麻煩了。

其實，好事和壞事都是一點點積攢起來的，到了一定的程度，就要像火山一樣爆發。到了西元一八九年，蔡邕再也邁不過命運中的一個大坎了，他因為向漢靈帝諫言要治理時弊，觸及大太監程璜和尚書令陽球為首的利益集團的要害，便惹麻煩上身了。這是幾個小人，你收拾不了他們，他們一旦像惡狗一樣跳起來咬你，那你的處境就危險了。果不其然，他們悄悄合計好，給蔡邕扣了一個罪名：蔡邕在私下怨恨國家，揚言要推翻朝廷，要謀害大臣，他叵心陰謀的最後目標是皇上。這一招夠狠的，直接說你對皇帝老兒有企圖，讓皇帝來收拾你，看你還有多大的能耐翻身。更要命的是，此時的靈帝不光糊塗，而且已被奸黨架空，於是便聽信讒言，不分青紅皂白將蔡邕打入死牢。蔡邕多次上書申冤，均被那幾個小人扣壓。此時，那幾個小人是多麼高興啊！蔡邕的上書，有可能就被這些小人撕了，燒了，如石沉大海，無一能遞到靈帝跟前。

好在後來中常侍呂強站出來說話了，蔡邕的命運才有了一線轉機。呂強在朝廷很有威望，說話也有份量，幾次竭力向靈帝面奏，說蔡邕是清白的，而且他孝德兼備，有功於漢，才使靈帝起了惻隱之心，下令免去蔡邕死罪，與家屬一同發往邊關，從此以後終生戴罪，不再以赦令除。就這樣，蔡邕才算保住了性命。回到家，讓家人收拾好東西，然後出門上路。上路時，不知蔡邕是何心情，從不低頭從不嘴軟的他，到了這種地步不知是否會為自己反省。史書上對蔡邕的心情未做記載，在今天，我們只能猜個測。也許，他因為難改兼直性格，所以他仍不屑一顧，在內心鄙視小人的作為；但作為丈夫和父親，看著妻兒跟著自己受牽連，昔日養尊處優的生活已一去不返，他不可能不心酸吧？自己當這個官幹什麼呀，弄到最後落得如此下場，真是妄為。一聲長歎，蔡邕就那樣無可奈何地踏上了流放之路。

二十年後，他結束流放回到了洛陽。史書上未對他這二十年的流放生活做任何記載，也不知為何破了「不再以赦令除」的皇令，給了他一條生路。但可以想像，他這二十年像蘇武在貝加爾湖十九年、張騫在匈奴十三年一樣，肯定是苦不堪言，度日如年的。回來後，朝廷已是董卓挾帝專政，一團烏煙瘴氣。董卓見蔡邕名氣大，想把他拉攏到自己一邊，他恐懼於官場上的你爭我鬥，便稱自己有疾病，婉言謝辭了。董卓想用蔡邕，在三天內給了他三個職務，而且一個比一個大，是真正的平步青雲。但蔡邕對做官已沒有一點興趣，所以在那三天裡像啞巴一樣沒有吐出任何回應的話。到了第三天下午，董卓怒不可遏地放出話，再不就職就滅你九族。董卓這樣一下子就要了蔡邕的命了，他可以置自己的生死不顧，但不能連累妻子兒女呀！沒辦法，蔡邕只好又穿上一身官服，幹起了當官這個讓他頭疼的事情。

不知道蔡邕對這件事好好思考過沒有，按常人來說，他是不會再進官場的，以前步上當

官這條路，弄得在邊疆一待就是二十年，好不容易回來，過上了小康生活也就行了，何必再去混那一官半職呢？也許，迫使他又走仕途的原因是董卓揚言如他不聽話，就滅蔡家九族，把他給嚇住了，看著聰明伶俐的女兒和蔡家一大幫子人，他便只能麻木地接過那身官服，苦笑一聲，無可奈何地穿到了身上。他也許做了這樣一番比較，此去就算是最終惹禍上身，丟了性命，也是一個人死，比現在牽連全蔡氏族人要好得多。這麼一想，他反而無所畏懼了，按照上級指示很快就位任職。天下當官這事，凡有意為之者，哪個不削尖腦袋拼命往烏紗帽裡鑽，唯有才高八斗的蔡邕是如此的不情願，可見，當官也並不是什麼好事。此一去，正如他所預料，果然又惹禍上身。不久，他因為董卓和王允之爭再次身陷大獄，於六十歲那年被董卓的死對頭王允殺於大獄。一個人就這樣結束了一生，讓人覺得真是可惜，如果他不當官，以他的才識，完全可以成為一個大藝術家，可留名于史，芳香百世。據說他在臨死前才明白了這樣的道理，上書王允，願意以被剁去雙腳為條件，讓自己完成漢史的寫作。他想效仿司馬遷「受宮廷之辱，而作史記」，但王允哪裡能容得下他呀！王允認為他是「董黨」，非除死他不可。

這是一件多麼讓人感到心酸的事情，一個人不想當官，但卻不得不去；當了官，最終的結果只有一死。所以，當官這個表面上看似輝煌，裡面隱藏著酸楚的事情，絕非一般人看到的那般簡單。蔡邕就那樣死了，按他最初的設想，他的死換來了蔡家一幫子人的性命，如此這般，不知他是否可以安然地閉上眼睛了。

這一年，蔡文姬才十五歲。父親死了，家裡的支柱便倒了，她只好隨母親奔波。十六歲那年，她嫁給了一個叫仲道的男人，不曾想婚後不到兩年，丈夫就忽然暴病而亡。沒辦法，一個年紀輕輕的姑娘變成了寡婦，只好提上東西回娘家去。從這時候開始，一個背負坎坷命運的蔡文姬出現在了我們面前。與父親當官的那幾年相比，這時候的她是多麼可憐啊！那幾年吃得好，穿得好，住得好，而現在的生活已一落千丈，與昔日相比簡直判若兩人，猶如天上地下。而更讓人心寒的是，一年後，她母親又不幸去世，十九歲的蔡文姬，一個小寡婦，內無家親，外有宿仇，哪裡才是她的歸宿？從有關她的文章中知道她長得很美，溫存柔情，體態豐滿，加之博學多才，顯得很有氣質；加之她才只有十九歲，所以在當時她應該是最美時候，但命運變化很有可能使她愁腸百結，常常以淚洗面，一幅苦不堪言的樣子。蔡文姬的苦是出了名的，但誰也無法把手伸到兩千多年前去拉她一把，從他父親開始，她們家就像山頂的一塊石頭，先是耀眼奪目，人人仰視；後來立不住腳，就開始鬆動，向山下滾去，這是誰也無法挽救的命運事實，似乎不落到痛苦的深淵底部，就不會停止。

蔡文姬是一個弱女子，對此又能如何？

二

不久，蔡文姬又遭遇了更悲苦的命運。興平二年（西元一九五年），天下大亂，匈奴乘機南下鬧事。當時的形勢，在蔡文姬後來所做的追懷悲憤的詩章中可見一端：

漢季失權柄，董卓亂天常。
志欲圖篡弒，先害諸賢良。
逼迫遷舊邦，擁主以自強。
海內興義師，欲共討不詳。
卓眾來東下，金甲耀日光。
平土人脆弱，來兵皆胡羌。
獵野圍城邑，所向悉破亡。
斬截無孑遺，屍骸相撐拒。
馬邊縣男頭，馬後載婦女。

這個董卓，一番胡鬧後沒把事弄成，卻使天下大亂。匈奴這時便能隨意南下打獵，常常圍住一個「城邑」攻打，企圖衝進城去劫掠一番。由於此時的漢朝基本上處於無政府狀態，所以匈奴常常所向無敵。一番折騰後，他們在馬上掛滿漢朝男人的人頭回去報功，而馬後則載著他們擄來的漢朝女人，要帶回去享用。

這時候，人們都遠遠地躲開匈奴，為生存四處尋找新的家園。人們在當時對國家無法寄予厚望，更無力保衛自己的家園，匈奴一打過來，就不得不又往別處逃去。人在戰爭面前都是弱小的，只能想辦法對其避之。在逃避的過程中，蔡文姬也許在內心感歎過人世間的悲苦，感歎過生命在戰爭這個遊戲場上的微弱，但她是一個弱女子，除了感歎又能做些什麼呢？從現實的角度而言，她只有逃。而從更現實的角度而言，她可能在內心渴望戰亂早日結束，讓自己的生活安靜下來，找一個好一點的人家把自己嫁出去。這是一個女人很現實的想法，如果不發生意外，不難實現。

然而，命運往往會突然發生轉折，在一瞬間改變一個人的一切。一天，蔡文姬與一群匈奴騎兵遭遇，匈奴很是驚訝，這麼漂亮動人的漢朝女子，真是少見，想擄回去。匈奴騎兵將她團團圍住，蔡文姬無處可逃，被他們縛到馬背上向西域駐地駛去。天下亂，人易散，無處不見屍骨寒。就連匈奴，也可以隨意到漢朝來走動，而且還是有規模的騎兵隊伍，這不是明擺著的侵犯嗎？無政府，便無人站出來為國恥民難主持公道。災難落在蔡文姬這樣一個弱女子身上，她更無力反抗，只能任人擄俘。一個女人遭遇這樣的事情，無外乎還是因為她是一個女人而惹禍上身。每個女人天生身上都有美，而這種美一旦被邪惡的眼睛盯上，災難很快就會降臨。蔡文姬因為身上的美招惹來災禍，最後必將要用身上美來承受別人對她的蹂躪。這就像我們常說的那句話——紅顏薄命，這句老話有時候說的其實就是女人由於性別而導致的悲劇。

蔡文姬被擄，會是怎樣的一種心情呢？被漢文化薰陶長大的女子，必然首先會害怕失去貞潔，會極力想擺脫匈奴，憤然要求他們放了自己。但匈奴卻對此並不理睬，他們可能反而會覺得漢朝女子與西域女子的不同，這樣便更加刺激了他們，他們也許一路高歌，狂笑著，把蔡文姬帶回了西域。回去後，他們把蔡文姬獻給了南匈奴左賢王，左賢王又把她縛在馬背

上向駐地疾馳而去。任何一個女人，被別人擄去的心情都是悲痛欲絕的，況且擄她者為野蠻的匈奴。一路上，蔡文姬的淚水已幾近流乾，望著馬蹄下閃過的炫目的礫石，她的心也許一一破碎了。到了駐地，她遭受了一個女人最不能接受的污辱——強姦。此時的她淚已乾，心已碎，就連被姦污也是早已預料到了的，所以，她沒哭也沒叫，只是任由左賢王蹂躪著她麻木的身體。

這時候，我們應該注意一個問題，那就是蔡文姬被擄，未引起任何人的注意。正如她在詩中所說，匈奴這時候是：「馬邊懸男頭，馬後載婦女」。人人都在逃命，誰還能顧得上別人，也許有人看見蔡文姬被擄了，也只顧躲得遠遠的，怕牽連上自己。她只是在後來才與政治沾上了邊，而被擄時她只是一個沒有任何身份和地位的弱女子，她的內心一定絕望致極，只想著找個機會尋短見。但左賢王把她看得很嚴，以致她從來得不到自殺的機會。蔡文姬在西域的悲苦生活就這樣開始了，苦難變成了她必須要接受的事實，被擄變成了婚姻，因為左賢王已向外宣佈，他正式娶蔡文姬為妻。蔡文姬肯定是不能接受這樁婚姻的，她也許想反抗，但怎樣反抗，反抗的力量在哪裡呢？幾經折磨，她便不得不同意；事已至此，又怎麼能由她說了算呢？同在她後來所做的詩中，對此寫得細緻而又悲愴。早上，她總是哭醒，夜晚則悲傷憂思，久久不眠。她一直想死，但卻一直找不到死的辦法，而活下去，卻不知道有什麼值得一活。思來想去，仍無出路，最後便讓內心變得更加失落，蒼天啊，我本是一個無辜的女子，你為何讓我遭此災禍。她在無奈之下仰望蒼穹，除了有幾顆稀疏的星星點綴其間外，其餘皆為烏黑厚重的流雲。她把目光向下，便看到常年積雪的山峰，山上的積雪封閉了去山外的道路，她木然地望著，不知不覺又是一陣心酸。

蔡文姬在後來寫的一個辭章中記錄了她當時生不如死的生活：

冥當寑兮不能安，
饑當食兮不能餐，
常流涕兮眥不乾，
薄志節兮念死難，
雖苟活兮無形頟。
唯彼方兮遠陽精，
陰氣凝兮雪夏零。
沙漠壅兮塵冥冥，
有草木兮春不榮。
人似禽兮食臭腥，
言兜離兮狀窈停。
歲聿暮兮時邁征，
夜悠長兮禁門扃。
不能寐兮起屏營，

登胡殿誇臨廣庭。
玄雲合兮翳月星，
北風厲兮肅泠泠。
胡茄動兮邊馬鳴，
孤雁歸兮聲嚶嚶。

這些詩讀來讓人忍不住要掉淚。蔡文姬不適應高原生活，常常昏昏沉沉睡去，但從來都沒有睡安穩過。肚子餓了，帳篷裡只有生牛羊肉，沒有可以咽下肚的東西。如此寢食不安，她終日以淚洗面，臉上的淚水從來都沒有乾過……，拋開蔡文姬深厚的詩學功夫不說，單就詩中的感染力而言，它讓人覺得有一把刀子在割人的心。

痛苦，這個扭曲變形的惡魔，一旦降臨到你身上，你必然就要承受他對你的摧殘，你要麼反抗，要麼忍受，只有忍過一定的時間，才能從中解脫。對蔡文姬來說，她是人在匈奴心在漢，要想擺脫痛苦，就不是一件容易的事情了。她本身就處在一個不停滋生痛苦的位置上，或者說，她已經完全被痛苦化解了，時間長了，她便也就麻木了，能吃的時候吃一點；天氣好的時候，到外邊走一走。慢慢地，心境較之以前已大有好轉。接受了悲愴的命運事實後，蔡文姬便開始接受西域這個地方，之後，必然接受的就是人了。

這時候，有人從漢朝來了西域。蔡文姬非常高興，飛奔過去找他們，從他們嘴裡聽到了家鄉的消息，她高興不已。家鄉，在她心裡已經變得像夢一樣遙遠；多少個日日夜夜，家鄉和親人都是漾動在她心頭的漣漪，那些親切的笑臉和深情的話語，就像漣漪一層一層擴散開，又一層一層聚攏來的波紋。現在，有人帶來了家鄉的消息，她的心又為之波動，想離開西域回去。然而，這時她卻懷孕了，腹中的孩子並非她想要，是左賢王強迫而為的結果，但她卻不得不把孩子生下，如果不生下孩子，左賢王就會要她的命。難啊，這樣的事情讓她怎麼去做啊！？不得已，蔡文姬在內心悄悄打消了想回去的念頭，把孩子生下，當了母親。一個女人既然當了母親，自然要擔負起做母親的責任，從此，蔡文姬便只能把回歸的想法埋藏在心。孩子慢慢長大，她的神情卻變得黯然，很少再有高興的時候。別人有心事，可以說出來，可以哭，可以鬧，唯有蔡文姬從不吭聲，她變成了一個無法說出心裡話的女人。

她的心事有多重，誰都不得而知。

三

她在匈奴中生活了十二年，生二子。這十二年是怎樣的十二年，《胡笳十八拍》作了淋漓盡致感人肺腑的傾訴：

> 竭逼我兮為室家，
> 將我行兮向天涯……
> 對殊俗兮非我宜，

遭惡辱兮當告誰……

氈裘為裳兮骨肉震驚，

羯羶為味兮遏我情。

這時候，一個悲苦交加的女子的神情與面容，已一無遺漏地展現在了我們面前，她的淚已經流乾，心又開始流血，她內心的隱痛在風雪之夜也像風雪一樣在彌漫；她有苦不能言，有痛不能叫，她的內心是何等悽楚悲涼啊！

實際上，蔡文姬在匈奴中的十二年有很多事很動人，前面已經說過的《胡笳十八拍》中提到，她是吃不慣匈奴的東西的，尤其是生牛羊肉，她一口都咽不下。左賢王為蔡文姬的這種表現很是惱火，但他不會，甚至也不懂用感情與蔡文姬交流，他習慣性地仍想用武力征服蔡文姬，因此，打罵和污辱便是常事。一天，左賢王又讓人給蔡文姬送來生牛肉，逼她吃下，蔡文姬久久未動，這時候，她想起了故鄉，想起了親人，想起了以前常吃的那些東西，不知不覺地拿起餐刀，在牛肉上刻了一個「漢」字，她雙眼瞅著那個字，淚水止不住流了下來。這時，帳篷外傳來左賢王回來的腳步聲，蔡文姬大吃一驚，趕緊用刀把那個「漢」字割下，強迫自己吃了起來，左賢王進來見此情景，以為蔡文姬終於屈服，發出哈哈的大笑聲。我們不難明白，蔡文姬在那一刻是將淚水和生牛肉一起咽下肚的。畢竟蔡文姬在胡生二子之後，並未平息心中被擄占的怨恨，並沒有充當一個「和平女神」。十二年背井離鄉的屈辱生活，迫使她居然向天向神也發出了憤怒的質問：

為天有眼兮何不見我獨漂流？
為神有靈兮何事處我天南海北頭？
我不負天兮何配我殊匹？
我不負神兮何殛我越荒州？
——《胡笳十八拍》

這是讓人感到撕心裂肺般的詩句。當蔡文姬伴著胡笳緩緩唱起，淒涼透骨的音樂大概就真的像一場大雪落了下來，人是無力承受這樣的大雪的，只有早已蒼老了的大地可以用無言與之相融。至此，蔡文姬的「唯我薄命，殊俗心異，莫過我最苦」的慘痛遭遇，已撼天動地——一個弱女子的苦，誰還能比？

蔡文姬啊，誰都知道妳的苦痛無邊，誰都知道風雪再大也沒有你的苦難大，但妳被千山萬水阻隔在西域，誰又能救得了你呢？

四

蔡文姬後來能夠歸漢，得益于她父親的好友曹操的搭救。多虧曹操對文化有這麼點愛好，打聽到蔡文姬可以完成《續漢書》的工作後，便與匈奴單于呼廚泉商量，他願以重金贖回蔡文姬，如匈奴不同意，他即刻發兵西域。匈奴害怕了，趕緊答應了他的要求，蔡文姬因而就有了回歸家鄉的機會。對於蔡文姬來說，這個機會簡直就是從天而降，有了曹操這樣的

大人物的幫助，她的命運轉瞬間便出現了新的生機。

要離開匈奴了，蔡文姬反而變得惆悵和更加傷感了，看著兩個腮邊掛滿淚珠的孩子，她下不了棄他們而去的決心。她知道，這一別也許永無見面之日。作為母親，她畢竟心有母性之愛，難以割捨下兩個親骨肉。怎麼辦？一邊是家鄉，一邊是兩個親骨肉，如何是好啊！這時候，曹操又一道命令摧來，不能再錯過機會了，蔡文姬一咬牙做出了棄子回歸的決定。這是一個多麼難下的決定啊！這個決定一下，就等於從此再也無法承擔做母親的責任了，從此徹底忘了這兩個親骨肉，連想都不能想，如果忍不住一想，就會日不能食，夜不能寐。

史書上對她離別的情景記錄得甚為詳細。要走了，兩個孩子上前抱住她的脖子，問她要到哪裡去，什麼時候回來，我們捨不得你走。蔡文姬無言以對，孩子的話儘管是頑童的哀求，但卻求得真摯深切，讓人不忍聽下去。蔡文姬聽著這些話，她的心一定撕裂般疼痛，還有什麼能比尚處年幼的兒子求母親更能讓人動心呢？此番情景，蔡文姬有可能感到自己五內俱焚，覺得自己似乎要發瘋了，但她還是咬著牙轉身走了。蔡文姬每往前走一步，心便會碎一塊。終於上路了，然而這時候出現了更讓人難堪的場面。「馬為立踟躕，車為不轉轍」。怎麼會這樣呢，連車和馬都有了反應，馬不願意走，車不能動，難道馬和車都明白一場母子生死離別的悲劇正在上演？這是最後一道坎，天地萬物皆有靈，看出蔡文姬要棄子而去，似乎要伸出手攔她一下。蔡文姬如果邁過這道坎，就不會再有什麼能攔住她了。她沒有猶豫，咬著牙邁了過去。這一步邁過去，《續漢書》的作者就出現了。

回到中原，曹操親自出面協調，讓蔡文姬嫁給了董祀。在眾多史書中，曹操出現得並不多，但在蔡文姬這件事中，他的形象顯然是清晰的，這就有理由讓我們相信，生活中的曹操是真實的，如果讓他從戰爭中站出來，放下刀槍，他身上會有一些折射人性的東西顯現出來。蔡文姬是幸運的，哪怕曹操只是偶爾顯露出了他一生中唯一的一次真實，猶如上天只落一滴雨，但正好落在了她頭上。雖然曹操贖她另有所想，但能夠救她脫離水深火熱的苦海，畢竟換了曹操是誰都無法辦到的。蔡文姬啊，你吃了那麼多的苦，現在，老天終於對你開眼了！

然而好景不長，不久，董祀因屯田失職犯了重法，曹操要將他處死。命運啊命運，你怎麼就不給蔡文姬一個喘息的機會，好不容易從西域回來，好不容易成個家，你現在難道又要讓他守寡不成？蔡文姬趕緊從整理《續漢書》的書閣中跑出去向曹操求情，經由他從西域把自己贖回這件事，她覺得曹操是一個能夠體貼人，尤其是能夠體貼女人的人，我今天去求他一次，請他免我夫君不死。否則，夫君一死，我還哪裡有心思去寫書啊！我在書中天天寫著別人的事情，而我自己的生活卻發生了這麼大的變化，我一定得先把自己的事情處理好，才有多餘的心力去做其他的事。

有人曾猜測，曹操救蔡文姬回來，並非只念與蔡邕是舊好故交，也並非只是為了寫一本書而為之，他極為可能愛蔡文姬。這種可能性會不會有呢？如果有，那曹操的愛就意味深長了。以曹操這樣的人，他在內心想要一份什麼樣的愛情呢？他曾說「對酒當歌，人生幾何？」。他如此這般是有了幾份豪邁，但女孩子會不會喜歡他這種東西呢？如果喜歡，又該

怎樣承受他，與他一起去尋找共同語言？在這一點上，曹操不如王允會玩，當貂蟬扭動著水一樣的腰肢在王允的懷裡纏綿，問出一句「『貂蟬』是何意」時，王允儘管有些不高興，但他仍懂得如何用公子哥的手段去調情，他說：「意為狐狸精」。曹操絕對不屑于在一個女人面前放下大丈夫的尊嚴，說一些酸溜溜的話，他在內心渴望的愛情肯定不是那種泡妞或養情人之類的事情，他的愛一定是人世間罕見的高大而完美的那種，沒有碰到合適的人，所以他不愛。那麼到了現在，把蔡文姬從西域救回來了，他是不是該好好地愛一場了？以曹操的地位，蔡文姬的品味，兩個人手牽手走在一起，想必是明豔端方，光彩照人的一對，但他卻出人意料地將蔡文姬許配給董祀。董祀不敢違抗丞相授意，和蔡文姬結了婚。曹操有此反應確實顯得微妙，蔡文姬才高比世，而他又處在一個十分重要的位置上，他不得不考慮長遠一點，不可讓兒女情長的事情伴住手腳。看看吧，要想當大人物，有時候就是這樣難啊！而大人物遇上這樣的情況，一般都會冷靜處理，這也許是要當大人物所必須成熟的一面。曹操這樣做，對於聰明過人的蔡文姬來說，肯定是看出了隱情的，但她又能怎樣呢？這樣的事情不能說，不能問，只能讓它就那麼過去。

所以，蔡文姬在緊要關頭去找曹操，想必她是無奈而為之，硬著頭皮去的。要不是人命關天，她也許不會這樣做。但她這樣做很對，我們可以按一般人的心理為蔡文姬設想一下：她可以這樣想，你要用我，我會全力以赴去做，但現在我有困難，你就應該幫我一把，讓我把困難解決掉，才能專心做事。這不過份，是很現實的事情，蔡文姬完全可以放心大膽地去找曹操。當時，曹操正在招待遠方驛使，聽到蔡文姬求見，便向眾賓客說，我這裡有一個才女，是蔡伯喈（蔡邕）的女兒，給大家介紹認識一下。說完，讓人傳蔡文姬進來。蔡文姬蓬頭徒行，一進門便叩頭請罪。曹操見她如此赤誠，說：「誠實相矜，然文狀已去，奈何？」蔡文姬知道他有奔馳如飛的好馬，就說：「明公廄馬萬匹，虎士成林，何惜疾足一騎，而不濟垂死之命乎？」曹操深為這個女子有如此清醒的頭腦而感動，他當即下令追董祀而回，免罪。這時，他才注意到蔡文姬衣衫十分單薄，就命人賞她頭巾履襪。蔡文姬說：「明公您用重金將我贖回，我並不動心，因為我心已死；而今天明公之為，讓蔡文姬感激不盡。」曹操畢竟是一個玩政治的人，他有他的用心：「我聽說你們家抄有許多墳籍，現在能不能想起來？」蔡文姬回答說：「能背四百多篇。」曹操十分高興，當即令人備好繕書狼毫，讓她寫下那些墳籍。蔡文姬寫完離去時，曹操也許望著她的背影久久不語，蔡文姬在胡之事他是知道的，但他不明白這個女子為什麼在自己面前隻字不提呢？也許，只有蔡文姬在後來所作的《詩二章》中的兩句詩是曹操疑問的答案：流離成鄙賤，常恐復捐廢。一個人吃了那麼多的苦，受了那麼大的罪，她害怕那樣的事情重演，所以是不會向別人說起自己的經歷的。長期流離西域，終於離開，已實屬萬幸，誰能不害怕再回去，再過那樣的日子呢？

救了丈夫，蔡文姬又回到書房，夜以繼日地寫作。也許，她偶爾抬起頭，見明月高懸夜空，有時厚黑的雲朵將它淹沒，有時它又從中穿越而出，灑下明亮的月輝。她凝思片刻，便撥亮油燈復又開始寫作，那扇窗上的燈光每夜總是亮到很晚，一個瘦弱的女子剪影印在窗戶

文成公主：內心的鏡子之碎

一

在拉薩街頭，遠遠地就可以看見小昭寺。它周圍的藏式建築五光十色，頗為華麗，但它卻通體只是紅褐一色，顯得莊嚴肅穆，有幾份凝重之感。

小昭寺的小是否是被大昭寺的大對照出來的，在歷史上，小昭寺也曾輝煌一時，與大昭寺遙相呼應，有一段時間，它的名聲甚至比大昭寺還大，因為在它的正殿，立著文成公主從長安帶來的釋迦牟尼十二歲像。後來，這尊佛像被移到大昭寺內，在小昭寺舉行的佛事越來越少，它便慢慢變得沉寂了。

小昭寺坐北向南，與周圍整齊劃一的建築又不一樣。據說，這樣的坐落方向是按文成公主的意見建立的。小昭寺是松贊干布為文成公主建造的，可能在當時徵求了她的意見，她剛來吐蕃不久，思鄉心情未了，所以便想讓小昭寺向著家鄉的方向。這是一種本能的心理反應，她想讓小昭寺一起與她眺望。但仔細一想，其實她這是小孩子脾氣，但松贊干布喜歡她，所以便爽快地答應了她。這一望，幾百年時間過去了，小昭寺仍不改初衷，但文成已在地下長眠，不論她有怎樣難了的心事，都已在時間裡化成了塵埃。

二

文成大概是和親的公主中走得最遠的一位，就所處的地理環境而言，她也最苦，她的個人生活最不為人知。所以，我們不知道她在吐蕃是否悲觀，是否頑強地改變了自己的命運，是否用追求個人理想的狂熱沖淡了高原的寂寞；她的生平沒有被記錄在歷史冊頁上，是不是說明她在吐蕃的生活是平淡無奇的？所有的這些猜想都沒有足夠的說辭證明其真正存在過，我猜來猜去，心思還是怏怏地落在了一個「苦」字上。這是何其了得的一個「苦」字，它包含了這些女人們一生的酸痛命運。

從地理環境上而言，她們出嫁的地方確實很艱苦，她們柔弱的身子似乎有些難以堪負，讓她們去過那樣的日子，似乎又有些不公平，但沒有她們的付出，中原政府好像再找不出更好的維持邊疆穩定的辦法，所以，也就只能讓他們去扛國家的大樑。她們一個個含淚而去，這一去，她們大多都生未返還，死在了異地他鄉。有一點不容忽視，有那麼多男人雄心勃勃地出使西域，要和匈奴、突厥人等掰手腕，但他們卻都並沒走多遠，走在他們前面的，是這些女人，她們才是真正發揮出了作用的使者。漢朝與西域的關係錯綜複雜，在起起伏伏的歷史煙塵中，她們的面容始終是清晰的，從未在時間中消失。

從細君開始，一路下來有十幾個公主嫁到了西域，她們中間的大多數人不為人知，在今天就是翻爛史書，也找不到她們的點滴生平，而能數上姓名的，大概也就只有細君、解憂、王昭君、文成等這麼幾位，其餘的公主們都被人們遺忘了。對平常百姓來說，這種遺忘並不為過，但對於皇帝們來說，不為這些作出了巨大奉獻的女人們說點什麼，不給她們功勞，似乎就有些說不過去了。一人不可為王，你之所以能在那把龍椅上坐安穩，享受超級老大的感覺，正是這些人的付出在起支撐作用，但皇帝們在超級享受中似乎將這些女人們遺忘了，誰也沒有為她們說上幾句好話，更沒有把她們載入史冊，使她們的生平變成了空白。

到了唐朝，公主遠嫁西域的事情卻依舊赫然醒目。從西漢到唐朝，七百多年的時間已經過去，這種讓女兒們背井離鄉，獨自迎向險境，迎向血火，迎向悲苦的軟弱作為，怎麼還能夠得以延續。一件事能夠持續這麼長時間，一定有它的作用，但這種作用力是什麼呢？就是她們為維持漢朝與西域的友好團結、和平所產生的作用吧，不論她們的個人命運怎樣悲苦，但她們在維護和平時所產生的作用還是功不可沒的，只要中原朝廷把公主嫁到西域，西域馬上就能安靜下來。我覺得這是一個態度問題，漢朝慷慨大度，說嫁就嫁，匈奴、烏孫和吐蕃從心理上得到了被認可的感覺，也就不再鬧事了。但和親絕對是一種下策，如果中原強大，匈奴怎敢輕易來犯，一個大人手握雙拳威風凜凜地站在那兒，嚇都可以把一個小孩子嚇住。但中原朝廷因為實力單薄，無力將大軍開拔到遙遠的西域，將那些與他們做對的傢伙一舉殲滅，所以，只能採取和親這樣的維持方法，以緩解暫時的局面。

唐太宗李世民與歷代帝王相比，不能算是昏庸的，他怎麼還是採取這種下策呢？仔細一想，覺得還是封建社會的病根在作怪！洪秀全在《天父詩》中做了那麼多的重申，但其中對

女性人性的歧視又是多麼的顯而易見。從古至今，凡是封建體制比較完善的朝代，大概都不會重視女人。當時，在解決邊患這個問題時，常常採取的就是「發兵殄滅之」和「與之婚姻」兩個辦法。發兵不是小事，常常會導致「兵凶戰危」的結果，而採用和親政策，那就簡單得多了，「苟可利之，何愛一女！」在不能「發兵」的情況下，皇帝們便考慮到了女人，在他們眼裡，宮中的妃子在需要的時候可以隨便招來，如不需要，既使她們妖媚如妲妃，娉婷如褒姒，也不會在他們作為天子的秤盤上占多大的分量，更別說有什麼刻骨銘心的愛情。因此，皇帝們給她們賦予使命的時候，也仍然不會考慮她們的個人感受，對於他們來說，一個女人一旦被賦予了某種使命後，他們看重的是她如何完成任務，至於別的，在他們心中則無關緊要。

一女換得天下太平，從政治的角度來說，她們確實發揮出了巨大的作用。

三

文成嫁到吐蕃的丈夫是吐蕃王松贊干布，和文成結婚那年，他二十五歲，正是年輕氣盛之年。關於他的生年一直存在著爭議，有人認為是西元六一七年，有人認為是西元六一六年，兩個說法僅差一年，但一直卻沒有定論。相比較之下，認為他生於西元六一七年的人比較多一些。在十三歲那年，他的父親、時任吐蕃國王的朗日松贊被人毒死，他在諾族叛變，局勢動盪不變的情況下即位，成為吐蕃第三十三代贊普。他沉穩果敢，以一個少年罕見的強硬手段平息了叛亂，使吐蕃恢復統一。之後的幾年，他在吐蕃中樹立了很高的威望，在軍事和文化建設方面均有非凡建樹。

松贊干布與文成公主的婚姻緣於一場戰爭。十九歲那年，他親自帶領軍隊出征，他的目的很明確，要一舉殲滅雄踞青海的吐谷渾王國。要做到這一點，必先將吐谷渾周圍的幾個小國征服，這幾個小王國軍事勢力單薄，攻滅他們應該不成什麼問題，是想到就可以做到的事情。看看，一個年輕氣盛的小夥子，如果老天容許他能幹一些事情的話，加上他有成熟和精到的謀略，那麼他有可能就是一隻猛虎，呼嘯著衝出去，要大耍威風。

松贊干布為什麼要一舉殲滅吐谷渾王國呢？原因有二。首先，他覺得吐谷渾的發展對自己構成了某種威脅。吐谷渾王國地域遼闊，牧業發達，每年還產大量的黃金，與吐蕃形成了強烈的對峙之勢。明眼人一眼就可以看出來，兩隻小老虎都在茁壯成長，終有一日，其中的一隻會把另一隻吃掉。不知道吐谷渾王國的國王是怎樣想這件事的，但松贊干布想吃掉它的這個打算也許在心裡已經醞釀了好多年，現在他覺得時機成熟，到了該出擊的時候了。其次，他要發洩心裡的失落感，證明自己並不比別人差，尤其不比他要消滅打擊的吐谷渾國王差。說起來其實松贊干布有點小孩子氣了，當他得知突厥和吐谷渾王都向大唐求婚「皆尚公主」時，便也向唐太宗「奉表求婚」，然而不知唐太宗出於什麼原因居然一口回絕了他，他氣不過，認為是吐谷渾王在中間做了手腳，所以便要發兵攻打吐谷渾。

但事情卻很快發生了很大的變化，就在松贊干布剛剛把幾個小王國攻下，還沒來得及向吐谷渾進攻時，唐朝卻突然發兵，以迅雷不及掩耳的速度把吐谷渾攻破，並將軍事實力分佈於與吐谷渾緊挨著的吐蕃邊境。兩隻小老虎想鬧事，一隻更大的老虎看不下去了，它要出來主持局面。世界的佈局就是這麼複雜，平日裡你只要安安靜靜地待著，不要鬧事，誰也不會看誰不順眼，而你一旦跳將起來，那他馬上就會意識到你的目的，就會想辦法阻止你。吐蕃在青藏高原有了動靜，唐朝也許馬上就變得敏感起來了——想幹什麼，拿下吐谷渾之後，你是不是想借勢長驅直入，打我大唐的主意？不行，得把這隻小老虎按住，牠被高原長期孕育，一旦竄起就會有麻煩事。就這樣，唐朝發兵先征服了吐谷渾，讓吐蕃的計畫夭折了。其實，松贊干布未必就真的有那麼大的計畫，唐朝也許視貓如虎，把形勢預估得太過於嚴峻了。

不過，松贊干布還是被大唐嚇了一跳，他精心籌謀了多年的計畫被輕而易舉地改變了，他隱隱約約感覺到這隻大老虎的兇猛，於是他審時度勢，收兵返回了吐蕃。一個從十三歲開始就在國家這個棋盤上摸爬滾打的人，其謀略到了這時應該非常成熟了，出擊或後退，他是能夠把握得住的。退回去並不等於失敗，反而可以贏得觀望的機會，以期日後再出擊不遲。回去後不久，這位少年的心又癢癢了。讓他心癢的原因是，他求婚不成，反而被別人搶先，再加上無奈退兵等一連串不愉快的事把他的心堵得慌，他咽不下這口怨氣。沒過多長時間，他決定再次出兵。這次要去打的是一個大傢伙，所以他集結了二十萬軍隊，準備去一拼高低。出征前，他向大唐放出了話，說自己此番是「來迎公主」，「若大國不嫁公主與我，即當入寇。」這個可愛的小國王，如此這般實際上是在逼婚，不知他是否考慮過那樣做是不是合適，會產生怎樣的結果，反正，他就那樣出兵了。李世民當然不會被他嚇住，親自率領五萬人馬迎擊，一交手，便把吐蕃「斬千餘級」。他被嚇壞了，看來大老虎不是那麼好惹的，於是便趕緊帶兵撤回了吐蕃。

看上去平坦的道路，原來不一定適於騎馬，那就改為步行吧。松贊干布很快便調整了方法，派一位使臣去長安「考察一番」，看看大唐到底是一個什麼樣子。臨走時，他叮嚀那位大臣，回來的時候向唐朝提一個請求，請他們也派一位大臣來吐蕃看看。松贊干布這樣做非常好，顯示出他有比較大的胸懷和氣質，也有想讓吐蕃發展壯大的設想。不久，那位使臣和唐朝派出的使臣馮德遐一同返回了吐蕃。在聽取他們的彙報時，一個消息刺激了他，使他的神經馬上變得敏感起來。原來，吐谷渾被唐軍打敗後，國王諾曷缽為了保全自己，已向唐太宗求婚。松贊干布覺得這個被打敗的吐谷渾國王並不糊塗，也沒有在戰敗後徹底喪失士氣，懂得如何挽救自己，於是便趕緊用求婚這種方式與唐搞好了關係，他這一舉動，形勢馬上就好轉起來。但這樣的形勢對松贊干布卻極為不利，他不會不明白，這小子給唐當了女婿，不會不找自己報仇。一隻斷了翅脖的鷹，一旦重新飛起，那它一定是窮凶極惡，殘忍無比的。我與他對峙這麼多年，他一直在尋找機會想把我吃掉，現在他有了強大的後盾，不攻擊我才怪呢？不行，我也得向唐朝求婚。就這樣，吐蕃第一次接近了唐，松贊干布和文成也一點一

點在走近；牽著他倆的是一根無形的繩子，松贊干布為了吐蕃緊緊抓著一頭，絲毫不會放鬆，文成受命於一道皇令，也不敢放鬆另一頭。那根繩子在兩個人之間越來越短，一樁婚姻馬上就要促成。

刀子歸鞘但寒光仍然眩目，雷聲消失但驚悸仍留在心中。李世民也許是出於松贊干布上次出兵的不快，所以在吐蕃松贊干布派人來求親時，他過多考慮的並不是和親這種事情的合理與否，而是怎樣顯示大唐如日中天的威風，給小小吐蕃一些顏色看看。但他萬萬沒有想到，他遇到了一個十分厲害的對手，以至讓他鑽進了本來設計好要去套別人的圈套中。這個人就是松贊干布特別欣賞的輔弼大臣祿東贊，此人謀略過人，僅憑一張嘴便把尼泊爾公主尺尊說到了吐蕃，這次又要憑著三寸不爛之舌把大唐的公主說到吐蕃去。

那天，李世民對祿東贊說：「我們大唐繁榮茂盛，你等只可對我俯首，焉有嫁女一說。」但祿東贊卻一再誠懇求婚，大有不成功絕不返回的架勢。李世民想捉弄一下他，於是便不懷好意地對他說，我給你出五道難題，你如果都能答上，我把我的女兒文成嫁於吐蕃；你如果答不上，就從此別再來叩見我。祿東贊願意答題。第一道題是用絲線穿九曲璁玉。祿東贊不慌不忙地從地上捉一隻螞蟻，把絲線縛在它身上，放於玉口，輕輕向裡吹一口氣，螞蟻便扯起細線從彎彎曲曲的玉孔中穿了過去。李世民微微一愣，又出了第二道難題，一隻羊，一張羊皮和一罈酒，怎樣才能使它們一起消失？祿東贊不緊不慢地邊吃，邊喝，邊熟皮子，同步完成。李世民又出第三道難題，令祿東贊認出一百匹母馬和一百匹馬駒之間的關係。這些馬被趕到祿東贊跟前時，亂七八糟成了一團，祿東贊靈機一動，將一百匹馬駒關進棚裡，不給草料不餵水，第二天一放出來，馬駒們各自奔向母馬去吸奶，答案不言自明。第四道難題，李世民令其辨認一百根頭尾一般粗的木頭的頭與梢。祿東贊把一百根木頭全放進水裡，泡了一會兒，水裡的木頭就全部頭重腳輕地立了起來，上為頭，下為梢。李世民有些吃驚，咬咬牙出了第五道難題，讓文成公主夾雜在三百名美女中，她們穿戴相同，全部一模一樣，他要祿東贊認出哪個是文成。祿東贊來求親之前早已把文成公主的模樣打聽得一清二楚，所以他一眼就認出了眉間有紅痣的文成。這個祿東贊確實厲害，思維清晰，且靈活多變，是個能辦事的好手，怪不得松贊干布把求婚這麼大的事情會交給他，看來松贊干布十分瞭解他，對他很放心。

李世民該怎麼辦呢？堂堂大唐皇帝，總不能說話不算數吧?!無可奈何，李世民不得不把文成公主嫁給吐蕃。

史書上對文成是否願意這樁婚事沒有做什麼記載，但從她站在一群和她長得相像的女孩子中間供祿東贊挑選就可以看出，她是接受了皇命的。在求婚這個過程中，她似乎只是一個配角，主角是李世民和祿東贊，他們二人絞盡腦汁要爭的，似乎也不是她這個公主，而是大唐和吐蕃的高低，他們二人每每口吐一字，都關係著自己的國家，所以，那五道題從表面上看似乎只是在鬥智，實際上每個字都是一個士兵，在不動聲色地衝殺著。當這一場無形的戰爭結束，他們二人大概才會想起文成。對李世民來說，輸了可能在內心不好受，他不願再受

麻煩，就讓人趕緊給文成準備東西，選一個良辰吉日讓她出嫁了。

文成、金城，弘化，寧國……一個又一個公主淚別長安，遠嫁吐蕃、吐谷渾和回紇。像絲綢之路一樣，女兒出嫁之路也被開闢了出來，但它是無形的，每隔一些年，它就會在一個女子的腳下展開，它的延伸和她們的命運是一致的，她們命運曲折的時候，它便彎曲，反之，它會隨著她們的命運的順暢而變得筆直。

它是一條無形之路，沒有人能看清它的形狀。

四

十六歲的文成公主出嫁了，她是怎樣從長安到拉薩的，想必遠遠要比細君、王昭君等人到達烏孫和內蒙要艱辛得多，一路上，她要經歷雪山、寒流、缺氧、高山反應等折磨。像以前出嫁的公主一樣，她要去的地方與她自小生活的貴族生活相比恍若一個天上，一個地下，而且與以前的公主們相比，她要去的是高海拔的地方，連氧氣都不夠，讓她怎麼活下去，怎麼去完成和吐蕃聯盟這麼重大的使命？

一路上，文成公主可能沒說幾句話，咣咣當當的馬車聲輾著高原的沉寂，也輾著她孤苦的心。一路向西，海拔漸漸升高，她的頭開始疼了，呼吸也越來越變得困難起來。高山反應是一個惡魔，它不管走到高原來的人是誰，都會讓你先嘗試一下高原的厲害。踏上海拔最高的唐古拉時，無法想像文成是怎樣度過那些痛苦的日夜的。西元八世紀的唐朝是一個非常好的時代，生活在那個時代的公主無比高貴，當然也有些嬌弱，但忽然之間被置入天寒地凍、空氣稀薄、杳無人跡的高原，這種反差可能會讓她傷心得想流淚。在那樣的痛苦中，她該怎麼辦呢？她可能明白，得把一切都忍住，她是大唐公主，走到這一步是為大唐，也為李世民在走，所以，自己沒有退路，哪怕被高山反應折磨死，也得往前走，自己就是死在高原，為國家犧牲也是應該的。

人的心是活的，怎麼能長久地忍受壓抑的情緒呢？它會本能地產生幻想和嚮往，時間長了，便難以控制自己了。首先讓文成控制不住的情緒是想家，一天又一天，她在高原越走越遠，思念家人的心情也越來越濃烈。最後，因思念故鄉和親人心切，便取出臨行前李世民贈送的日月寶鏡。不知道這世界上是否真有過那樣一個寶鏡，可以從中看到自己想看的東西。但人們說起文成公主時，總是要說起她的這個寶鏡，以訛傳訛，像是真的有過一樣。這便是這個世界上有意思的事情，同一話題，不管是否真假，被人說得多了，便會把人的心越拉越近，人們會理解它，對它傾注感情，等等，它已經不再是原來的那件單純的事物，而是一個存在于人的心靈中的東西。人們每每說起這個寶鏡，倒不是一味地強調它有多麼神奇，而是注重文成將它摔碎這個細節。她在將一個寶物摔碎的那一刻的心理，似乎更牽動人的心，更耐人尋味。

再說李世民，他如果真有這樣一個寶鏡，在文成出門時大大方方地給了她，說明他已經

想到了文成以後的生活會很寂寞，會在孤獨的時候想家，所以就給了她寶鏡，讓她在想家的時候從鏡中看看親人和家鄉。在這件事情上，李世民確實通人情，能夠體諒別人的難處，有君子的風範。但他沒有想到，正是這個寶鏡卻使文成的心死於一瞬，從此斷了思鄉之情，在高原怏怏地打發著自己的生命。

那天，她想看看長安的人們在幹什麼。於是，她拿出寶鏡觀看起來。本來，李世民是讓她到吐蕃之後再使用那個寶鏡的，但她已經等不及了。她把鏡面舉到眼前，寶鏡中的長安一派歌舞昇平、繁花富麗的樣子；人們過著豐衣足食，悠閒的日子，沒有誰牽掛自己的西行，也沒有人為她祝福。文成公主想想自己一路遭遇了那麼多的風暴、雪崩、山洪和無數個寒冷難眠的夜晚，不由得心生悲痛。她一氣之下，將寶鏡摔下了山崖。她大概站在一個高處，寶鏡被摔在山峰間的石頭上，「嘩」的一聲便碎了。也就是寶鏡從她手中摔出的一刻，她對長安的心死了；因為怨恨，她不要家鄉了，從此以後她變成了一個沒有家鄉的人。護送她的人都茫然地看著她，誰也不說話。過了一會兒，她擦去淚水，向大家擺了一下手，隊伍又艱難地向前走去。今天，我們應該怎樣看文成公主摔寶鏡這件事呢？是因為她出身高貴，視寶鏡為俗物呢；還是她悲恨難消，拿它出氣；抑或是發現自己到了這種地步，發現自己以後的生活已與長安毫無聯繫，要與過一種對長安人來說完全陌生的日子，留著這個寶物，只能讓人傷感，還不如扔了！那樣一個稀世珍寶說拋棄就拋棄，連一點猶豫都沒有，是不是說明文成是一個決絕的女孩子？對她當時的心思，我們只能在懂與不懂之間揣摩，但從她毅然決然的作為中，她已經變得無比真實，此時的她已經是一個把一切都寫在臉上的女人。我們不知道她捧完寶鏡後心緒如何，但卻看到了她深陷命運時的真實。

一個人不可能徹底忘記故鄉，故鄉在他內心是一面鏡子，他需要時時從內心的這面鏡子裡看一看親人和故鄉的東西，但文成做得如此決絕，從此不要故鄉，把自己交給了另一個地方。

她的內心是否出現了另一面鏡子？

五

文成公主要進入吐蕃嫁松贊干布的消息像風一樣傳到了青藏高原的每一個角落，吐蕃人很高興，用馬匹、犛牛和船隻組成一個迎親團，來迎接文成公主。歌唱文成公主的民歌《唉馬林兒》有記錄當時情景的一段歌詞：

不要怕過寬大的草原，
那裡有一百匹好馬歡迎！
不要怕過高大的雪山，
有一百匹馴良的犛牛來歡迎！
不要怕涉深深的大河，

有一百隻馬頭船來歡迎！

六四三年藏曆四月十五日那天，是松贊干布和文成公一生中最值得紀念的日子。一路走走停停用了兩年時間的文成公主終於到達了邏些（今布達拉宮）。據說，松贊干布和文成公主在玉樹見第一面時，彼此便一見鍾情，為日後的婚姻生活和政治聯盟打下了很好的基礎。松贊干布攜文成公主的手緩緩進入邏些城，樂隊在八角街上吹奏著喜慶的曲子，街道上人頭攢動，洋溢著歡樂的氣氛。吐蕃人能如此萬人空巷前來迎接文成公主，說明他們深知她是為聯繫漢藏兩族情誼而來的，是可以帶來光明和吉祥的人。松贊干布對吐蕃大臣們說：「我的祖先中沒有一個和中原上國通婚的，我能娶大唐公主，實在太幸福了。應當為公主築一座城，以誇示子孫後代。」為了出於對文成公主的尊重，松贊干布在邏些城內為文成公主修建了唐朝樣式的城郭和宮室。現在遊人們進入布達拉宮內，還可以看見松贊干布在當時修建的宮室洞穴，這個地方名叫曲結竹普。據說，松贊干布和文成公主的洞房就在這個地方。如果遊人進入洞穴，在洞壁上細細觀看，還可以看見牆壁上松贊干布、文成公主、尺尊公主（尼婆羅國（今尼泊爾）以及祿東贊等人的塑像。

現在我們在西藏還可以聽到許多文成公主的故事，這些故事都很真實，曾被載入《唐書吐蕃傳》、《唐會要》、《紅史》等書中，資料中有這麼一些記錄文成公主「開展工作」的文字，在此引用其三：

其一：文成公主吩咐她帶來的漢族樂師們開始履行職責。這些樂師十分賣力地為松贊干布和文成公主演奏唐宮最流行的音樂。音樂舒緩優美，松贊干布哪裡聽見過，他感覺就像聽到了神仙的聲音。他對樂師和音樂大加讚歎。為了弘揚唐朝音樂，他辦起音樂培訓班，選拔一批資質聰慧、有音樂天才的少男少女，跟隨漢族樂師學習，使漢族的音樂漸漸傳遍了吐蕃的領地，流進了吐蕃人的心田。

其二：按照分工，隨來的文士們也按照自己的分工開始工作。他們說明整理吐蕃的有關文獻，記錄松贊干布與大臣們的重要談話，使吐蕃的政治走出原始性，走向正規化。松贊干布欣喜之餘，又命令大臣與貴族子弟誠心誠意地拜文士們為師，學習漢族文化，研讀他們帶來的詩書；接著他還派遣了一批又一批的貴族子弟，千里跋涉，遠赴長安，到唐朝留學，研讀詩書，把漢族的文化引回吐蕃，逐步漢化吐蕃。

其三：農技人員先把從中原帶去的糧食種子播種在高原的沃土上，然後精心護理，等到了收穫的季節，那碩果累累的莊稼，讓吐蕃人大開眼界。因為吐蕃人那時雖然也種植一些青稞、蕎麥之類的作物，但都是靠天收，常常是只種不管，所以產量極低。他們不得不佩服漢族農技人員高超的種植技術。在松贊干布和文成公主的授意下，農技人員開始有計劃地向吐蕃人傳授農業技術，使他們在遊牧之餘，還能收穫到大量的糧食。尤其是把種桑養蠶的技術傳給他們後，吐蕃也逐漸有了自製的絲織品。

松贊干布和文成公主在生活中也發生過一些很有意思的事情。在他們倆的眾多故事中挑輕撿重，選出了兩個有意思的故事。第一個故事是關於穿衣服的。婚後，松贊干布為了與文成公主在語言上能夠暢所欲言的交流，他們學習對方的語言。當文成公主親手為他縫製了絲質唐裝時，他便脫下了吐蕃人習慣穿戴的皮裘，就這樣，一對異族組成的夫妻，感情越來越好，開始了一種被吐蕃人讚譽為「陽光和雪山手拉手」的生活。

第二個故事是關於美容的。吐蕃人有每天用赭色製土塗敷面頰的習慣，他們那樣是為了一種迷信，他們認為自己塗上赭色製土後便猶如紅面鬼，可以驅邪避魔，但長期以來他們的樣子十分難看，而且面部皮膚也不舒服。文成公主看到這一情形後，對松贊干布說，這樣做只是一種心理作用，而且還不衛生，應該讓大家改掉這一習慣。松贊干布認為文成公主的建議很好，馬上讓吐蕃人停止了這項習俗。常年行走的道路即使坎坷，走習慣了便也坦然，只有離開之路後，才會知道有那麼多的路又平又寬。吐蕃人改掉了塗敷面頰的習慣後，覺得很舒服，在內心對文成公主感激不盡。

然而，松贊干布和文成公主卻沒有白頭到老，松贊干布死於西元六五〇年，其年才三十五歲，他和文成在一起只生活了九年，沒有生下孩子。文成公主一直到六八〇年逝世，在這其間，文成公主沒有回鄉探親，也似乎沒有產生過企求葉落歸根的想法。現在西藏的不少地方都有松贊干布的塑像，松贊干布人稱「神作人主」，因此目光銳利有神，而文成公主則雙眼滿含平靜從容之態，讓人覺得她把自己交給另一個地方後，已找到了內心中的另一面鏡子，並從中看到了自己所要追求的人生價值。多麼好啊！一個上路時只有十六歲的小女孩，在青藏高原上憑著那股聰明勁兒，做出了許多留芳於世的事情。我們由此相信，她其實是一個堅強的女孩，她也因為堅強而顯得更加美麗。

據說，文成公主死後，人們把她與松贊干布合葬在了一起，但從藏王陵的規模來看，是松贊干布死後一次性完成的，所以在松贊干布死了三十年後才死的文成公主究竟葬於何處，還是個謎。正如不知文成公主葬於何處一樣，歷史的帷幕也早已一層層闔上，所有的事情都已變得黯淡，我們無法再知道文成在松贊干布死後那幾十年的生活，她在後來的歷史煙雲中變得模糊了。但在藏族的許多典籍中，她的名字卻被久久傳誦。她把自己交給了這塊土地，她變成了這塊土地上的一個永不被忘卻的記憶。就是到了現在，西藏人仍把文成公主當成神，不光在布達拉宮，在西藏的許多地方都有她的塑像。那些從家鄉出發，一步一叩首的朝聖者見到她的塑像後，便五體貼地，向著她把頭顱在地上磕出重重的聲響。

眾多和親的公主中，只有她變成了神。

布麗吉塔

在西域出名的女子，只有眾所周知的那些漢族公主女子，卻不料有一位瑞典女士卻也在絲綢之路南道上成了一名生命的殉道者。

這位女士的名字叫布麗吉塔。布麗吉塔的命運突變與一場戰爭有關。一七〇九年，瑞典國王查理斯十二世在波爾塔互被沙皇彼得大帝打得大敗，大約有一、四萬瑞典軍人和平民被俘，關押在遙遠的西伯利亞。這時候的布麗吉塔是被俘軍官喬那斯的妻子，第二次嫁人。她第一次出嫁時只有十五歲，婚後不久第一個丈夫便陣亡了，死時連軍銜都沒有。而她的第二次婚姻也不好景不長，結婚後不久便與喬那斯分開，兩年後，她才知道喬那斯於一七一一年死於莫斯科。一年以後，布麗塔第三次嫁人，丈夫是被俘的少尉邁克爾。這時候的布麗吉塔才十八歲。在十八世紀，瑞典就已經是一個很文明的國家了，一個十八歲的少女，何以就已經出嫁三次？布麗吉塔從第一位丈夫死去時就已經失去了家園，成了西伯利亞的一位俘虜。所以，戰爭對男人的傷害就是直接掠奪他們的生命，而對女人而言，因為她們失去了男人，所以，她們的命運裡就多了些長期忍耐中的酸苦與悲痛。布麗吉塔兩次成為寡婦，繼而又不得不再次出嫁，她就像命運這個轉盤上的一枚棋子，命運在強烈地轉動，她不得不隨其運行。

布麗吉塔她是一個純情美麗的少女，她有一頭金黃色的頭髮沿肩襲下，再加上她時時流露著高貴神情的一雙眸子，所以，她身上有一種攝人心魄的美。她是生活在快樂中的女孩，畢竟她只有十八歲，所以在生活中經常流露出少女的天性。但自從被俘後，這一切就都消失了，微笑和歡樂一去不返，有的只是沉重的無奈。她甚至過早地體驗到一個女人必須得時時刻刻有個男人，否則，她就像只有一條腿的人，隨時都有可能跌倒在地。對於她來說，戰爭已經結束了；而戰爭的死灰中的幾點未滅的火星，又點燃了她悲愴的命運。

布麗吉塔和第三個丈夫結婚後不久，又被送到了西伯利亞的圖波里斯克，絕大多數瑞典戰俘都被羈押於此。一七一四年，沙皇彼得大帝接受了由加加林親王提出的一項計畫，那時，加加林親王是西伯利亞總督。這項計畫的目的是把準噶爾大部分土地想辦法置於俄國統治之下。這樣做的原因是，他們要在這塊土地上找到「金沙」，布麗吉塔的丈夫被授予俄國軍隊上尉軍銜，和二十九歲布麗吉塔一起離開圖波里斯克，向額爾齊斯河挺進。這是一支特殊的探險隊，然而，當他們剛進入伊黎河谷，就遭到了卡爾梅克蒙古人的突然襲擊，布麗吉塔的丈夫被殺，她被異族再次俘虜。卡爾梅克是元朝滅亡之後，成吉思汗的子孫逃到塞外的一個蒙古部落。就是從這裡開始，布麗吉塔命運中悲愴的大火燃燒了起來。

英國夫人維格爾曾這樣對布麗吉塔的遭遇作過描述：

……在這場戰鬥中，她的丈夫被殺，而活下來的人都被抓了起來。卡爾梅克人作為征服者，不僅瓜分了戰利品，而且把俘虜也瓜分了。兩個韃靼人愛上了這位瑞典夫人，而且愛得

很厲害，急於想和她做愛，並讓一個俄國人當了他的翻譯。在哀求無效的情況下，這個韃靼人就開始強迫她。最終她從韃靼人身上咬下了一塊肉，韃靼人為此想狠狠揍她一頓，但是被同伴勸阻住了。過了幾天，他們到達了卡爾梅克大汗（國王）的大帳。這個韃靼人把她在這次襲擊中的同伴召集在一起，而且把他的女俘也叫到了一起。大汗召見了這位瑞典女士和她的俄國翻譯，並問她為什麼拒絕那個韃靼人的做愛要求，似乎對她選擇一個情人時表現出來的那種細膩，周到的情感感到有點不理解。但是大汗告訴這位瑞典女士，他的國家的習慣是，沒有人會強迫她，也沒有人能欺負她。

這位大汗所說的「沒有人會強迫她，也沒有人能欺負她」顯然是不能夠讓布麗吉塔相信的。因為，她經過了這麼多的風風雨雨，對任何事情已經完全不抱積極的態度了。也許她在內心還抱著讓自己少受些罪的希望，但她同時又十分清楚，這種希望是非常渺茫的，她甚至一眼就看出，這位大汗的話只是隨口說說而已，或者就是他第一次見金髮碧眼的西方美人，出於男人的本能，說了一句含有殷勤成分的謊話。果然，布麗吉塔還是得到了強迫和欺負。維格爾夫人在布麗吉塔死後，致了一份讓人聽來禁不住流淚的悼詞，其中有一段講到了布麗吉塔這一段時間的遭遇：

那些野蠻人對待她的方式極為殘酷無情，他們不僅剝光了她所有的衣服，而且用鐵鍊和繩索把她捆綁起來，捆綁得那樣緊，在她的胳膊和腿上留下了永遠消失不了的痕跡，這些痕跡一直留在了她去世的那一天；而且，自從她被帶到卡爾梅克人的領土上，她就一直被迫幹低賤累人的活。從事那些見不得人的營生，諸如當做性奴隸被人搶來搶去，給她的食品既少又粗劣，常常骯髒不堪。

不知布麗吉塔是怎樣度過那些日子的，從第一個丈夫陣亡開始，她就在命運的深淵裡起起落落，儘管她一直努力往上爬，但每次都是倏忽一晃，便又向下沉去。這時候，布麗吉塔成天赤裸著身子。她的肉體已經很成熟，如果她生活在和平的國家，她一定還是一朵鮮豔欲滴的花朵，然而在此時的伊黎河谷，她已經傷痕累累。伊黎河可能仍像今天一樣悄然流淌著，一切都是寂靜無聲的，然而，就在這種寂靜的時間裡，一個瑞典女子的冤屈已與天同高。後來，布麗吉塔的奴隸（請別忽略，此為體力和性雙重奴隸）生涯結束了，然而這個結束卻又是一次悲慘命運的開始，是她美麗的容貌和肉體又給她惹禍上身，卡爾梅克人精心挑選出一批俘虜，作為貢品獻給他們的統治者，這樣，布麗吉塔就被赤裸裸的送進了依特部落，因為卡爾梅克人歸依特部落管理。

很快，這個部落就把布麗吉塔是一個有著「豐滿渾圓的乳房、苗條的身材和美妙的臀部，以及女神般的雙眸」的罕見的人類尤物傳遍了部落。這個部落的首領據說自從得了她之後很少再走出帳篷，而那些目睹過她裸體的人更是對她垂涎三尺。卡爾梅克將軍杜卡爾聽說了布麗吉塔，他下令讓依特部落把銷魂的歐洲美人兒獻上來，他要看看一個俘虜到底有多美。至此，我們多多少少可以看出，布麗吉塔的命運一再惡變，也與她作為俘虜的身份有很大的關係，每次總是俘虜的遭遇像罪惡的導火繩一樣，把悲苦命運引燃，繼而又因為容貌和

肉體而陷入水深火熱的命運之中。

女人，一旦在這種特殊的時刻與性發生關聯，她們幾乎就要成為被迫害者，被蹂躪者和被掠奪者。男人們習慣于征服的作為，很容易刺激雄性激素，因此，他們把性也下意識地作為一種征服，這種東西在原始部落和歐洲圖騰中都是很美的，而到後來就變成了一種人性的喪失和對女性的摧殘。

杜卡爾是卡爾梅克人至尊至上的統治者，他的稱號「魯克圖．額爾德巴．巴圖爾昆塔吉」，意為「英勇，尊貴的英雄和至高無上的王」。他在布麗吉塔身上得到一夜瘋狂後，就把她送給了自己的大妃。大妃是和碩部落的公主，來自西藏王國的辛吉思汗的妹妹。當赤身裸體的布麗吉塔出現在這位大妃面前的時候，大妃的心頭掠過一絲憐憫，給了她一些「獸皮做的舊衣服，這樣使她赤裸裸的身體在某種程度上被遮掩起來。」（維格爾夫人悼詞）也正是布麗吉塔遇到了這位大妃，她的命運才發生了轉折。這位大妃的出現，無疑於是布麗吉塔生命中的神。由於布麗吉塔會做針線活，而且特別精於織布和編織，那位公主很喜歡她，她的地位逐漸好轉。布麗吉塔利用自己對公主日益增長的影響，勤懇勞作，以致在後來因為她有著嫻熟的編織、織布和其他手藝贏得了大妃和公主的歡心，成了公主的編織教師。

這時候的布麗吉塔是值得我們高度重視的，從大妃賜給他獸衣開始，她極有可能就敏感地意識到，自己的命運將從這裡開始發生轉折。儘管這只是大妃出於女人的善良對她的賜予，但她卻認為是難得的生命「甘露」。由於這種「甘露」太難得，以致一經滴入她乾渴的身心，她就發出戰慄，那些傷口似乎都張開了嘴巴，渴望飲此「甘露」而癒合。布麗吉塔緊緊地抓住這個機會，那些傷痛，那些屈辱，都一一變成了動力，促使著她必須要在大妃這裡建立地位。

布麗吉塔是一個聰明過人的女人，她豈止只精於編織，在別的方面也很精通，當她發現大妃的衣服很粗糙簡單時，忽然覺得機會就在這裡，於是就顯露出了編織手藝。再後來，布麗吉塔又進一步取得了公主的喜歡。公主是杜卡爾的掌上明珠，布麗吉塔極好地利用了杜卡爾什麼都聽公主的弱點，極力鞏固自己在卡爾梅克王廷中的地位。布麗吉塔身上表現出的這種「人的真實」，足以讓今天的人感動。一個女人處在那樣一個環境裡，當她與命運開始周旋時，儘管時間已經過去了二百多年，但我們還是可以用內心感受到她當時的面容，是那麼清晰，那麼堅定。只有在這時候，我們才能真正發現她身上存在著的寶貴的東西，我們也由此相信，一個女人，當她終於從苦難中抬起頭時，她將不會再被擊倒。

過了一些時間，布麗吉塔生命中最重要的一個男人出場了。這個人叫雷內特，曾經是瑞典炮兵少校，也在亞米謝沃被俘。他似乎命中註定是布麗吉塔的最後一位丈夫。（他們在囚禁期間就過著夫妻生活，只是在一七三四年他們在返回瑞典途中時，才在聖彼德堡舉行了正式婚禮。）雷納特很快就發揮出了自己的優勢，「他教韃靼人學習有用的技術，最終他還製造出了大炮。這些大炮在卡爾梅克人與中國的戰爭中發揮了作用，所以他們給予這個瑞典人

自由……」（維格爾悼證）。雷納特也已經被俘十幾年，到這時候才發揮出特長，我們不難想像，這全是受布麗吉塔啟發的結果。卡爾梅克人認為雷納特是一個軍事專家，所以在許多方面幫助了他們，像貴賓一樣對待他們。

布麗吉塔和雷納特這時候卻依然是冷靜的，他們甚至對貴賓般的生活是謹慎的。就是到了現在，他們也沒有忘記，這些東西對他們來說都是不重要的，他們只想回到文明的故鄉去。儘管他們幫卡爾梅克人打了勝仗，但他們對戰爭憎恨不已，要不是因為戰爭，他們怎會落到這種地步呢？但他們卻仍然為卡爾梅克人製造著大炮，他們知道，當罪惡把自己壓榨得只剩下一個肉身時，就必須利用罪惡為自己開拓一條新的生路，因為罪惡往往會滿足一些人的需求，比如戰爭和掠奪。

值得一提的是，布麗吉塔為西域的紡織業發展產生了很大的作用。她曾被派到那時被稱為「小布哈拉」地區的葉爾羌辦理公主的嫁妝，她在那裡待了兩年，將歐洲紡織風格積極傳播給人們，從而使葉爾羌城（今新疆莎車縣）在後來因紡織品、刺繡和地毯而聞名整個中亞。

一七三三年，布麗吉塔和雷納特才被獲准離開了卡爾梅克人的領地。此時，布麗吉塔已經在這塊土地上生活了整整十七年。他們獲取自由的原因，現在看來多少有些讓人悲哀，那就是他們能夠與卡爾梅克王廷及王汗本人保持友好的關係。離開時，布麗吉塔哭了，她的淚水到底為什麼而流，旁人不得而知，可以肯定的是，布麗吉塔最後終於實現了自己的理想，而這個願望因為實現得太長久，已經像斑駁的岩石一樣，佈滿歲月的滄桑。回到瑞典後兩年，布麗吉塔在斯德哥爾摩去世。維格爾夫人在她的葬禮上，用顫抖的聲音念完了最後一句悼詞：

她在這個世界上活了五十一年零九個月。

這篇悼詞現藏於斯德哥爾摩的皇家檔案館裡。瑞典以一個國家的名義在紀念布麗吉塔。人們都熟知布麗吉塔的傳奇經歷，認為她在生命最為艱難的時刻，仍然堅持了瑞典精神，她是一位高貴的精神女神。

安息吧，布麗吉塔。

「古麗」：半個月亮爬上來

一

古麗款款而舞。她一身長紗，腰肢纖細，脖子富有韻律地在左右扭動。這種扭動極為傳神，很快，能從中感覺到她的那種柔情像一汪清水，正向你彌漫過來。這是維吾爾女子獨有的動作，看上幾眼，就能感覺到一個民族濃烈的情意都已凝聚到了這個動作上，動靜交匯，頗為傳神。此時，古麗的雙腳也正在踩著十分激烈的鼓點，鼓音乾脆、沉烈。似乎是從遠古時代傳送過來的天地之音。而古麗的雙腳左右交叉著，靈活自如，一如將遠古之音已經釋解。古麗的面容被一襲白紗遮掩，大而美麗的雙眸隱隱約約，有一種朦朧美。她小巧的嘴唇露在外面，口銜一枝玫瑰花，玫瑰鮮豔欲滴，給古麗又增添了幾份豔麗。面紗與玫瑰花，不露與露，把一個維吾爾女子的美表現得淋漓盡致。

「古麗」之舞傳達了維吾爾女子的神態與軀體之美。那種隱隱約約傳遞出的感染力，也正是新疆這塊土地到處都洋溢著的天之靈氣，人之生氣。

半個月亮爬上來。是對她們最好的讚美和最準確的描述。走在喀什的大街上，左一看是一個漂亮的古麗，右一看是一個動人的古麗，如果記不住她們的名字，就把她們全當成古麗。古麗之意為花朵。

二

在西域歷史中出現較早的一個女人是西王母。她是一位傳說人物。關於她，有一點是不容忽視的，即西王母是皇室或天庭王母，是身份高貴的女人。真是巧合，自此往下數，在西域出名的女人皆為皇室家庭的人，如王昭君，文成公主，香妃，阿曼尼沙罕，解憂，細君等等。她們與皇室家族有關聯，一方面體現出了這些女子在西域建功立業產生了別人無法比擬的作用，另一方面也因為身份的原因，命運無時不與政治緊緊聯繫和扭結在了一起。

有很多關於西王母的傳說故事，比如她與周穆王穿越時空的一段愛情。據說，周穆王西巡昆侖，與西王母一見鍾情，數日後分別時兩人已是難捨難分。周穆王是確有其人的，西周第六代君主姬滿就是他。先秦奇書《穆天子傳》雖然只有一萬餘字，但其中卻將二人的戀愛作了詳細地介紹：「（穆王）遂宿于昆侖之阿，赤水之陽。別日有於昆侖之丘，以觀黃帝之宮，而封之以治後世。遂賓西王母，觴於瑤池之上，西王母為王謠，與王和。」從字裡行間可以感覺到，這似乎是一次超越時空的會面，其中浪漫、直接、乃至瘋狂的細節溢於言表。

許多傳說都因女人而生，而其中的女人又大多扮演著戀愛者的角色。傳說中的愛情總是那麼悲壯和淒美，借助于傳說比現實更自如，更無法無天的浪漫，使現實中的人們感慨萬千，潸然淚下。是不是人們總是不滿足現實中的平淡，才幻想出了那些傳說。

從烏魯木齊的天池到阿勒泰的烏倫古湖，到處都為與她有關的傳說，她的那些傳說太多，又流傳得太普遍，所以，時時都能感覺到她有一個美豔、善良而又熾熱的身影散佈在人群之中。傳說對於善於相信傳說的中國人來說，它還是有力量的。

想像中，西王母應該是有維吾爾女孩的那種異域的獨特美，眼睛大，臉龐精巧。作為女王一定是很嚴肅的，但面對愛情時又很任性，要不，怎麼一見周穆王就難捨難分呢？

據說西王母會周穆王之前，在天池化妝，她在描眉時苦於沒鏡子，於是拔出一根銀簪向著遠處的布倫托海一挑，那湖水便斜立起來，明光可鑒。她對著湖鏡把自己打扮得非常漂亮。因她心情急切，臨走時忘了將湖水挑回原處，於是，湖鏡就一直懸掛著，現在我們看見的布倫托海是斜立著的，儼然一面真實的鏡子。

這樣一個奇景，真是難得，因為望鏡臺其實只是一個山而已，水比山高，這確實是事實。

我們面對這樣一個奇景，卻往往又免不了要產生一些奇想，而有些奇想卻總會使人殫思和悟解到一點什麼。

三

在新疆南疆，每當沙棗花開的時候，沙棗花香便飄十里，彌漫在沙漠或城鎮的各個角

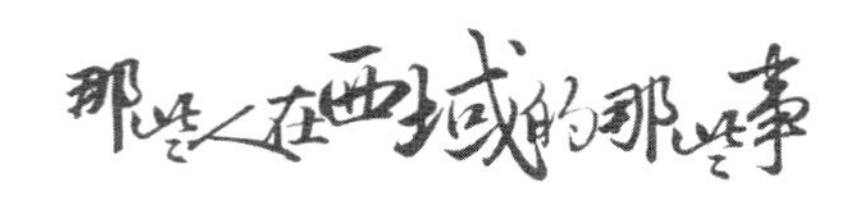

落，聞著沙棗花香長大的維吾爾族少女，身上便有了奇異的香味。

香妃就是一位身上有奇異香味的維吾爾族女人。她生於阿帕霍加家族，一七五五年，清定北將軍班第派香妃的哥哥圖爾地去收復喀什噶爾，她同叔叔一同前往。到喀什後，因大小霍加叛亂，他們不得不躲到柯爾克孜山區。後來，定邊將軍兆惠率清軍在葉爾羌「黑水營」與霍加殊死作戰，這時有一支柯爾克孜騎兵部隊突然發動了對喀什的襲擊，很有力地支援了清軍對大小霍加的圍剿。之後，乾隆對率領這支騎兵的圖爾地進行獎賞，他們全家共同進京，朝見皇帝。這時的伊帕爾汗已經二十六歲。她的命運就從這裡開始發生了變化。據說乾隆在接見圖爾地一家人時，只看了伊帕爾汗一眼，就被她迷住了。此時出現在乾隆眼前的伊帕爾汗正用一雙天真的眼睛在注視著皇宮裡的一切，因為她單純，也因為她天生姿容妙曼，所以，她有一種與眾不同的美。當然，真正迷住乾隆的還是她身上透發的異香，乾隆在那一刻一定出神地望著眼前的美女子，忘了皇帝的身份。伊帕爾汗的哥哥圖爾地看著皇帝的神態，心裡有了一個想法——把妹妹獻給皇帝。後來，圖爾地被乾隆封為「輔國公」。在封建王朝的爵位中，「公」的地位是相當高的，而且冠以「輔國」二字，則是對圖爾地維護祖國統一，輔助國家平息戰亂功績的最高嘉獎和評價。

喀什至今仍流傳著許多關於香妃的故事。據說當時乾隆讓兆惠來替他向香妃迎親。兆惠將娶親的大批禮物堆放在香妃家的葡萄架下，她卻將那些貴重的禮品全部分發給了鄉親們。出嫁那天，她一再回眸凝望風沙彌漫的喀什噶爾，迎親的隊伍出了喀什不遠，大漠上就刮起

了風沙。兆惠的隊伍立刻躲在沙丘後面不敢探頭，等風沙過去，他們無比驚異地發現，香妃和那幾個隨嫁的女孩卻已走出很遠。風沙過後，陽光又變得酣熱，她們嬌美的身軀正從容地移動在地平線上，似乎剛才什麼也沒有發生過。

乾隆對身上散發出的異香的伊帕爾汗迷戀不已，一高興，就封她為「香妃」。剛進宮的女子一般都被封為「秀女」，而香妃從「秀女」一下到「妃」，至少跨越了五個等級。後來，香妃因思鄉心切而得病，乾隆不得不讓她返鄉。實際上，她踏上返鄉的路途時，已經病入膏肓。

北京的圓明園遺址中有一個香妃樓，據說是乾隆專門為香妃化妝建造的。那座樓至今也只剩下了幾塊石頭，像旁邊的大水法一樣黯淡。圓明園管理會為了讓遊人能夠目睹到昔日圓明園的風采，在每座遺址前都畫了一幅原型畫。香妃的化妝樓富麗堂皇，可見乾隆在當時對她多麼鍾情。

香妃的墓據說在河北遵化縣清東陵的裕妃園寢之中，但維吾爾人一致認為，她就葬在喀什的阿帕霍加麻扎中，大家現在都把它叫「香妃」墓。

她是病故後被運回喀什噶爾的，護送香妃回故鄉的是她的嫂子蘇黛香，她們在路上走了一年多，其中甘苦可想而知。喀什噶爾的工匠們發揮了一個民族優秀的手工藝技術，以土坯為胎，外用綠色和紫色的琉璃方磚包砌，建成了「香妃墓」。這是一座宏偉的建築，色彩富

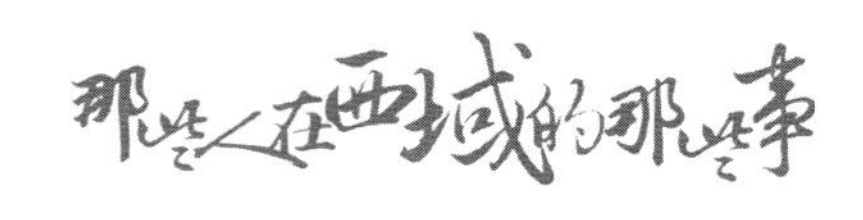

麗，穹隆形的圓頂上，一座玲瓏剔透的小樓巍然屹立，樓之巔又有一鍍彎月，直插在高空之中。抬香妃回來的轎子依然完好，粉紅的油漆顯現著清朝宮廷的華麗。轎柄上許多小鐵環，一搖叮噹作響。只蓋著一塊紅布的香妃墓丘，它被佈置在古墓群的東北角上，雖然不高大顯眼，卻一直吸引著遊人的目光。

四

在莎車，總能感覺到一種舞蹈的旋律在身邊流淌。小商店開業時的羊皮鼓和嗩吶吹打，或者清真寺前走動的人流，都有一種舞動的感覺。小夥子駕著馬車從街上馳過，歌聲此起彼伏，那些明齒黑眸的維吾爾姑娘款款回頭，滿目深情。遠遠地，有六、七十歲的老漢牽羊走來，目光深邃，神態高貴。所有人的臉上都有一種迷醉的神色，恍若每天的生活中都有神秘的旋律在湧動，人的心不由得隨之舞蹈。

阿曼尼莎罕的塑像在城南。她的塑像通體潔白，在陽光中泛開一層明亮的光芒——幾百年的時間已經過去了，是什麼把一個絕美的女子的氣息留存至今？而塑像傳遞過來的氣息，又如一縷春風，將浮起的塵土吹拂而去，讓人始終覺得美依然在一切之上。近看阿曼尼莎罕，她面如凝玉，一雙大而妖媚的眸子裡滿是深情。

塑像所在地其實是一個不小的公園，四周的樹木長得十分茂密，一陣風吹來，樹葉簌簌作響，恍若有鳥兒在葉叢裡低鳴。人們已在四周彈起了木卡姆，他們的手指飛快地移動，錚

錚強音響徹於園中。一位長者起身用重音吐出一句話：「哦！納——依，我盡情彈唱伊迦孜樂曲」。大家便跟隨他一起彈奏。頃刻間，有許多美麗的少女在園中舞蹈了起來。她們的衣裙輕柔地起伏著，使空氣變柔、變美，使這個園子開始浮升。園子外的合唱響起來時，四周彙聚了非常多人，他們齊聲歌唱，仿佛園中潔白的阿曼尼莎罕塑像在指揮著他們。

阿曼尼莎罕出生于葉爾羌國的一個貧困的打柴人家。她長到十三歲的時候，已出落得十分美麗。她每天隨父親馬合木提到戈壁灘上去撿柴火，每一叢駱駝刺，每一根紅柳枝，都會使這位農家女兒體會到收穫的感覺，臉上綻放出笑容。

這時候的葉爾羌汗國已由阿不都拉熱西提汗繼位。阿不都拉熱西提汗頗有才華，不僅是個詩人，還是一個音樂家和書法家。正是因為他有這些愛好，才使葉爾羌汗國出現了自喀喇汗王朝之後的另一次文化繁榮。一次，阿不都拉熱西提汗率領一批人到卡勒瑪克戈壁打獵。晚上，他喬裝成農民，以一個投宿者的身份到鄉村去借宿，藉以體察民情。當他走到一個土屋前時，決定進去看看。這就是阿曼尼莎罕家。阿不都拉熱西提汗一進門就看見牆上掛著一把彈撥爾，就請阿曼尼莎罕的父親給他彈奏一曲。馬合木提說：「我不會彈，這是我女兒的。」

阿不都拉熱西提汗說：「那就請你女兒彈彈」。

阿曼尼莎罕聽到父親召喚後，從裡屋款款而出。阿不都拉熱西提汗頓覺眼前一亮，他沒有想到在偏野之地居然有如此貌美的女子，阿曼尼莎罕的眉心有一顆痣，起初他以為是什麼黑點，當發現真是痣時，他於內心感歎不已，如此一個女子，真是天生的絕代佳人。

阿曼尼莎罕用彈撥爾奏起「盤吉尕」木卡姆，她的彈唱異常美妙，使阿不都拉熱西提汗萬分驚訝。等她唱完，他忙問：「名叫乃裴斯的詩人是誰？這首格則勒是從哪兒學來的？」阿曼尼莎罕說：「是我自個寫的。」說著，她又朗誦了幾首詩，這些詩不僅寫得深刻，而且文筆非常優美。阿不都拉熱西提汗不相信是她寫的，就讓她再寫幾首看看。阿曼尼莎罕拿起筆寫道：「胡大啊，我面前的這個奴僕把我愚弄，今晚頓覺屋子裡荊棘叢生」。阿不都拉熱西提汗笑笑說：「相信我吧，但別譏笑。」說完，他就走了。回到駐地後，他把情況向大臣和官員說了一遍，然後穿上王服，帶了十頭羊和茶葉，綢緞等，到馬合木提家向阿曼尼莎罕求婚。兩人目光對視，從驚喜到欣喜，繼而一同朗誦起格則勒。

阿曼尼莎罕就這樣成了葉爾羌汗國的王后。進入宮廷後，她就萌發了改革木卡姆的想法。木卡姆是維吾爾祖先從事漁獵，畜牧生活時期在曠野、山間、草地即興抒發感情的歌曲，這種歌曲叫做「博雅婉」，意思是「曠野之歌」，後來經不斷融合，衍變成了組曲——木卡姆。歷時二十一年，她與一個叫喀迪爾汗的女人一起完成了十二木卡姆。這是一部什麼樣的作品呢？翻閱資料顯示，出自這兩位女子之手的十二木卡姆，它的偉大就在於把對歷史資料和當時民族變遷的分析，以及預見到的後果聯繫在了一起。捨此，任何高超的樂師都不能窺測到這種歷史必要性。

維吾爾木卡姆分為克拉、且比亞特、木夏吾萊克、恰爾尕、潘爾尕、烏孜哈勒、艾且、烏夏克、巴雅提、納瓦、斯尕、依拉克等十二支大套通。每支木卡姆套曲是由「瓊乃額曼」、「達斯坦」、「麥西熱甫」這三大部分組成的巨大篇幅，裡面有許多散序、太孜和帶舞的朱拉．賽乃姆，其內容多以抒情為主。

一部作品對一個民族到底會有多大的作用呢？我們的歷史在大多時候是在戰爭中留下的，一個國家要發達和延伸，就必須要經過戰爭不斷的毀滅和孕育，有時候，它必須是在徹底滅亡之後，才能獲取新的精神；有時候，它必須經由遭遇巨大的災難，才能找到新的出路。所有的這些裡面，都少不了血腥味。因此，十二木卡姆在孕育出一個民族和一個王國高貴的精神後，人們就帶著這種精神去把握命運，使葉爾羌汗國因為文化的優越而強盛于其他西域王國，我們由此相信，文化對於一個國家的生死存亡其實是十分重要的。

一五六七年，阿曼尼莎罕三十四歲，有孕在身。阿曼尼莎罕在不分晝夜地創作修改著十二木卡姆。她的身體一天不如一天，她深知自己的時間已經不多了。她在加速，她知道十二木卡姆迸發出的每一個音符，都將使死神離自己更近，但她情願如此，在疼痛的另一面，她看見十二木卡姆的音符飄浮成每一個維吾爾人頭頂的光芒；她還看見，維吾爾人的重負將在十二木卡姆的音符裡被卸下，十二木卡姆，將完成每一個人幸福的生或死。

這個維吾爾族絕色的女子，終於在命殁之際完成了十二木卡姆。她死的那天，人們從四面八方趕來，集合在一起哀號悸哭。

一個女人走了，而十二木卡姆卻留了下來，一個民族從此獲取了信昂的精神樂園。

五

每一個「古麗」都是大漠中盛開的花兒。穿越天山、帕米爾，所到之處猶如只是一地，所遇之人全都相似，你不得不佩服一個民族被風情薰陶而成的心致和性格，人們已變得隨心所欲，泰然處之。在這裡，一條路的起端和盡頭是一樣的，一個人和一首歌是一樣的，一件事情和一個傳說是一樣的。就是這個民族的每一個「古麗」，往你跟前一站，就有一種美得攝人心魄的氣息在往外噴湧！

新疆。是人心裡裝著神呢，還是神在高處注視著人？

第四章：行者

玄奘：西天在心

一

一個人要是在經歷苦難時，總是能夠表現出種種頑強與不屈，而且這種頑強和不屈在他那個時代總是處於前沿，那麼他就有可能在歷史長河中成為一個不朽的存在。

玄奘就是這樣的一個人。

也許吳承恩對宗教非常敬仰，因而他以真實的玄奘為線索，虛構了一個去西天取經的「唐僧」，並把唐僧塑造成了一個宗教的代言人，甚至給他設計了冷酷無情的性格，以便證明他筆下的孫悟空等人胡打胡鬧之後，總有他出來主持秩序，並未亂了章程。但正因為如此，我們卻從他身上看不到人性的東西。而真正在人世間出現過的玄奘，卻是一個極其嚴肅地體現了人類進取精神的強者，縱橫歷史，迄今為止沒有一個人能把「在路上」這種形式比他更好地完成為千秋絕唱。我們有時候看問題時，很注意人在某件事中的精神反應。所以，儘管玄奘身上有著一種超越時空的深遠魅力，但也不是一個詩意的玄奘，在茫茫大漠中，他頑強地選擇著命運，突破了人自身的有限性，使精神光芒凸現出來，提升了人的意義。還有一點，使玄奘成為一個「不朽的追求者」的環境是大漠，西行長路迢迢，險隘危關重重，玄奘一頭紮進去再也沒有猶豫和回頭，這巨大的反差，形成了強烈的內在衝突，使他的精神價

值得以淋漓盡致地展示。

一個人要是在特殊的環境裡把某種東西堅持得越久，他的內心就要遭受越多的折磨或者傷害。解讀玄奘的意義，在於他西行歷程上個人際遇所帶來的悲歡苦樂。畢竟，他是一個凡人，在那樣的遭遇中，他身上一定會散發出一些真實的人性。

二

玄奘雖然出身不好，但自小聰慧過人。其實，這與他的家世有很大的關係，玄奘的父親陳慧是個高知識份子，因不願與隋末政治奸黨的合汙，遂離職回鄉當了隱民。父親的這一番舉動，對玄奘品行性格的形成影響很大。這正應了那種說法，一家要出一個人物，往往要經過兩代或三代的孕育才行。但即使是這樣，玄奘的少年時代仍趕上了隋末的動盪不安和貧困勞苦的日子。他十歲時，父親離世，為了給家裡省出一張吃飯的嘴，玄奘隨二哥到淨土寺剃髮為僧，做了小沙彌。可以肯定，這時候的玄奘是童心未泯的，他並非明諳人生的道理，但這卻是一個很重要的開始，對於日後在生命中終究成了大氣候的玄奘來說，十歲時的這個選擇，註定了他一生將要走一條大學問的人生之路。

促使玄奘成為虔誠的佛教徒的另外一個原因，就是當時佛教在中國已相當普及。隋朝到這時已如殘喘老翁，但統治者卻仍不甘休，竭力推廣佛教，以此麻痺人民，維護自己的統治。這種方法顯然是蒼白無力的，一個國家，要是在政治上已無統治之力，宗教實際上是產生不了多大作用的。而當時的人民卻由此找到了精神依託，他們期望能在佛教的「眾生平等」下達到所謂無煩惱、無痛、無罪惡的彼岸。因而，佛教這一時期在中國大行其道，有了長足的發展。又因為當時出家為僧還可以免交賦稅，所以信佛念經在當時成為風尚。但我想，玄奘在當時因為年幼，對這些事情並不一定看得很清楚，但他卻下定決心，一定要在寺裡好好念經，千萬不能被打發回去，因為一回去就要餓肚子。一個孩子，在這時還不能因為現實困苦而使他的意志變得更為堅強，重要的是，你要給他一個開始，這個開始相對於他的一生來說都是至關重要的。

入寺之後，玄奘很快就顯得與眾不同，寺裡的僧人都為這個虎頭虎腦的少年有如此好的天賦而震驚。到了十七歲那年，玄奘和哥哥一起到了長安，此時的玄奘已被國內知名的法師景法，嚴法等人承認。他們從個人感情和宗教角度都認為玄奘「與佛有緣」，覺得這個聰明的少年是一個好學生，他入門早，基礎打得好，學習力強，應該說是可以成大氣候的。我們有時候看一個人時，不應該忽略他早期的行為，他之所以能成就事業，其實與他年輕時的志向是分不開的。在這一點上，玄奘佔據了很好的時機。玄奘到了二十五歲那年，在長安遇到了一位印度來的法師，從他那裡獲悉印度的戒賢法師知識廣博，尤其對大乘佛經頗有研究。與那位法師告別後，玄奘用深邃而又堅毅的雙眸望著那位印度法師的身影隱沒于茫茫的人群中，心想，既然人家能這麼遠來中國，我為什麼就不能去印度求經？

學問做大了，他想出去，一個「走」字在他心裡紮下了根。那時候還沒有出國留學一

說，但從玄奘之舉而言，應該說是開了外出求學之先河。一年之後，玄奘開始西行。此前，玄奘曾約幾位「同志」合力上書皇帝，陳述西行取經的請求，當時的唐朝剛立國不久，正忙於平定國內此起彼伏的藩鎮封建割據勢力，再加上河西走廊當時正處於西突厥人的控制之下，所以李世民將上書駁回，不讓他們西行。其他人都知道西行無望，便放棄了原來的打算，唯有玄奘仍然矢志不移，天天琢磨著怎樣去求經。玄奘如此不甘心，除了他個人對知識的渴求外，他還覺得這是一件利國利民的好事，朝廷理應支持才對。後來他想了一下，決定自己獨立去完成。幾經準備，幾經等待，他終於混在難民中逃出長安，匆忙向西而去。從這裡開始，玄奘把西行取經當成了他一個人的事情，這種選擇不光使他要面對艱難的長途跋涉，而且還要背負違抗朝廷之命的罪名。

一個人就這樣上路了，若不是在內心發誓一定要尋求那個目標，抑或他的整個身心沒有被一道精神的光芒照耀，他就不會走上這樣一條道路。這其實是一次精神之旅，日後的艱辛和痛苦則是不可預估的，山遙水復，大漠雪山，誰知道會發生些什麼呢？但這對於在最初作出選擇的玄奘來說，都畢竟是遙遠的事情，最重要的，仍是向命運深處有力邁出的第一步。好在他運氣不錯，這一步順其自然地邁了出去。就在他出長安後不久，朝廷發出了讓沿途縣衙捉拿他的命令。現在想一想，這是多麼荒唐。然而，每個朝代幾乎都會出現這樣的事情，人類發展的腳步有時候會因為這些事情而受阻，但正因為如此，才能將想投身於理想的激情徹底激發出來，要想實現理想，就必須與其背道而馳。玄奘就作了這樣一個選擇。

這一去就是十九年，玄奘用雙腳走了五萬餘里路，歷經一百三十多個國家。這些數字是用精神和生命一起完成的，或者說，這些數字是玄奘靈魂的價值體現。有人讚譽他是行走在古代絲綢之路上的最偉大的探險家和旅行家。現在我們能從不少書籍中看到玄奘的插圖，他右手執拂塵，左手捏佛珠，背負佛家弟子專用行囊，行囊頂部有一個遮傘，有擋太陽和避雨的作用，囊頂有一盞小燈籠，垂落於他頭部，自從上路，這盞燈籠就一直亮著，它的實質作用是供佛之意，但在多少個黑夜和茫茫大漠中，它又成為玄奘不泯的信念之火。

玄奘走到涼州（今武威）時，見此州為河西都會，一邊連著西蕃，另一邊通往許多個王國，商賈往來，無不停絕，便停留在那裡講經。此時的玄奘非常清楚自己的處境，食糧、開銷、道路關卡等等可能時時都會困擾他，他必須先去化緣，去擴大影響，以便使自己能夠順利走下去。他的講解吸引了當地和各「國」的許多人，人們為他淵博的知識和過人的修養而驚訝，頓時給他佈施的珍寶金銀堆積如山，送來的馬匹勝不勝數，而玄奘只接受一半錢財用於燃燈，其他均贈送給了涼州的各寺院。各「國」聽講者回去後向自己的「君長」大力頌揚玄奘，由此為玄奘在以後能夠通行打下了基礎。

而這時候，朝廷的「通緝令」也正在馬不停蹄地向他追來，終於在瓜州追上了玄奘。瓜州吏李昌信佛教，捉拿玄奘的文書送到他手上時，他陷入了沉思。也就是沉思中的李昌，讓我們感覺到他是一個信佛的人，他不會為難玄奘。果然，他悄悄走到玄奘住處，拿出告示問：「大師您是不是這個人？」玄奘見自己的畫像已上了告示，心頭悲酸交加，但他還是臨

危不懼地說：「是我」，接著他又把情況一五一十地給李昌說了，大有一股要殺要捕隨你，但我不會改道不前的凜然之氣。

李昌深為玄奘的精神所感動，他覺得像玄奘這樣能捨身求法的人實屬罕見，便將文書撕毀，讓玄奘及早動身出瓜州。在玄奘西行長旅中，他應該算是一位重要人物，他在那一刻所表現出的果斷與英明，是常人，尤其是處在他這樣位置上的人難以做到的。在所有關於玄奘的記敘中，關於李州吏的文字不多，他甚至是模糊的，但他對玄奘的幫助卻是最大的，要知道此時玄奘尚未出關，他所面臨的最大困難，實際上還是朝廷，而就他個人的能力而言，顯然是無力與朝廷抗爭的，因此就可以看出李州吏對玄奘的幫助有多大。

第二天，玄奘悄悄離瓜州而去。出瓜州，他駐足回頭凝望，身後沒有李昌的身影，一股複雜的感覺倏然湧上心頭，他不知道撕毀文書，放走要犯的李州吏該如何向朝廷交代。他在心裡隱隱約約感覺到了什麼，就趕緊為李州吏念了一段彌勒佛經，又向前走去。至此，玄奘已成為一名「偷渡者」。常見的偷渡，大多是違背他所處國家的法律，向另一國家潛逃，而玄奘卻是向自己的理想彼岸偷渡，之所以如此，也是迫不得已，因為他個人所能選擇的，也只能是這種方式；他只有逃離來自各方面對他的限制，才能走上「取經」的道路。

三

在後來的旅途上，胡人石磐陀又成為玄奘生命遭遇中的一個重要人物。之所以要在這裡提石磐陀，是因為他的行為正好考驗了玄奘，而這種考驗無疑會一次次使玄奘的意志更為堅決。

關於石磐陀與玄奘在旅途中的相處，各種資料都記錄得非常詳細，是一個動聽的好故事。石磐陀聰明機智，身體健康，待人恭敬嚴肅，他發誓要送玄奘過「五烽」。玄奘十分高興，「五烽」是輔衛玉門關的五座烽火臺，擔負著守備邊關通訊報警的重任。當然，也是「偷渡」最困難的地方。石磐陀在這時候是一個給玄奘帶來希望的好人形象，他積極為玄奘引見一位胡人，徵求那位胡人指引從敦煌到伊吾的方向，而且說服他把他的那匹「健而知道」的老赤瘦馬換給了玄奘。石磐陀很熱心地告訴玄奘：西路險惡，沙河阻遠，鬼魅熱風，無赤瘦馬難以通行。

一切準備就緒，玄奘和石磐陀乘夜出發，三更抵達沙河，玉門碩大的關隘在夜色中隱約可見。二人在離關十里的地方砍樹搭橋，割草填沙，順利「偷渡」過河。兩人非常高興，便擇地休息，玄奘鋪了褥子，躺在沙床上恍惚入睡。不一會兒，石磐陀持刀向玄奘逼近，走到跟前猶豫了一下又轉身返回。玄奘眯眼觀察，不知他為何突然起了歹心？此時，他內心難免傷感，同時他也深為人的生命實為輕丸而感歎，就是在修靈魂超升的佛門，人的肉身性命卻也會時時受到威脅和傷害。玄奘默誦經課，請求觀世音菩薩幫助。石磐陀折騰了一陣睡下了。天亮時，玄奘非常平靜地叫醒石磐陀，取水洗漱，用齋，然後準備出發。石磐陀終於說出了他的心事：「前途險遠，又無水草，唯五烽有水，必須夜到偷水而過，但一處被沉，即

是死人，不如歸還，用為安穩。」

玄奘決然不走回頭路，石磐陀暴跳如雷，拔刀逼迫玄奘，玄奘絲毫沒有懼色，不看刀刃，只是用雙眼盯著石磐陀的眼睛，石磐陀大喊大罵，玄奘不說一句話。過了一會兒，石磐陀終於抵擋不住玄奘目光中的威力，扔下刀獨自返回，他走了數里又返回來對玄奘說：「弟子不能隨師父去了，家有老小，而王法不敢違犯啊！」玄奘說：「我理解你，你回去吧。阿彌陀佛，善哉善哉！」只要你不害別人的性命，你自己要去幹什麼，別人是不會阻止你的。好了，志不同道不合，就此分別吧。分別的那一刻，石磐陀大概在內心充滿了愧疚之意，而玄奘卻一定對他非常感激，一路上石磐陀對他關照頗多，幫了很大的忙；再說，他是出家修行之人，必然是懂得感恩的。

石磐陀返回後，玄奘孑然一人獨自在沙漠摸索前進，路上的骸骨和馬糞成了他辨認道路的有力依據。玄奘之所以能夠走完那麼長遠的一條路，實際上從石磐陀棄他而去開始，就獲取了一種走大漠必備的心理，在那樣的條件下，信念有時候能給人滋生出力量，而少了他人的干擾，玄奘更能保持這種心態，走得更堅決一些。通常情況下，我們都習慣把玄奘只作為一個單純的行者看待，實際上，他能夠那麼堅強地走完一條長路，宗教在他內心所產生的作用仍是不可忽視的。他實際上已經變成了一個信仰突圍者。

玄奘進入莫賀延磧後，開始了他真正的遠征。石磐陀一去再未返還，玄奘一個人牽著那匹馬在茫茫大漠中踽踽而行。一天，玄奘不慎將水袋打翻，等他撲到水袋跟前，水卻已經在沙子中變成了幾道痕跡。沒有了水，他萬念俱焚，抵不住懊喪，準備東返。他知道在沒水的情況下再往前走，就是直接走向死亡，但他轉念又想，先前曾發誓若不到天竺不東歸一步，現在怎麼能回去呢？寧可向西而死，豈可歸東而生？於是他撥轉馬頭，口念觀音，繼續西行。就這樣，在燥熱難耐的沙漠中，玄奘走了五天四夜，其間人馬皆無滴水沾喉。第五天，玄奘和那匹馬雙雙跌倒在沙漠中。也許那匹馬真的「健而知道」，當玄奘半夜被冷風吹醒後，發現它已站立起來，像是得到了很好的歇息。那匹馬憑著本能的感覺帶著玄奘一直往前走去，天亮的時候，一幅令人歎為觀止的奇景在他眼前出現了，前面有一片綠草地，旁邊有一個池塘。玄奘和馬得救了。這個頗有傳奇意味的故事無疑是玄奘西行途中的一個高潮。故事雖然很美，但從中凸現出的玄奘的精神仍不可忽視。我們已經聽過不少這樣的故事，有一個共同之處是，只有人徹底地把自己投入到孤獨無助的環境中，而且還因為人的行為已被徹底改變，事情的結局才會發生意想不到的變化。

一步一步往前走，人心靈中的路也在延伸。

四

玄奘到達伊吾（今哈密）時，對玄奘西行早有耳聞的高昌王麴文泰派人在路口迎接他，要邀請他前去高昌佈道。數日後，玄奘果然到了，被熱情邀往高昌王國。

在這裡，我們可以想像他看到高昌城時的情景：玄奘看見高昌時一定激動萬分，說不定會按捺不住內心的喜悅趕緊念了彌勒佛。使他興奮的原因不外乎有兩個：第一個是出伊吾後，一段艱辛的路途終於走完了。經過無比艱難的漫漫西行長路，他已於內心深深地體會到了這種到達目的地的喜悅。當然高昌不是他最終的目的地，但對於像他這樣在大漠之中一步一步往前挪動的人來說，走完一小段路的喜悅，還是能給他心頭帶來幾絲溫暖的。第二個讓他興奮的原因就是高昌國。一路上，玄奘不可能沒聽說過這個信佛的王國。本來，玄奘只是因為佛教而對高昌保持著一點好感，但他沒有想到高昌國王在聽到他到了伊吾的消息後，派使臣早早地在路邊迎接。當玄奘看到迎接他的盛大場面時，並不為這種待遇而感動，溢滿他內心的，肯定是一個佛教徒對一個佛國的欣悅。從長安出來，走了這麼遠的路，只有佛的東西才是他最迫切需要的。

想必在盛大的歡迎之下，玄奘一定像一尊表情肅然的佛一樣緩緩走進了高昌，而隨著他緩緩邁動的腳步，高昌也正在向一個更高的佛學境界靠近，因為玄奘在高昌國的講經，無疑對這個佛國起到了「百尺竿頭，更進一步」的作用。而玄奘自己也正是因為走進了高昌，才改變了他此後的命運，也使我們今天對當時西域各國的瞭解發生了改變，以玄奘個人經歷為核心的《大唐西域記》因此便有了一段寶貴的記錄。

接下來，高昌王麴文泰與玄奘之間的關係出現了的意想不到的波折。玄奘在高昌受到前所未有的盛情款待，設壇講經自然是不可缺少的內容。麴文泰即使不是佛教信徒，也是熱烈的信仰者，他十分推崇玄奘的佛學，說他從沒有見過比玄奘更有學問的僧人。這個判斷是不錯的，說明麴文泰對佛學有相當的修養。可能是他對玄奘太崇拜了，他終於提出了一個讓玄奘無法接受的要求：請大師留在高昌做我們的國師吧！這是一個令人感動的要求，並不是什麼人都有機會獲此殊榮的，但玄奘卻拒絕了。玄奘是為信念冒死西行的，他不能因為這個誘惑而改變初衷，世間的榮華富貴對於一位信佛的人而言是飄若浮雲的。

麴文泰的內心在這時有一連串反應，儘管他是一個佛教徒，但同時他又是一個國王，從國王的角度而言，他比誰都明白提高全國佛學事業對鞏固自己的地位，加強國力有著多麼大的作用，照此發展下去高昌必將會迎來一個輝煌時期。而這時候，玄奘卻不遠千里來到西域，麴文泰一面為此人身上堅忍不拔的精神所感動，一面又為他掌握著那麼豐厚的佛學知識而驚異，所以他想留住此人，讓他為高昌發揮作用。

這些，用今天的話來說，就是給人才一個相當高的待遇，讓人才發揮作用。結果呢，玄奘在讓他當國師這一巨大誘惑面前卻沒有動搖，麴文泰感到驚怒，但他是一個政治家，很快地，他就又從信仰方面開始攻擊玄奘。他提出「高昌雖是小國，但僧侶總有幾千人，這些人和高昌國都需要大師的指導啊！」稍懂佛學知識的人都知道，佛的基本要求是修自身，即讓現在的自己修煉到「出世」的境界，進入二世。而佛又是向善的，不能遇到難事就躲避到一邊。在這樣的情況下，玄奘如果拒絕麴文泰，就等於拒絕了這幾千僧侶，從更深層面講，就又等於拒絕了佛。由此可見，作為政治家的麴文泰是十分厲害的，他想從心理上打敗玄奘，

好讓玄奘乖乖地留在高昌。

但玄奘還是拒絕了。到了這樣的情況下，麴文泰終於再也按捺不住內心的憤怒，大聲威脅玄奘，「如果高昌國不讓大師西行，大師能成行嗎？」到了這樣的地步，玄奘和麴文泰已經形成了強烈對峙的關係，麴文泰的態度再明確不過了——如果再不行，他就對玄奘來硬的了。那麼硬的應該是些什麼呢？有可能是軟禁，有可能阻止玄奘向前，強行讓他從原路返回；要是再嚴重一點，則有可能殺他的頭。形勢發展成這樣，對玄奘而言已經極為不利，麴文泰始終在主動的一面，在主動中掌握著玄奘的生死。無奈，玄奘以絕食抗爭。這是個好辦法，你不是想利用我嗎？現在我不吃東西，我把自己餓死，看你還怎麼利用。玄奘這麼一鬧，估計麴文泰沒辦法再難為他了。

玄奘一路西行，已經目睹了大漠的大美和絕美；他在靈魂深處早已把生死看穿，加之在那樣曠世絕美的場景中感悟著佛，他一定能更深地體會到人的靈魂的重要。還有一種可能，即從上路的那天起，他就深諳自己隨時有可能命歿西域大野，所以，在麴文泰的威逼之下，他是非常平靜的，他知道在西行的長路上極有可能難以生還，只不過沒有想到會在這樣的情況下結束生命。但他的內心一定很淡然——用死來捍衛自己的信仰和追求，他覺得對他而言依然是一個很好的結局，因為儘管他的肉體將會消失，但他的靈魂卻沒有被改變，這對他而言是最為重要的。那三天，玄奘顆粒未進，而麴文泰卻在內心經過了激烈的鬥爭。也許，第一天他在冷眼觀看，第二天他在等待，他不相信玄奘能支撐下去。而在第三天，他終於被玄奘感動了。一個國王能被一種東西感動，他在內心一定意識到這種東西偉大，他原來的想法一定被這種東西映照著，像晨霧中升起的朝陽一樣，慢慢變得明朗。

據史書載，在這個過程中給玄奘幫了忙的還有一位女人，她就是麴文泰的王妃。這位王妃是從突厥中嫁到高昌來的，姓阿史那氏，是當時任西突厥可汗葉護的妹妹，她聰明嫻賢慧，因為受丈夫麴文泰的影響，所以能說一口流利的漢話，並對漢文經史瞭若指掌。當麴文泰一心想把玄奘留下來當他的國師時，他覺得丈夫的作為有些欠妥，就勸麴文泰說：「君子有成人之美，王兄立意行程萬里，他是位成就大業之人，留他不如送他。」這是一番曉之以情，動之以禮的話語，麴文泰聽了之後陷入了沉思。麴文泰在心裡會想些什麼呢？連自己的王妃都覺得自己的作為不妥，那麼自己就真的不能強求玄奘了。麴文泰動心了，打算放玄奘走。從王妃的這一番很有道理的話語中可以看出，她深知中國儒家思想，這一番話中字字有力，處處生情，麴文泰怎能不被說動呢？大概過了外頃之後，麴文泰用很欣賞的口氣問她：「夫人高見，怎個送法？」她說：「何不借重我哥哥的一臂之力。」到了這時，麴文泰也想做一番人情，於是對她說：「那就有勞你了。」王妃回答：「為王兄辦事，小妾雖苦不辭。」很快，她便給哥哥葉護寫了一封信：「我高貴的哥哥：今有大唐佛門高士玄奘去天竺取經，途經碎葉。玄奘乃文泰盟兄，乞望你以接待我們夫婦的禮儀，盛情款待。他西行的路線所過之處，多為哥哥的臣屬之邦，還望你為他的安全和暢通無阻費心勞神。……小妹頓首遙拜。」

一場精神的對峙結束了，麴文泰和玄奘使招都不動聲色，但爭鬥卻異常激烈。最後，麴文泰讓步了，成全了玄奘。他這一讓步，情況發生了很大的變化，他在內心肯定就更尊重玄奘了，他要盡自己最大的努力支持玄奘西行。他大筆一揮，為玄奘批了一大筆經費：「四個沙彌以充給侍。製法服三十具。以西土為寒，又造而衣、手衣、靴、襪等各數事。黃金十兩，銀錢三萬綾及絹等五百匹，充法師往返二十年所用之資。給馬三十，手力二十五人。」一好傢伙，此時的玄奘一下子就變成了一個大富翁。這些人力物力對於玄奘而言意味著什麼呢？首先，讓我們瞭解一下這些財物具體的含義。「給馬三十匹」，這可能是專門為了運輸的；四個沙彌應該是專用來侍奉玄奘生活起居的，而二十五人既名為手力，應該是專門負責馬匹管理及其他體力活動的，至於那些錢財，已足夠玄奘一路花的了。

由於受到麴文泰的大力資助，玄奘離高昌以後一路順風。沙彌四人，一人曾在遇賊時救過玄奘。玄奘不僅不用為經費問題勞神，而且可以從容施捨他人。後來，玄奘在印度從容鑽研佛學，不但不為經費問題所困，而且有經濟實力保持與佛學界的禮尚往來。

古往今來，誰也沒有玄奘吃的苦多，但古往今來又有哪個知識份子享受過他這麼高的待遇。

五

該怎樣給玄奘這樣一意孤行的行為下一個定論呢？

他矢志不渝，是因為他作為一個佛教徒的虔誠所致，還是他原本就是一個很倔強的人，只要認定了目標，不實現便死也不回頭？玄奘身上呈現出了兩種截然不同的色彩——虔誠和固執。這兩種東西交織在起，讓人覺得他遙不可及，而且還有幾分冷漠，加之他又一直置身於蠻荒的大漠之中，所以，要理解他似乎便只能和他站在同一方向，儘量揣摸他當時的心態和情緒，才可以瞭解到他內心的想法。所以必須把玄奘一分為二來看，才能觸摸到一個真實的玄奘。

先說他的虔誠。眾所周知，宗教往往首先會對人的意志起到引領的作用，讓人用實際行動去體驗神的某些精神指向和心靈涅槃。而對於特別強調心靈模式的佛教來說，它更注重讓人從行為中踐證心靈，達到行為和心靈的完美統一。玄奘自小便進入寺廟當了和尚，除了佛學知識外，他再沒有接受過別的教育，所以說，他的天空只有他眼中的一角，他所看到的世界，只有他作為一個佛學弟子能看到的版塊，除此之外，世界在他眼裡是不存在的。他這樣做好不好呢？也好也不好。其好的一面在於可以讓自己保持良好的心態，潛心修佛，一心一意成為虔誠的佛教弟子。正如前面所說，宗教是對人心靈的引領，一個人只要能靜下心來，就會在神學的世界裡找到一條屬於自己的路，用打開心靈的方式進入世界，讓自己的靈魂在超凡的境地中飛翔。同時，他視眼前的世界為不存在，還可以消除生命的苦難，讓自己用殫思的方式解脫。佛教有一個比較現實的作用，即解決今生的苦難。因此，佛教從一開始便形成了較為整齊的開脫、化解、思考苦難的方法，讓佛學弟子在解決自身問題和遭遇苦難時總

是能夠找到使自己解脫的方法。玄奘保持了對佛無比虔誠的心態，把關於「神的世界」當成了自己畢生要走的路，畢生要完成的學業，所以，他的心靈一直是寧靜而又從容的，使一條心靈之路越走越寬。但他這樣做不好的一面在於他會變得越來越孤獨，一旦他走出屬於他的那個世界，他就要受到磨難，變得舉步維艱。因為，他的心靈模式已經在佛教的世界裡定形，當他把定形的心靈模式「挪用」到現實世界中，衝突和矛盾便油然而生，他會處處碰壁，感到無路可走，其心靈和靈魂的超脫在殘酷的現實世界面前更是不堪一擊。他在前面遇到的兩次危險足以說明這一點，在爪州時，如果李昌不是一個虔誠的佛教徒，出於惺惺相惜之情放了他，而是用一根繩子綁了他，哪怕他在心裡念一萬個阿彌陀佛，一點幫助也沒有。還有石磬陀，如果他真的心生歹意，一刀剁向玄奘，沒有多少反抗力的玄奘又怎能活命？所以說，虔誠在有時候是並不實用的，它在典籍中像明珠一樣閃閃發光，引領佛教徒的誦經聲猶如潮水一般一浪高過一浪，但在現實世界中卻會碰壁，有時候甚至會變得很危險，讓佛教徒的生命遭到傷害。這時候，佛又能如何拯救他的教徒們呢？

再說玄奘的固執。玄奘的固執大概仍與他的出身和長期在寺廟裡長大有關，封閉而單一的環境讓他的性格變得孤僻，他養成了不愛說話，遇事只在心裡琢磨的習慣，他的外表因而便變得冷漠和孤獨，似乎從來見不到半點讓他欣喜和高興的事。在西行的路途上，固執像一個與身相隨的影子一樣一直在他身上出現著，並時時左右著他，讓他無法超脫，無法快樂。出長安時，固執使他只想著實現心中的理想，而將「叛國」之罪置於不顧。幸虧他從印度取回了佛經，朝廷才不再過問他的罪過。如果朝廷執法嚴格，不管他取得了怎樣的成果，必要先問「叛國」之罪，他又怎能踏上返回故鄉的路途，怎能揚名於歷史。從當時的情況看，朝廷不容許國人出關，他只能偷偷走；一路向西，路途變得越來越艱難，他只能靠著一個人的意志和體力向前行走。但他從不為自己的選擇而後悔，而是在越艱難的境地中變得越固執，就是在生命面臨危險時，也從不回頭，不踏上半步返回的路途。有時候，一個「死」字甚至已經無比清晰地擺在他面前了，他甚至要固執地一迎而入。好在他的運氣似乎不錯，總是在關鍵時刻化險為夷，能夠從危險中走出。他就那樣固執地慢慢走向遠方了，留在歷史中的一個背影似乎告訴我們，他是一個不可改變的固執的人，而且固執了一輩子，讓自己的一輩子只做了一件事，從來都沒有動搖過心中的理想尺規。

虔誠和固執，在玄奘身上交織扭結出了許多衝突和矛盾，但他不痛苦，而是低著頭，在風沙之中越走越遠。

六

接下來，看玄奘與麴文泰分別十七年之後的幾件事上。玄奘在印度修成之後，準備攜帶經書返回長安，日戒王問玄奘歸國是走海路還是陸路，玄奘回答：還是從北路回去，見老朋友。當時中印之間海路更發達，而玄奘卻堅持從陸路回歸。這個決定再次改變了《大唐西域記》的內容，否則，他回來的路線也不會記錄在該書之中。同時，他的這個回答也是對麴文

泰的高度評價，時隔三年，他對麴文泰的感激之情依然未減半分。然而，當他風塵僕僕地赴麴文泰的三年之約的時候，此時的西域形勢已經發生了很大的變化：突厥人的強盛已是昨日星辰，當年阻止玄奘西行的唐太宗和他的朝廷成了這裡的真正主人，至於麴文泰已在幾年前亡故，他的高昌國已成了唐朝的一個州，玄奘沒有再到高昌故地，他決定直接回唐朝。

我們不應該忽略玄奘學成東歸時的情景，儘管他此時已經是一個成功者，但他仍像來時一樣抵著頭上了路，也許，他經由來時的經歷已經深深地明白，走路最重要的還是精神，所以面臨著同樣充滿艱難困苦的東歸路時，他仍然沉默著，在沉默中堅持著內心重要的東西。這時候的玄奘，無疑已經是一位心智和毅力過人的高僧，他有意識地又選擇了一些來時未走的路，這樣，歸鄉的路實際上又變成了一條征途。一個人在取得成功後，怎樣按捺著內心的喜悅，或者絲毫不為這種成功心動，向著更大的目標邁進，永遠堅持了自己的意志，把一個殉道者的美好形象始終保持了下來，從而也證明，宗教完全是一種有活力，有助於人生存的精神生活。

踏著一路塵灰，玄奘終於回到了闊別十九年的長安，他往返之途幾乎涵蓋了絲綢之路的全部。他帶回佛經六百五十七部，五百二十夾，許多是當時國內之孤本。出走的時候是偷渡者，回來後因為滿載經文，玄奘的罪也就免除了。這樣的事對於任何一個皇帝來說都不是壞事，是否定罪，全由他決定。於是，該立功的立功，該獎賞的獎賞，而且還大力提供科研經費，讓玄奘專心作學問。從此，玄奘在唐太宗的支持下開始了巨大的翻譯工程。

在向唐太宗請示準備寫《大唐西域記》時，玄奘都盡可能表示自己的西行皆依賴于皇朝，從來沒有談到麴文泰。玄奘把麴文泰忘記了嗎？也許，玄奘之所以這樣做的原因有可能是他在內心把麴文泰看得太重，他寧願把一切都深埋在內心。感情深，深到了無以言表的地步，再則，他知道麴文泰不聽唐朝的話，最後被唐朝大軍給收拾了，所以，在皇帝跟前不能言及麴文泰對自己的幫助，只能說成是朝廷的功勞，否則，皇帝一翻臉，重提早年偷渡的事，可能會危及自己的生命。

《大唐西域記》中也未見感激麴文泰之言，這讓人覺得有些微妙。但無論如何，書的內容安排都一定是反映了玄奘的意圖的。對於唐太宗而言，麴文泰是罪人，對於玄奘而言，麴文泰是恩人。在唐太宗面前，玄奘不能談到麴文泰，但在自己心中卻不能忘記麴文泰。所以，玄奘與麴文泰的一段交往，則讓我們更確切地瞭解到後來像謎一樣消失的高昌的一些真實面目。今天，我們除了能夠瞭解到這些以外，再也找不到一個王國更為細緻地記載了。好在從這些事情中表現出來的悲與歡，喜與憂和人性的真實，再一次讓我們感到生活是豐富的，生命的波濤雖然起伏不定，但總會被世界無形的大手推動，湧動到我們面前。如今懷念玄奘，便感到他西行長旅的背影裡，有高昌王國的一個烙印。

一千多年過去了，玄奘表現出的意志和最終取得的成績哪個更重要呢？假如他沒有西行之舉，那些佛經在後來恐怕還是能夠傳播到中國。而有些事還是需要那樣去做的，特殊的時代，就必須要有特殊的行為，而且因為一些人的行為從他所處的年代中凸現出了意義，他所

行者：五個清晰的人

一

我曾三臨羅布泊而未入。第一次因為天氣突變，第二次缺可靠的嚮導，第三次走進去二十多公里，遇上大風沙後不得不撤回。至今我對那種「死亡之海」中的遭遇記憶猶新，人踏在斑裂的地表上，腳下的啐土發出唠嚓唠嚓聲，一股股土霧飛揚而起，走不多遠，這種聲音便越來越沉重，像重拳一樣擊打著身心。少頃，恐懼便襲上心頭。

這時候，想起那些穿越羅布泊的人，他們在更遠的地方行走時會遭遇什麼樣的情景，真是難以讓人想像。唯一可以肯定的一點是，當他們在這裡獨自走遠時，他們仍是擁有血肉之軀的常人，只是他們在剛開始作選擇時，其膽略和魄力卻已經超出了常人，而且身後了無牽掛，獨自在一條孤獨而又艱難的道路上走遠了。其實不論是誰選擇這樣的道路，其結果無外乎有兩種，死亡和征服。彭加木和餘純順先後都命歿於這片大漠，是死亡掠奪了他們，現在看來，那種死亡幾乎都是無可抗拒的。至於征服這片大漠的人，已經不能用數字計算，但我想，相對征服程度而言，這些人還是應該嚴格區分開，有好多人進去的時候，有很先進的衛星設備和龐大的後勤保障隊伍，所以即使遇上再大的風沙也是有驚無險；而有的人卻是靠雙腳走完全程的。對於所有走進羅布泊的人來說，都僅僅是一次經歷，因了精神和思想需求各

不相同，所以，他們的行為便也不盡相同。

所以，當我第三次走進羅布泊，突遇大風沙時，我立即建議撤回。我覺得生命的意義不在於要非常嚴格地去遵守某些東西，而靈活地把握機會，循序漸進地追求生命，其實是最好的。有人反對我的建議，認為我的意志不堅強。他們都被「壯士一去兮不復還」的感覺漲紅了臉，按捺不住要以壯烈捐軀證明自己的衝動。我從包中掏出那把刀子，上面有早上殺羊時留下的血。我對他們說：「誰要不回，我就跟誰動刀子。我連羊都殺了，人在這裡和羊又有什麼兩樣」。我之所以這樣做，是因為在出發時沒人敢去殺羊，而我毫無懼色地把那隻羊殺了。當時大家都認為和我走在一起，以後有什麼事情都不會害怕的。過了一會兒，大家終於被勸住，全部轉身返回。

進不了羅布泊，不得已，我們只好到了若羌縣米蘭鄉。羅布老人用枯瘦的手指著遠處，給我們講羅布人的歷史。我聽著，漸漸仿佛置身於幻境，似乎看見一座遠古的城，如同真實畫面一般抖落盡滿身的塵沙，聳立在了我們面前。我想當年的斯文．赫定，斯坦因等人走進樓蘭和尼雅遺址時，在幻覺中也可能看到過這種情景。

那幾天，我的心情被一種懷舊的感覺感染了，有好幾個在西域走過的人的面孔在我心裡慢慢變得清晰起來。最後，有五個人的影子脫穎而出，讓我感覺到他們從時空深處向我走來，他們是斯文．赫定、斯坦因、奧爾得克（羅布人）、阿洪和劉慎鄂。

二

說起斯文．赫定，熟知他的人都會對他產生出一絲敬意。對於斯文．赫定而言，只有在這不知不覺間流露出的敬意，才是對他最好的證明。斯文．赫定完成的是富有人類使命的事情，所有在西域探險過的人中間，他是首當應該得到肯定的一個。

關於斯文．赫定的歷史資料頗多，經過細緻的瞭解可看出，他把自己的所有行為與意志都用在了追求夢想的過程中，而他的這個夢想並不是個人的，而是世界的，因此，他不光把喀什、沙雅、若羌、且末、民豐、和田，以及古樓蘭遺址、羅布泊、葉爾羌河、塔里木河、孔雀河、喀拉喀什河、和田河、克里雅河，還有被稱為塔克拉瑪干大沙漠中的綠洲的通古孜巴斯特從地理上連成一線，而且把一條意義中的道路也拓展開了，令人覺得斯文．赫定的生命在這條道路上留下了彌足珍貴的記憶，在長時間感染著後人。

有人喜歡把斯文．赫定走過的塔克拉瑪干想像成一隻橢圓形鴨蛋的剖面，蛋的右上角隆起的部分就是神秘可怖的羅布泊，斯文．赫定就在那隆起的部分走著，太陽自頭頂照耀而下，他的雙腳沉緩地踩踏著沙漠。這個憑空想像出來的鴨蛋剖面有聲有色，沙漠的表層起伏有致，一點都不缺少形象感。但是，正如那些探險者在沙海的盡頭總能欣喜地發現乾枯的胡楊和烏鴉，以驗證他們行走的意義，接受了某種啟示，在煙塵四伏之後，看見了斯文．赫定的某種姿勢，這種姿勢與潛藏在他身上的「人的沙漠」長久地做著鬥爭。

斯文．赫定的探險生涯實際上開始於他十五歲那年，在瑞典首都斯德哥爾摩，人們迎接從入北冰洋探險兩年歸來的考察船「菲加」號。那一年是一八八〇年，斯文．赫定隨著蜂擁的人群歡呼，他的心怦怦跳動，一個大膽的想法在心中產生——他決心做一個真正意義上的探險者。一個少年被某種東西感染，在頃刻間產生出嚮往原本是很正常的事情，但對斯文．赫定而言，在十五歲產生的一個嚮往最終變成了他終身追求的事業，並且取得了驚世的成績，這不得不說是一個例外。

一八九〇年，二十五歲的斯文．赫定踏上了中國的土地，他選擇的第一站是新疆塔里木盆地中的和田。連他自己也沒有想到，從此，他與新疆結下了不解之緣，整整一輩子用腳步和心靈在這塊土地上走動著，他的身影越走越遠，而古西域的一些東西卻隨之越來越明朗。他終身未娶，用他自己的話說，他和中國結了婚。直到今天，我們要翻閱新疆近一、二百年的歷史資料時，都可以從斯文．赫定的書籍中找到許多東西。而這些詳細的記錄，卻是他用死亡之旅換來的。一八九五年，他冒著生命危險找到了古城丹丹烏里克，但他未做任何挖掘，做了一些記錄後便又離開了。古城丹丹烏里克在他面前像是神助似的倏忽一閃後，便不再顯現，所以除了他的同伴外，到今天為止，再沒有探險者發現古城丹丹烏里克。它像美麗的仙女一樣又隱沒在沙漠裡面了。

找來地圖，根據斯文．赫定書中記錄的地名仔細對照，估計古城丹丹烏里克在今天塔克拉瑪干以東的地方。因為斯文．赫定是從塔克拉拉瑪干以西向東而行，是在東面發現該城後返回的。返回的路上，水和食品都沒有了，幾個隨他而行的駱駝客先後倒地而亡。斯文．赫定一邊掩埋著他們的屍體，一邊忍不住流淚。也許他比別人有著更堅強的信念，所以他總是一次次渡過難關，再次向荒野深處挺進，但看著大漠中隆起的那幾個墳墓，他心中一陣陣傷痛。走過這樣艱難的歷程，他才深深地明白，生命是多麼的脆弱，又是多麼的可貴，每往前挪動一步，幾乎都是用死亡和無比艱辛的生存在維持。他用當地人的習慣為倒下的那幾個駱駝客挖出幾個土坑，將他們埋葬。儘管這樣做要消耗很大的力氣，說不定忽然之間就會倒在坑中，再也不會起來，但他強迫自己必須那樣做，走了這麼遠的路，他深知絕非自己一人能所為，死去的駱駝客曾經是他有力的依靠，像他生命的一部分一樣重要。後來，他絕處逢生，找到了一處水窪。他一頭栽進水裡，無比驚喜地發現，水很甜。當他從水中爬起來，回頭望著身後隱約可見的墳墓，忽然淚流滿面。

一年多以後，他回到瑞典，寫出了《穿過亞洲》一書。之後，斯文．赫定又三次踏上探險中亞的路途，其考察核心皆為新疆。他為了這三次探險，把自己從二十多歲到七十多歲的生命全部貫穿在了其中。面對這樣一個偉大的探險家，真正的行者，我們不應該忽略他為之所付出的努力和飽嘗的艱辛。他曾被大雪圍困，生命有好幾次差點丟失。在這期間，中國變幻不定的局勢也曾影響了他。在一般情況下，探險純屬個人行為，不會與政治衝突，而一旦二者相遇，政治必然要以它強大的威力扼制探險者的行為。這種扼制往往是不可改變的。在這裡，僅提一提阻擋過斯文．赫定的幾個人，他們是馬仲英，盛世才，還有當時的西藏政

府。令人惋惜的是，如果斯文．赫定在當時能得到他們的支持，或者說他們不要將他幾度拘留，耽誤他的生命和時間的話，他可能會有更大的成績。在今天，我們已經可以看到，作為政客，他們都像一季之花一樣早已消失殆盡，而斯文．赫定這樣一個外人，卻這麼長久地與樓蘭古城聯繫在一起，讓人久久難忘。

一九三四年，斯文．赫定已經七十多歲，他在這一年第四次進入新疆，第二次進入樓蘭。五月六日，他在偶然泊舟的河岸上發現了古墓群，這是一處樓蘭王國比較重要的墓葬。在一個未經啟動的船形木棺中，出土了一具保存完好的女屍。打開棺木，嚴密的裹屍布一碰就風化成了粉末，但當他們揭開了覆蓋在她面部的朽布時，終於看到了她驚人的美麗面孔，更讓他驚奇的是，這具女屍雖然歷經歲月幾千年的搓洗，但留在唇角的一絲純真笑意仍沒有泯滅。這就是後來被稱為「羅布女王」，「樓蘭公主」，「沙漠情人」的重大發現。大家都為這個發現驚喜不已，然而出乎他們意料的是，當斯文．赫定記錄了有關筆記，並為女屍畫完像之後，他居然下命令將女屍重新埋回了古墓之中。

眾所周知，探險家有了這樣的收穫，無疑是對自己行為和生命的一次證明，但斯文．赫定卻作出了令眾人大出意料之外的選擇，這樣，他就把自己放在了一個更高要求的層面。對於女屍這樣一種生命體，他給予了她尊重。也許，是她唇角的那一縷純真美麗的笑打動了他，他猜想她可能是從某個幸福的瞬間進入永久的長眠的。那個瞬間對她來說是久遠的，也是彌足珍貴的，所以，他又將她安置在了大地的深層。

一直以來，行者是單純的，其行為無外乎就是尋找大地的神秘，對古老歷史的叩問，以及自身在獨特地域中的突圍。但是斯文．赫定，他與別人不一樣，在開掘出某個故城，面對巨大的成績時，他內心中「要保護」的意念便無比真實的顯現了出來，讓我們看到了他對大地和歷史的情意，覺得他為了留住人類某些美好的東西，在大漠中獨闢蹊徑，腳步一陣緊似一陣；令人感覺到他的面容越來越清晰，心亦一陣陣發悸。他已年屆七十了，不得不承認，死亡意識（也是生命追求終結）此時肯定異常真切地襲上了他心頭，他那樣做，必須為自己回國後的平淡和沉默做出很大的犧牲。事實證明，當他回到瑞典後，便一直保持著沉默。也許他認為自己已經把該完成的一切都已完成。

斯文．赫定為自己探險生涯畫上最後句號的那件事很值得一提。人生最後的謝幕大多都是非常體面的事情，因為在這之前，每個人都因奮鬥了一生而為最後的這個句號奠定了豐厚的基礎，而且在一般的情況下，人們也總是喜歡用他一生的行為對他總結定論。但斯文．赫定在做最後的選擇時，卻依然顯得是那麼與眾不同。一九三四年十二月九日，斯文．赫定率隊進入了羅布泊東部，在一個雅丹的頂部紮下了二十世紀西域探險史上著名的第一三五號營地。從這兒到阿提米西布拉克還有一百多公里，順利的話一天就可到達，但由於路上過多的延誤和不順，已經耗盡了給養，特別是汽油已所剩不多。在這樣的情況下，有三個選擇，一個是繼續往前走，抵達阿提米西布拉克，冒險和正在交戰的軍隊周旋，但這無疑是自投羅網，飛蛾撲火；第二個選擇就是返回敦煌，而這樣很有可能在一場大風沙中成為一個永久的

「路標」；第三個選擇就是原路返回，這樣的話，每個人都可以得以生還，該回國的回國，該回家的回家。但隨著返回的腳步一步步向後挪去，來時所付出的艱辛和好不容易得出的結論，就會一點點地被改變，就會被別人認為是落荒而逃，一生的探險成績也將會被否定。

斯文．赫定一夜未睡，陷入沉思。如果此行是他一個人，他也許會拼死一搏；如果他還是三、四十歲，他並不懼怕「破釜沉舟」，他一生中的日子不就是以冒死涉險度過的嗎？但他要為同行的十個人負責，要為此行的成敗負責。那一夜，我們完全可以想像得出，前總後想，內心徘徊不定的斯文．赫定是極度痛苦的。天亮後，人們大吃一驚，沉重的精神負載和內心爭扎竟使精神矍鑠的斯文．赫定在一夜間鬚髮皆白，太陽升起，他面頰上的霜融化成水珠，在一滴一滴地向下掉著。大家不敢肯定，他臉上那麼多的東西，到底哪些是水珠，哪些是淚珠。就在那一刻，斯文．赫定痛下決心，順原路返回。

即將啟程返回的探險隊，在最後的營地一三五號雅丹沙漠上用八個空汽油桶建造了一個「紀念碑」，紀念碑的底座是三個填滿沙子的汽油桶。他們只能在這兒留下這些東西了，其實他們不願意走，但他們又不得不走，儘管他們明白這一走就是「永別」，他雖然沒有為其劃上圓滿的句號，但在精神的範疇內，卻做了一個完美的結局。

……

我無法忘記他在一三五號營地度過的那個不眠之夜。其實，我知道在他探險的日子裡，他曾度過很多那樣的夜晚，但在那個夜晚，他卻對自己的探險生涯做了一個了結。

三

提起斯坦因，大概有很多人會為他傷感地搖頭。斯坦因曾數次進入羅布泊，和斯文・赫定同為探險者，身處的外在環境也大致相同，但卻因為他的行為的原因，在人的意義上，無法與斯文・赫定相提並論。

二十年的時候，我在和田采風，聽庫萬說，現在住在阿不旦的熱合曼老人曾和斯坦因有一面之交，那一年斯坦因五十歲，熱合曼十七歲。我從資料中查找了一下，那一年應該是一九一三年，因為斯坦因十九四三年在阿富汗去世時剛好八十歲。

剛準備要去找熱合曼，我卻接到部隊通知，讓我返回執行別的任務。走到半路，我忽然覺得這一去也許就會留下一個永遠的遺憾。聽庫萬講，熱合曼的身體這幾年不怎麼好，就連走出阿不旦去看望兒女也難以成行了。他是快上十歲的老人了，說不定哪天就會離我們而去。想到這裡，我讓司機把車子掉頭，又駛向和田。車子駛進和田的時候，正趕上一場大風。街道兩旁的塵土被風吹起，使這座城市變得影影綽綽，恍若阿拉伯電影裡的某個場景。這正是這個地方的特點，風沙像一隻寬大的手掌一樣，把地處塔克拉瑪干邊緣的這個小城緊緊抓在掌心。但這只是它的一個表面層，當我低下頭，就發現風塵中行走的人們仍然是那樣悠然自得，不緊不慢的腳步像是對自身生存的一個證明，又像是在輕輕地釋解著飛揚的塵

土。

找到熱合曼老人，說明來意，他非常冷漠，以致我讓維吾爾族翻譯不得不表明我對斯坦因的態度後，他的情緒才好了起來。說起他曾與斯坦因的一面之交，熱合曼未開口，神情變得嚴肅起來。他的身體確實不好，一雙眸子渾濁無光，似乎有淚水卻要從裡面湧動出來，他用手去擦，淚水沒有出來，那雙手卻抖動了起來。那一次，熱合曼是作為駱駝客被斯坦因徵用的，一路上，斯坦因很少說話，表情一直很嚴肅，大家都搞不清這個看上去很英俊的英國人到底在想些什麼？到達米蘭時，斯坦因忽然下令讓所有的駱駝客駐紮營盤，他則帶著那些印度人在一個小山包底下開始挖掘。熱合曼在無意的一瞥之間，發現此時的斯坦因變得很興奮，正指揮那些印度人把一堆石頭移開，向下挖沙，挖了不一會兒，就有許多用衣物裹著的東西露了出來。熱合曼隱隱約約感覺到了什麼，不由得走上前去，剛好斯坦因把其中的一卷打開了，他看見那是一些非常古老的文書，上面有藏文。斯坦因一回頭，發現了熱合曼，眼中立刻露出凶光。

是夜，熱合曼怎麼也睡不著，他知道斯坦因已經是第二次到米蘭，而米蘭就是鄯善國最初的王城，這些藏文文書有可能是八世紀以後進入塔里木盆地的吐蕃遺物，從他們的行跡看，這些東西有可能是上次他沒法帶走而藏在這裡的，他們這次是專門為著這些文書而來的。天快亮的時候，熱合曼被一陣吆喝聲喊醒，他一看有好多人都被縛住了手腳，剩下自己，正被兩隻黑洞洞的槍口壓著。斯坦因一改來時的沉默，大喊大叫，意思是誰也不能動，不能跟上他們，否則就用槍對付，說著，他朝天放了一槍。此時，熱合曼明白，斯坦因是一個賊，一個要把中國的古文物盜走的賊！五匹駱駝已經全馱上了東西，他們趕著它們慢慢地走遠了。熱合曼在憤恨與懊悔之中欲哭無淚，七十多年的歲月過去了，這兩行淚水終於再也控制不住，如同決堤的水一樣衝湧而出。當時，熱合曼曾去和田報案，但誰也沒有理會他。說到這裡，他更傷心了。

我扶住他顫抖的手，替他擦去淚水。一個身居大漠的人，有這樣的良知就夠了，當時的新疆正戰火紛飛，斯坦因從米蘭一路向西，直至到達喀什米爾，都沒有受到任何阻擋。中華民族珍貴的財產，就這樣被一個貪婪的賊盜走了。儘管斯坦因因為介紹古西域發揮到了一定的作用，但他最初的目的和個人的欲望都是非常自私的，他不是一個純粹的探險者。

告別熱合曼，走在路上，斯坦因的形象已經在我心中變得十分清晰。也許，我太苛求斯坦因了，每個人在追求自己目標的時候，都會有不盡相同的方式。但我還是想說明一點，在後人把斯坦因稱為一個探險家，並且認認真真地閱讀他的那些書籍時，作為中國人，完全有理由指責他的個人私欲，因為他從一開始就幹了許多在探險記錄中隻字未提的「挖掘」，「挖掘」在這裡是一個複雜而又多側面的詞，是斯坦因滿足自己貪婪欲望的證明。

斯坦因的大部分探險生涯幾乎是在斯文．赫定的啟發中渡過的。對他而言，不能不說帶著某種恥辱的色彩。一八九零年，他在印度做教育工作，過著無聲無息的生活，是兩件偶然

中的事情刺激了他。一是一名印度上尉在塔克拉瑪干捉拿兇犯時買下當地發現的稀有古書，在印度名極一時；二是他看到了斯文．赫定的《穿過亞洲》，被斯文．赫定的成功誘惑著，請了休假，帶著一舉成名的雄心進入了中國。《穿過亞洲》從此成了他的寶書，他依照書中的方向和詳盡的地圖一步步走向斯文．赫定去過的那些地方。

斯坦因的探險隊伍比斯文．赫定的要龐大好幾倍，從這一點就可以看出，他不但心情急切，而且沒有探險精神。他甚至早已想到了要有充足的補給和人力保障，以使一旦有新的發現，就趕緊收穫。在斯文．赫定只停留了一天的丹丹烏里克古城，斯坦因的書中提到，他進行了「挖掘」，我們完全可以想像得出，那是怎樣的一種欣喜若狂，十四天之後，斯坦因的駱駝隊和三十個民工承載重負，步履緩慢地離開了那座被翻開的古城。

一九一三年，斯坦因遇上了一個實現自我的絕好機會，他本來可以縱越塔克拉瑪干，走出一條斯文．赫定沒有走過的路，但他卻缺少吃苦精神，或者說太唯利是圖，僅僅走出四十多公里後，就因為感到大漠中死亡的沉重氣息，從來路逃脫了回去。這之後，他一次次選擇著斯文．赫定走過的路，成了斯文．赫定影子裡的一個人。可惜的是，他並沒有領受到恥辱的壓力。

斯坦因和斯文．赫定，雖然人們都習慣把他們的名字排列在一起，但二者相同的地方只有一點，那就是他們都面對的是大漠之中的迷宮和艱險，除此之外，當他們踏上大漠時，就開始了兩條從內心的基點和動機都截然相悖的道路，我們可以設想一下，如果把發現嘴角帶有微笑的「樓蘭美人」的人換成斯坦因的話，他會欣喜若狂，迫不及待地把她運回歐洲，去博得人們的驚訝和讚歎。

有些事情有時候似乎是天意安排。一九〇六年，斯坦因沿著斯文．赫定進入樓蘭遺址的路線進入羅布泊，一路「挖掘」，瘋狂尋找「樓蘭美人」，但她卻始終沒有向他顯現那一縷神秘的微笑。到了一九〇七年，他懷著一種不甘心的心情進入敦煌，進行了一次驚世的盜運中華文物的勾當。斯坦因至死都沒有闔上那雙貪婪的眼睛，一九四三年他在阿富汗進行考古挖掘時患重病，起初，別人勸他治療，但他一邊咳嗽著，一邊下著命令：挖，挖……終於，貪婪將他的生命推到了無可挽回的地步，最後，他一病不起，在絕望中咽下最後一口氣。

四

在想像中，阿洪是一個身材中等，動作有些遲緩，且常常猶豫和沉默的人。這已經是一個不可少的前提，正是這麼一個身上非常複雜地融匯了動與靜的人，才有可能成為一個騙子、造假能手和撒大謊的人。阿洪一生的很多日子都是在猶豫和遲緩中度過的，之所以這樣，他是怕自己稍不注意會把機會錯過，才一直是那個樣子。

阿洪是一個真實的，在我們的生活中隨處可見，甚至從某個角度而言是現實中不可缺少的一個人。這樣，有利於我們去看到他的全部，而有時候看到別人的全部，就等於看到了自

己的一部分。這樣的對照關係，尤其在一個已留在歷史中的人身上會體現得更為突出。按各種資料離奇的記載造成的印象，阿洪似乎自小就生活在和田的一個小山村裡。

十九世紀末，一位英國中尉到中亞捉拿兇犯，在和田發現了稀有的古書，他將其買下帶回印度，偶然成了名揚天下的中亞探險先驅。人們不知道那些古書出於何處，但卻都被它的古老激勵著，極力想研究出它的來龍去脈，這就是著名的「鮑爾文書」事件。這時候的阿洪是一個默默無聞的人，住在塔克拉瑪干沙漠邊緣冷清的小村莊裡，儘管有時候可能浮想聯翩地眺望遠處，但心的嚮往絕對不會超出目光所能到達的地方；塔克拉瑪干的遠處有些什麼，以他所處的環境和他的身份，他不會想像得出。這時候的阿洪就像他的那雙眸子一樣，是明淨的，如果那種貧困而封閉的生活不被打亂，他就會一直那樣生活下去；如果說塔克拉瑪干是一個神奇的胸懷，會把每一個人像深愛著的兒子一樣孕育下去的話，阿洪在最後有可能會變成一塊忠誠的岩石。但事情卻隨著那幾本被鮑爾中尉背回印度的古書急驟發生著變化，很快，就有許多外國人來到和田，到處打聽哪裡有那種老文書，誰如果能弄到，他們願意出高價，（這裡面有許多外國人，而斯坦因和普爾熱瓦斯基會不會也在這裡面呢？）這些人的到來，徹底使阿洪變成了另一個人。如果把背景拉得更大一些，則又讓我們看到，西方人在那時候對中國文物的掠奪已顯而易見。

也許阿洪也去尋找過那種古書，但最終肯定是徒勞而歸。但到底是什麼東西忽然使他產生造一些假古書出售給外國人的想法呢？原因也許有很多種，但有一點可以肯定，那就是一個人的某些不好的東西其實天生就有，只不過需要一個合適的機會才能被喚醒。

塔克拉瑪干是神奇的，是比一切都悠久，都偉大，都沉迷，都可信，為什麼人們卻對它視而不見，輕而易舉地忽略了它已經形成的對人的價值，而去鍾情於那些古書呢？是因為人把價值給了這些古書，價值的基本作用力就是使人產生佔有欲，甚至還產生陰惡、陰暗、貪婪和掠奪的行為。在那一陣子，想得到古書的人大概都不知道它真正的價值，他們只知道它值錢；從感覺上而言，它就是錢。

這時候，阿洪「粉墨」登場，也許上天故意要讓阿洪上演一場鬧劇，所以，劇情的發展居然是那麼順暢。阿洪在沒有任何人點化的情況下，假古書一造就成，而且很快就獲取了暴利。阿洪造假說來實在好笑，他把外國人扔掉的廢報紙帶回家，摸仿上面的瑞典文字，在一些快腐爛的舊黃紙上塗抹一些「離奇文字」，沒想到，這些東西被外國人搶售一空。後來阿洪嫌那樣麻煩，乾脆在上面胡亂寫下一些東西；他自己十分清楚，寫得越是離奇越是值錢。那十年間，阿洪的家成了一個造假作坊。他的家是貧窮的，但就在那十年間，它卻是世界的中心。

這時候阿洪的神情是什麼樣子呢？想必大家都能想像得出，他可能每天都忙得滿頭大汗，興奮與貪婪已使他的面孔變了形，他甚至有可能渾身激動得戰抖，因為每一頁紙一經他胡亂塗抹，馬上就變成了錢，他知道它們的價值是多少，十九世紀末，許多外國人打著探險

的幌子對新疆文物進行大肆掠奪和竊取，當時的新疆政府一派烏煙鄣氣，而在和田的小小村莊，不愛說話的阿洪已經就是對他們的一個極大的諷刺。這種戲劇性的變化，使所有與之相關的事情變得虛幻起來。一假全假，阿洪是這支造假隊伍的排頭兵。

看看阿洪造成的後果吧，出自他手的所謂「阿洪文書」長時間矇騙了印歐學界，那些各種各樣的奇異文字，連專家也破譯不了。然而這時知識份子的悲哀被「阿洪文書」一覽無餘地映襯了出來，那些專家越是破譯不了，越是認為它有價值，因而也就越懷疑自己的學問不夠。既然這樣，那就下十二分的工夫，不分白天黑夜的幹吧！嗚呼，文人的可憐相就是這樣的！在事情真相敗露的那一天，如果讓這些專家和阿洪見一面，不知他們有何感慨？

不知道那些專家最後是怎樣結束自己的研究的，但有一點可以肯定，他們沒有找到任何答案，阿洪用幾分鐘造出的假文書，很有可能讓他們恭恭敬敬，小心謹慎地把一生都搭上了。據說，阿洪在那十年間造出的假文書，現在遍佈整個歐洲的博物館。在今天，「阿洪文書」的真面目早已公之於世，他們還能把它放在博物館裡，真是需要勇氣。如果組織科學家參觀，應該讓大家都去看看「阿洪文書」。在我們一貫的思維中，學問好像是第一，但從「阿洪文書」事件卻可以得出結論，有些事情往往會出其不意地讓學問掃地出門。

阿洪最後被揭穿時，誰也拿他沒辦法。他可能根本不知道自己的「創作」已經到了什麼樣的地步。他也許用雙手拍拍身上的塵灰，無比平靜地把剩餘的文書扔在了一邊。事情結束時遠遠沒有開始時讓他那麼激動，說不定他此後再也沒有想起過造假那件事，他又像一隻孤獨的狼一樣，蟄伏在了大漠深處。

這件事發展到最後，本應該像大風後的沙漠一樣，順其自然，趨之平靜，但斯坦因的面孔卻像不肯下沉的沙礫一般浮了出來。我們完全可以想像得出，他的臉上既有憤怒，又有屈辱；他做夢都沒有想到，自己竟被阿洪這樣一個農民給耍了，他氣急敗壞地把阿洪叫過來，本想將他臭罵一通，但面對阿洪，也許斯坦因意識到自己也是一個騙子，某種心理感觸忽然使他變得複雜起來，他無可奈何地笑了一下，對阿洪說：「像你這樣的人才，待在這裡可惜了，你應該到國外去闖一闖。」阿洪不知道斯坦因在諷刺他，滿心歡喜地對斯坦因說：「大人，那你把我帶上吧！」斯坦因看著無知的阿洪，終於像是出了口氣似的笑出了聲。在阿洪正疑惑不解時，斯坦因轉身而去。但斯坦因卻並沒有放過阿洪，他去和田政府那裡告了阿洪一狀，讓政府處置阿洪。政府在此之前已接到許多人告斯坦因的狀，揭發他們盜走了許多中國的文物，政府想處置他們，但又恐於惹不起洋人，所以，就一直忍著，現在斯坦因來告阿洪，他們於是便故意置之不理，在心裡出了一口氣。

從此，阿洪造假一事再也無人問津。竊取中國文物的洋騙子，做夢都沒有想到，被一個中國的農民給騙了。

這是一個絕好的反諷。

五

從和田返回，身後是羅布泊，左面是昆侖山。兩個地方曾出現過，現在再也無法查找的兩個人。他們是兩個中國人，一個是羅布人奧爾得克，另一個是植物學家劉慎鄂。

奧爾得克是斯文．赫定最初進入荒漠的探險隊員之一。那是一次煎熬人意志的苦旅，沒有一株泛綠的植被，所有的樹木都已枯乾，沒有飛鳥，更沒有一滴水，天時常起風，細沙在天空中飄動，除了駱駝粗重的呼吸，四周再無聲響。四個人的身影時隱時現，奧爾得克一直在前面探路。他深知斯文．赫定的選擇十分有限，所以他一路一直沉默著。這一路，沉默變成了大家共同維持的信條。在沉默的內部，是他們維持得更為堅固的信念。正是因為有了這種態度，他們才一直往前走著，最終使他們成為神秘的樓蘭王國等待了千年的貴賓，這座古城正是因為他們的走近，才向世人揭開了千年面紗。

正在行走之中，奧爾得克突然停了下來，在他面前出現了幾間不知何人何時留下的殘破木板房。斯文．赫定激動起來，他隱隱約約感覺到某個重要的時刻來臨了。那一天是一九〇〇年三月二十八日下午三點。這確實是一個值得載入史冊的時刻，因為就是從這個千年寺廟的遺址開始，神秘的樓蘭王國終於從長夢中甦醒，它像是睜開了渾濁的眸子，看幾個人向自己一步步走近。

然而在當時，斯文．赫定只是用鐵鍬翻了一會兒，略作測量，就匆匆離去。從這裡開始，把故事掀起高潮的是那把鐵鍬。當晚，當他們意外地碰到幾株紅柳，準備挖水時，發覺那把鐵鍬遺忘在那個寺廟裡了，奧爾得克便騎著他的那匹瘦馬連夜返回去找鐵鍬。兩個小時後大漠起風，那是一場狂風，一直刮到第二天黃昏。大家都以為奧爾得克不會生還了，沒想到他卻如同天降般舉著鐵鍬回來了。他告訴斯文．赫定，他曾經迷路，無意中闖入了一個非常大的古城遺址。斯文．赫定因為補給不足，只好作了明顯的標誌，先行走出了沙漠。一年以後，斯文．赫定準備了充足的補給，由奧爾得克帶路，找到了那個古城。古樓蘭就這樣被發現了。

歷史往往都是無情的。它消失時總是那麼快，那麼神秘，以至於讓許多東西在很短的時間裡就變成了空白，因此，當我們能夠重新讓它們展現於人們普遍關注的視野時，就不得不感到機遇的彌足珍貴。

這時候，對於發現樓蘭有著豐功偉績的奧爾得克在所有的記敘中中斷了，幾乎所有的資料都沒有再提他。我暗自估摩著想，人們關注的目光在這時稍微發生了一點偏移，因為當人們知道樓蘭被發現後，就有一種想急於細緻瞭解它的歷史、地理以及文化的心理，而這些都是由斯文．赫定用細緻的測量和考證完成的。這時候斯文．赫定成了中心人物，奧爾得克自然而然地被冷落了。

由此連想到了一則故事，有一個牧羊人有一天忽然走到了一座城前，他下意識地用羊鞭去叩城門，城門開了，羊鞭掉在了地上。他看見城裡有金銀財寶，但他卻下意識地先彎腰去撿自己的羊鞭，城門就在這時關上了，他握著羊鞭不知所措。少頃之後，他轉身回去了。老實，忠誠，善良的羅布人奧爾得克太像那個牧羊人了，在看見金銀財寶的一瞬間，他卻仍要撿拾那使用了很長時間的羊鞭，在那一刻他無法反叛自己。實際上，從奧爾得克身上就已經反映了一個事實，即發現樓蘭發言權的問題。我想，在大漠中肯定有許多像奧爾得克一樣的羅布人早就知道樓蘭古城遺址，只是由於他們身處大漠，從來都不能把它說出去，因而他們就不能擁有發言權，而斯文．赫定面對的是世界，他本人又是一個被世人高度關注的人，所以，消息一經從他口中傳出，他就成了權威，成了唯一對樓蘭有發言權的人，這就給人造成一個誤解，人們認為樓蘭是因為斯文．赫定發現了它，它才得以面世。而事實上，它已經在那兒存在了很多年。

奧爾得克後來極力要求回到羅布村去。一個牧羊人把撿到的價值連城的美玉交給了另外一個人，仍去放被他視為寶貝的羊。令人極力感受著奧爾得克身上表現出來的某種真實，他自小在羅布泊長大，獨特的地理環境造就了他思想和行為的慣常方式，所以，他所追求的價值幾乎是超不出那片大漠的。通常，每個人的心都是向我們所期盼到達的世界，過多的處在一個價值的位置上。而奧爾得克卻因為心態平和，他的那個世界於他而言是已經到達了的，是富足的。

一九三四年，斯文．赫定再次進入羅布泊。當獨木舟行駛到孔雀河中時，一個船夫高叫：「奧爾得克——開勒迪！」這句話的漢意就是「一隻野鴨子飛過來了」。年邁的斯文．赫定看見白髮白鬚的奧爾得克和兒子莎迪克騎著兩匹馬，電閃雷掣般向自己駛來。時間已經過去了三十年，自從在樓蘭分別之後，這兩個朋友再度重逢。在這三十年裡，斯文．赫定已成為穿越亞洲的著名探險家，而奧爾得克卻一直在羅布泊悄無聲息地生活著，作為一個牧羊人，他儘管衣衫破舊，但也心情愉快。

斯文．赫定曾為奧爾得克畫一幅速寫。畫面上是一個滿臉長鬍子的老人，眼窩深陷，裡面有一種很平靜但又很深沉的東西。那應該是聰明和智慧，斯文．赫定把這種神態給抓住了。由此可見，就是一個身處大漠的人，他也有一雙充滿智慧的眼睛。這雙眼睛儘管看得不遠，但向內的力量卻是很強烈的。其實，奧爾得克身上充滿了某種讓人驚奇的靈異，他能在狂風之中闖入樓蘭遺址，而且在第二天不出任何差錯地趕上了已經行進了一天的探險隊，以及三十年後又奇跡般地站在河岸邊等到了斯文．赫定。所有的這些，是不是說明神秘的羅布人天生就具有某種靈異呢？

「野鴨子」，人們都喜歡這樣稱呼奧爾得克。這樣稱呼他很有意思，一個荒漠獨行的人，在內心沒有什麼要求，所以他的生命中應該有一個自由的海洋，而快樂，讓他越遊越遠，並到達每一個地方。

六

劉慎鄂雖然是一位植物學家，但人們卻把他當作一位行者看待。

劉慎鄂一九三一年從北京出發時，斯文．赫定和斯坦因都還在探險的路上，他無論如何都不會想到，自己日後將像他們一樣獨自面對蠻荒的環境；一路上，他只能面對自己孤單的身影，這時候的自己，有可能是朋友，有可能也是敵人，因為在穿越昆侖山時，勇氣是必不可少的，而恐懼又無時不在。劉慎鄂穿過大沙漠，進入昆侖山進行科學考察，進入大山之後從此音訊全無，人們都以為他在某一場大風雪和某一個寒夜中化成了一座冰雕，沒想到一、兩年以後，他竟奇跡般的在印度出現，令世人驚歎不已。

因為劉慎鄂的經歷太過於傳奇，以致讓人覺得似乎有點像傳說。在這條「天路」上行走，一日可遇四季，高山反應有時候就像惡魔的雙手一樣，緊緊揪著你的神經，讓你頭痛欲裂，痛不欲生。翻越海拔五、六千米的大坂和空氣不怎麼流通的昆侖山口時，每個人幾乎都會在心裡發誓，此生再也不踏上崑崙山一步。在這樣的情況下，沒有任何保障依靠的劉慎鄂，要憑著一雙腳翻越雪山峽谷，設身處地地想想他遭遇的具體情況，不由得讓人在心裡生出一股恐懼。

劉慎鄂也許反悔過，甚至在那種鬱悶和孤獨的氣氛中可能還絕望過，因為在那樣高海拔的地方，沒有一絲生命的跡象，沒有一個可以給你安慰的東西，有的只是淒冷的雪山和深褐色的山岩。劉慎鄂作為植物學家，肯定比別人更明白這高原「永凍層」和「生命禁區」的可怕，而與如此可怕的自然環境相對立的，是他自己弱小的生命，幾乎每往前邁動一步，都有一種要被吞噬的感覺。但劉慎鄂卻一直走了過去。劉慎鄂走進昆侖山後不久就迷失了方向，於是，他買了一群羊，一邊放羊一邊走，以自己的羊充饑。那些羊是能夠自己走動的食物，殺一隻可以吃好幾天。他就那樣不可思議地穿過了高原無人區。這真是一個富有中國特色的好辦法。要換了那些西方探險家，他們絕對不會想出這樣的辦法。或許劉慎鄂是深諳遊牧文化的，所以，在絕境之中，馬上就想到遊牧民族常用的邊牧羊邊生活的方式。他那樣做，不光減少了他體力上的重負，而且從總是在路上發出咩咩歡叫的羊身上得到了安慰。那群羊也同樣因為被他的選擇而具備了特殊的使命。生命總會在某個方式中變沉重為輕盈，就是這群羊，與劉慎鄂一起在崑崙山上創造了不可能中的可能，完成了一次不可思議的行走。

集體遭受的苦難很容易被傳播和銘記，而個人經受的艱辛劫難，他不開口，就永遠消失了。劉慎鄂說到底還是一個學者，由學者變成一個牧人，只是在偶然之中被環境所迫。所以，當他獨自陷入不可想像的困境中，便能馬上拿起放羊的鞭子，驅趕著能夠解決「溫飽」問題的羊，一直走到印度。這種人和大自然之間的適應和順從，帶有很濃烈的浪漫色彩，因此，人們把他劃入行者的行列。

據說，當劉慎鄂走出無人區時，那群羊還剩幾頭，他將牠們送給當地的牧民，沒想到沒

走多遠，那幾隻羊咩咩大叫著追了上來，他抱著牠們的頭，淚水忍不住衝湧而下。

七

這五個人，都達到了他們作為人的極點。斯文．赫定、奧爾得克、劉慎鄂三個人是我理想中的三個人：阿洪一如歲月留下的岩石，一面斑駁，一面卻已經把大地的一角占住，歲月歷經滄桑，少了他們不行；至於斯坦因，今天的生活中，這樣的人物比比皆是。

斯文．赫定，斯坦因，阿洪，奧爾得克，劉慎鄂，斯坦因這五個人是五個方向。每一個人面對自己面前的路，都努力著，使一個獨立的人得以徹底的完成，細緻地琢磨一下，就會發現他們是真實的，如果不要用道德來衡量，就會發現，包括斯坦因在內，五個人其實都為這個世界奉獻了全部的生命——斯文．赫定以探險為終極價值；斯坦因以「挖掘」文物為目標；劉慎鄂像蘇武一樣，和羊一起創造了生命的奇跡；羅布人奧爾得克什麼也沒有得到，什麼也不想得到，像野鴨子一樣自在地活著；阿洪話語含糊其辭，但生命也已經清晰到了透明。

這五個人都離不開環境的困擾。有時候，當風景突然在他們面前展開，那其實是一場風，吹動他們向沙漠深處走去，他們儘管孤立無援，但因為內心有嚮往，所以他們是充實的；而在更多的時候，他們卻受到了環境的約束，肉體和心靈經受著一次次折磨，但他們都咬著牙挺過來了。他們在孤苦環境中的肉體突圍，最終使他們的精神煥發出了光芒。

因為他們越走越遠，才使我們一再相信，中亞有神。

那些人在西域的那些事

作　　者	王族
發 行 人	林敬彬
主　　編	楊安瑜
編　　輯	王聖美
內頁編排	于長煦
封面設計	劉秋筑
出　　版	大旗出版　行政院新聞局北市業字第1688號
發　　行	大都會文化事業有限公司
	11051台北市信義區基隆路一段432號4樓之9
	讀者服務專線：(02)27235216
	讀者服務傳真：(02)27235220
	電子郵件信箱：metro@ms21.hinet.net
	網　　　址：www.metrobook.com.tw
郵政劃撥	14050529 大都會文化事業有限公司
出版日期	2012年08月初版一刷
定　　價	280元
ISBN	978-986-6234-48-4
書　　號	History-44

First published in Taiwan in 2012 by Metropolitan Culture Enterprise Co., Ltd.
4F-9, Double Hero Bldg., 432, Keelung Rd., Sec. 1,
Taipei 11051, Taiwan
Tel:+886-2-2723-5216　Fax:+886-2-2723-5220
Web-site: http://www.metrobook.com.tw
E-mail: metro@ms21.hinet.net

國家圖書館出版品預行編目資料

那些人在西域的那些事／王族著. -- 初版. --
臺北市：大旗出版：大都會文化, 2012. 08
288 面；21×14.8 公分. -- （History；44）

ISBN 978-986-6234-48-4（平裝）

855　　101013849

大都會文化　讀者服務卡

書名：**那些人在西域的那些事**

謝謝您選擇了這本書！期待您的支持與建議，讓我們能有更多聯繫與互動的機會。

A. 您在何時購得本書：_____年_____月_____日

B. 您在何處購得本書：__________書店，位於__________(市、縣)

C. 您從哪裡得知本書的消息：

1.□書店　2.□報章雜誌　3.□電台活動　4.□網路資訊

5.□書籤宣傳品等　6.□親友介紹　7.□書評　8.□其他

D. 您購買本書的動機：（可複選）

1.□對主題或內容感興趣　2.□工作需要　3.□生活需要

4.□自我進修　5.□內容為流行熱門話題　6.□其他

E. 您最喜歡本書的：（可複選）

1.□內容題材　2.□字體大小　3.□翻譯文筆　4.□封面　5.□編排方式　6.□其他

F. 您認為本書的封面：1.□非常出色　2.□普通　3.□毫不起眼　4.□其他

G. 您認為本書的編排：1.□非常出色　2.□普通　3.□毫不起眼　4.□其他

H. 您通常以哪些方式購書：(可複選)

1.□逛書店　2.□書展　3.□劃撥郵購　4.□團體訂購　5.□網路購書　6.□其他

I. 您希望我們出版哪類書籍：（可複選）

1.□旅遊　2.□流行文化　3.□生活休閒　4.□美容保養　5.□散文小品

6.□科學新知　7.□藝術音樂　8.□致富理財　9.□工商企管　10.□科幻推理

11.□史地類　12.□勵志傳記　13.□電影小說　14.□語言學習（____語）

15.□幽默諧趣　16.□其他

J. 您對本書(系)的建議：

____

K. 您對本出版社的建議：

____

讀者小檔案

姓名：____________ 性別：□男　□女　生日：____年____月____日

年齡：□20歲以下 □21～30歲 □31～40歲 □41～50歲 □51歲以上

職業：1.□學生 2.□軍公教 3.□大眾傳播 4.□服務業 5.□金融業 6.□製造業
7.□資訊業 8.□自由業 9.□家管 10.□退休 11.□其他

學歷：□國小或以下 □國中 □高中／高職 □大學／大專 □研究所以上

通訊地址：____

電話：（H）____________（O）____________ 傳真：____________

行動電話：____________E-Mail：____________________

◎謝謝您購買本書，也歡迎您加入我們的會員，請上大都會文化網站 www.metrobook.com.tw 登錄您的資料。您將不定期收到最新圖書優惠資訊和電子報。

大都會文化事業有限公司

讀 者 服 務 部 收

11051台北市基隆路一段432號4樓之9

寄回這張服務卡〔免貼郵票〕
您可以：
◎不定期收到最新出版訊息
◎參加各項回饋優惠活動

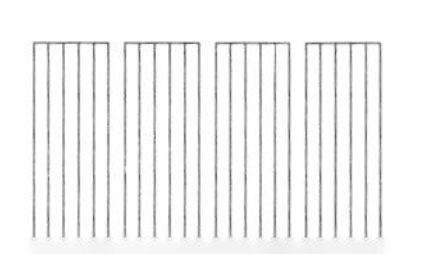

大旗出版
BANNER PUBLISHING